U0530547

苗怀明 主编

观世相

古典小说里的
浮生与世情

上册

贵州出版集团
贵州人民出版社

简目

上 册

序　言 ··· i

《世说新语》：清谈与隐逸 ······················· 003
唐传奇：爱情与侠义 ································ 055
《三国演义》：信史与演义 ······················· 103
《水浒传》：江湖与秩序 ··························· 161
《封神演义》：历史与虚构 ······················· 219
《西游记》：现实与幻想 ··························· 277

下 册

《金瓶梅》：世情与市井 ··························· 003
《聊斋志异》：乡野与精怪 ······················· 047
《儒林外史》：科举与士林 ······················· 093
《红楼梦》：家族与个体 ··························· 133
侠义小说：正义与边缘 ···························· 187

目录

序 言 ··· i

《世说新语》：清谈与隐逸 ································· 003

引 言 《世说新语》的价值 ································· 004
一 《世说新语》与魏晋风度 ································· 006
二 清议与清谈的话术转换 ··································· 009
三 名教与自然：剪不断，理还乱 ························· 014
四 精彩纷呈的清谈盛宴 ······································· 021
五 清谈未必误国 ·· 033
六 隐逸：自由而诗意地栖居 ································ 041

唐传奇：爱情与侠义 ·· 055

引 言 唐传奇叙事主题流变：从爱情到侠义 ········· 056
一 唐代爱情传奇中的男主角 ································ 058
二 女主角华丽转身变成仙女 ································ 063
三 唐人爱情的喜与忧 ··· 069

四　唐代爱情传奇中的都市繁华和百姓习俗……076
五　唐代侠义传奇里的江湖写作……082
六　唐代社会重视的侠义精神……087
七　唐代侠义传奇中的武力值问题……094

《三国演义》：信史与演义……103

引　言　《三国演义》的诞生……104
一　两个主要版本：嘉靖壬午本和毛评本……105
二　小说家的匠心：虚构的价值和要义……112
三　桃园结义：理解《三国演义》的一把钥匙……119
四　青梅煮酒：天下"唯二"的英雄……124
五　智慧谋略：多谢同行衬托……131
六　历史的舞台：谁是"影帝"……136
七　乱世小民：命如蝼蚁，飘若微尘……145
八　超越是非成败：青山夕阳，秋月春风……153

《水浒传》：江湖与秩序……161

引　言　《水浒传》：一部关于江湖好汉们的文学经典……162
一　《水浒传》的血腥暴力描写……164
二　《水浒传》的"厌女"倾向……171
三　《水浒传》的"起义"主题……174
四　以"祈禳瘟疫"开篇……180
五　梁山好汉的社会理想……185
六　好汉的市井人际关系……191
七　不同身份，聚义梁山……197
八　梁山的征战手法……202

| 九 | 招安——好汉的归宿 | 207 |
| 十 | 《水浒传》与民间文化 | 212 |

《封神演义》：历史与虚构 219

引言	《武王伐纣平话》到《封神演义》：从讲史到神魔	220
一	历史上的武王伐纣	224
二	千古第一帝王师——姜子牙	232
三	高德者与叛逆者	245
四	黄龙真人的尴尬及背后的玄机	255
五	封神榜：从神名看封神	262

《西游记》：现实与幻想 277

引言	熟悉的陌生人	278
一	故事演变：历史成分的沉积	283
二	文本写定：时代因子的滴定	288
三	叙述：庶民视角与玩世态度	294
四	虚构：本事与故事	298
五	形象：神魔多是混血儿	303
六	时空：环境与秩序	309
七	物色：匮乏与丰富	314
八	伦理：规则与挑战	320
九	世风：信仰的在场与缺席	326
十	人情：关系社会的热与冷	331

序 言

在中国人的文化生活中，小说是一种不可替代的特殊存在。它是文学作品，以栩栩如生的人物、跌宕起伏的情节、精密严整的结构、惟妙惟肖的语言形成独特的艺术魅力，为一代又一代读者提供审美享受，丰富着他们的生活，滋润着他们的心灵；同时，它又是文化典籍，在构建文化传统、铸造民族精神等方面发挥着重要作用，影响深远，特别是像《世说新语》《三国演义》《水浒传》《西游记》《金瓶梅》《聊斋志异》《儒林外史》《红楼梦》这样的经典之作，承载着中国人的价值观念、人生理想和审美趣味。因此，可以将中国古典小说作为透视中国古代社会文化的一个绝佳窗口。

中国古典小说与中国社会文化的关系是双向互动的。一方面，中国古典小说是中国古代社会文化的文学化反映，无论是改朝换代还是江湖恶斗，无论是降妖除魔还是家族兴衰，都通过鲜活生动的人／神形象、完整的故事情节，直观地呈现出来，有着极为丰富的认识价值。尽管作品中人／神形象、情节很多是虚构的，但它有着历史典籍无法取代的史料价值。中国古代的史书特别是正史往往采用宏大叙事，记载的大多是帝王将相主导的军国大事、政治外交，至于平民百姓的日常生活，则不屑记载。事实上，日常生活与军国大事同样重要，细节展示与宏大叙事同样精彩，要了解中国古代市井细民的柴米油盐、衣食住行、婚丧嫁娶乃至喜怒哀乐，必须从小说作品中去寻找材料。在以书写日常生活为特色的微观史学层面，小说比历史典籍更有史料价值，也更为重要。

另一方面，中国古典小说也深深影响着中国古代社会文化的各个方面。以《三国演义》《水浒传》为例，其影响早已超出文学欣赏的层面，明代中期之后逐渐成为军事教科书，从张献忠的造反到多尔衮的入关，再到太平天国的排兵布阵，这两部小说都不同程度地发挥着作用，可以说，它们参与并影响着中国历史的发展进程。直到今天，仍有不少人在商业经营、人才管理等方面从中得到启发和借鉴。中国古典小说特别是那些经典名著深刻影响并改变着中国人的宗教信仰、伦理道德、节庆民俗、语言表达，这种影响和改变是全方位的，也是非常深入的。对那些识字不多乃至目不识丁的古代中国人来说，小说发挥着历史教科书、道德教科书、情感教科书等功能，正如鲁迅所言："我们国民的学问，大多数却实在靠着小说，甚至于还靠着从小说编出来的戏文。"毫不夸张地说，中国古典小说是中国古代社会文化的重要载体，它对中国古代广大民众所起的作用绝不亚于四书五经，不亚于各类经典。认识传统中国，深入理解中国古代社会文化，离不开中国古典小说。

从家喻户晓、妇孺皆知来描述中国古典小说特别是那些经典名著的影响一点都不为过，经过千百年的陶冶浸润，中国古典小说已经成为中华民族的文化基因，深深植根于中国人的精神世界，直到今天仍在潜移默化地发挥着作用。特别是那些传世经典比如四大名著，尽管所写为农业时代的生活场景，但它们在数字化的时代里并没有过时，给读者带来审美愉悦的同时，也给他们带来精神上的滋润和启迪。如今已没有科举考试，但学生面临的升学压力并没有减轻；如今已没有三妻四妾的争风吃醋，但夫妻之间的关系并没有变得更简单或更轻松；如今已不再歃血为盟、结拜兄弟，但一起为事业打拼的患难真情同样珍贵，焕发着人性的光彩。

对在无休止的内卷中焦头烂额、身心俱疲的现代人来说，阅读古典小说可以获得其他样式文学作品无法替代的愉悦和收获。这里有丰富的人性探索、有深刻的社会洞察、有睿智的人生分享，在这里不仅可以找寻曾经模糊的文化记忆，也可以为自己难以释怀的文化乡愁找到归宿。中国古典小说中那些永恒的话题，比如英雄、勇气、政治、规则、欲望、自由、生命、爱情、名利、暴力、伦理、女性、正义、青春，等等，这也是当下每个读者都要面对的人生关键词。这些古典小说作品反映了中国古代社会文化的不同侧面，发出了直面灵魂的考问，也提供了极具启示性的思考。在《三国演义》中，拯救苍生的英雄情怀中夹杂着无处不在的利己主义；在《水浒传》中，快意恩仇的江湖世界背后是凄凉落寞的末路悲歌；在《西游记》中，上天入地的自由沉重且代价巨大，保持童真得到的却是顺从规则的油滑；在《红楼梦》中，凄美的青春挽歌掩饰不住家族使命的庄严复调。那些出没于俗世边缘的侠客，在唐传奇和公案小说中，坚守内心的正义和皈依体制的诱惑让他们的内心不断纠结；在《世说新语》中，最黑暗的时代开出了最明艳的生命之花；当《封神演义》上演神界与人间的权力大战时，《金瓶梅》里的西门大院里正在发生着因欲望引发的殊死争夺；《儒林外史》和《聊斋志异》，共同讲述着读书人在那个时代里最严肃的无厘头闹剧。

有鉴于此，我们邀请古典小说研究界的同人一起，从中国古典小说与中国社会文化的关系着眼，选择十一部古典小说进行精心解读，或一部经典名著，或一类小说作品，揭示这些作品背后的丰富内涵，重新认识中国古代的社会文化。作者皆为在学界崭露头角、卓有建树的中青年学人，选取自己素有研究的作品，深入探讨，精彩可期。这是一次有趣的尝试，其价值和意义是多方面的，后面我们还会继续推出相关专书，敬请读者诸君批评指正，期待你们的宝贵意见。

苗怀明
2024 年 3 月 17 日

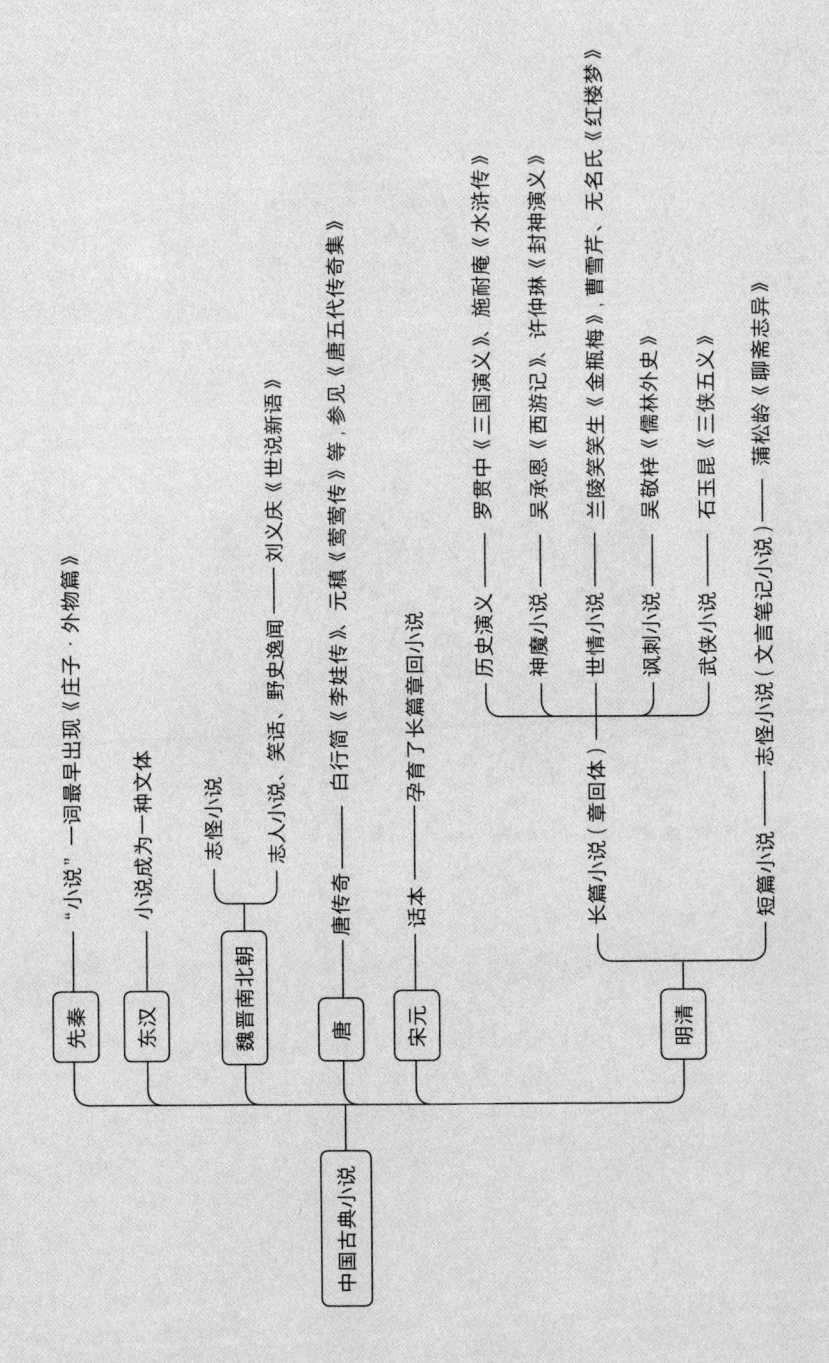

中国古典小说

- 先秦 —— "小说"一词最早出现《庄子·外物篇》
- 东汉 —— 小说成为一种文体
- 魏晋南北朝
  - 志怪小说
  - 志人小说、笑话、野史逸闻 —— 刘义庆《世说新语》
- 唐 —— 唐传奇 —— 白行简《李娃传》、元稹《莺莺传》等,参见《唐五代传奇集》
- 宋元 —— 话本 —— 孕育了长篇章回小说
- 明清
  - 长篇小说(章回体)
    - 历史演义 —— 罗贯中《三国演义》、施耐庵《水浒传》
    - 神魔小说 —— 吴承恩《西游记》、许仲琳《封神演义》
    - 世情小说 —— 兰陵笑笑生《金瓶梅》、曹雪芹、无名氏《红楼梦》
    - 讽刺小说 —— 吴敬梓《儒林外史》
    - 武侠小说 —— 石玉昆《三侠五义》
  - 短篇小说 —— 志怪小说(文言笔记小说) —— 蒲松龄《聊斋志异》

刘强 同济大学人文学院

字守中，别号有竹居主人。同济大学诗学研究中心主任、古代文学与语言学研究所所长，诗学研究集刊《原诗》主编。央视《百家讲坛》主讲嘉宾。研究兴趣集中在魏晋南北朝文学与文化、先秦诸子经典、儒学与古典诗学、文言笔记小说研究等方面。已出版《世说新语会评》《世说学引论》《世说新语新评》《论语新识》《世说新语资料汇编》《四书通讲》《〈世说新语〉通识》等二十余种著作。

《世说新语》：清谈与隐逸

看似史而超越史，不是诗而胜似诗，并非哲学而富含哲学气质。

引　言
《世说新语》的价值

　　六朝志人小说名著《世说新语》是一部值得反复阅读的文化经典，它虽然是由1130条"丛残小语"构成的一部"尺寸短书"，却有着不可替代的参考价值和无与伦比的艺术魅力；我们从中既可以了解汉末以迄魏晋这几百年来的社会、政治、思想、文化等的发展概况，又可以领略中国士文化史上举足轻重的名士文化以及特立独行的"魏晋风度"。

　　古今文人墨客大多酷嗜《世说新语》，对这部书评价很高，故而留下了种种脍炙人口的"美誉"。比如，南宋学者高似孙说：

　　　　宋临川王义庆采撷汉晋以来佳事佳话，为《世说新语》，极为精绝，而犹未为奇也。梁刘孝标注此书，引援详确，有不言之妙。[1]

　　明代文学家胡应麟也说："刘义庆《世说》一书，诚古今绝

---

[1] ［宋］高似孙著，王群栗点校：《纬略》卷九《刘孝标世说》，杭州：浙江古籍出版社，2015年。

唱，所谓三叹有遗音者。"又说："读其语言，晋人面目气韵恍忽生动，而简约玄澹，真致不穷，古今绝唱也。"[1]明代"后七子"的领袖王世贞甚至认为，在古代琐言类的小说中，《世说新语》可以排在"第一"："有以一言一事为记者，如刘知几所称琐言，当以刘义庆《世说新语》第一。"王世贞的弟弟王世懋更是把《世说新语》的研究称作"世说学"。

近代以来，《世说新语》更是大受欢迎。如鲁迅说它是一部"名士底教科书"；冯友兰说它是"中国人的风流宝鉴"；傅雷则不仅谓之"枕中秘宝"，还充满感情地说："我常常缅怀两晋六朝的文采风流，认为是中国文化的一个高峰。"20世纪30年代世界书局出版《诸子集成》（共八册），收录了先秦至南朝的重要子书凡二十八种，《世说新语》也赫然在列。这套丛书的卷首是这样评价《世说新语》的："此书为古今唯一小说名著，唐以前小说，以此为代表。"这里的"古今唯一小说名著"，与胡应麟的"古今绝唱"、王世贞的"琐言第一"遥相呼应，足见《世说新语》在中国小说史上地位之隆，名价之高。

我认为，《世说新语》可以说是一部"人之书"。这部经典所呈现出的"魏晋风度"和"名士风流"，实在具有人类学的价值和心灵史的意义，其所凝聚的，正是最具中国特色的"精神现象学"。从这个意义上说，《世说新语》不仅是一部中国人的"智慧之书、性情之书、趣味之书"，还是一部世界文化史上堪称伟大的"灵性之书、人性之书、诗性之书"。

---

1 ［明］胡应麟：《少室山房笔丛》卷二九《九流绪论下》，上海：上海书店出版社，2009年。

一
《世说新语》与魏晋风度

就"魏晋风度"而言,其肇端固然在一千六七百年以前的魏晋之际,但其真正凝结成为一大概念,则历时尚不足百年。

1927年7月,在国民党政府广州市教育局举办的"广州夏期学术演讲会"上,时年四十六岁的鲁迅于23日、26日分两次做了现在看来十分重要的演讲,题为《魏晋风度及文章与药及酒之关系》[1]。在这篇将近一万字的演讲稿中,鲁迅谈到了三个方面:一是魏晋文章及其特点,概括下来就是清峻、通脱、华丽、壮大;二是以"正始名士"何晏为祖师的服药之风;三是以"竹林名士"为代表的饮酒之风。除了题目,正文中并未对"魏晋风度"做具体阐释,但鲁迅的意思应当是:魏晋文章及名士们煽起的服药与饮酒两大风气,便是"魏晋风度"最重要的表现及展示。此后,"魏晋风度"便成为一大文化关键词,以之为题做文章者代有其人,层出不穷。

1940年,宗白华的《论〈世说新语〉和晋人的美》问世。在这篇屡被称引的论文中,宗先生开篇就说:"汉末魏晋六朝是中国政治上最混乱、社会上最苦痛的时代,然而却是精神史上极自由、极解放,最富于智慧、最浓于热情的一个时代。因此也就是最富有艺术精神的一个时代。"[2] 宗先生以反差的形式揭橥

---

[1] 此演讲后整理成文,收入杂文集《而已集》,1928年出版。参见《鲁迅全集》第三卷,北京:人民文学出版社,1981年。
[2] 宗白华:《美学散步》,上海:上海人民出版社,2015年。

了魏晋时代的"艺术精神",堪称孤明先发,振聋发聩。此外,还有两个论断深具卓识:一是"晋人向外发现了自然,向内发现了自己的深情";二是"中国美学竟是出于'人物品藻'之美学"。这两句话本身也可说是中国美学史上的重大"发现"。

1944年,哲学家冯友兰发表《论风流》一文,将"魏晋风度"张大为"魏晋风流"。在谈及名士之人格美时,冯氏称:"是名士,必风流。所谓'是真名士自风流'。……假名士只求常得无事,只能痛饮酒,熟读《离骚》。他的风流,也只是假风流。嵇康阮籍等真名士的真风流若分析其构成的条件,不是若此简单。"[1]并进而提出,真名士必备之四个精神条件:曰玄心、曰洞见、曰妙赏、曰深情。进一步从人格美的角度深化了"魏晋风度"的精神内涵。

1948年,王瑶完成《中古文学史论》一书,在自序中,作者称该书第二部分《中古文人生活》"主要是承继鲁迅先生《魏晋风度及文章与药及酒之关系》一文加以研究阐发的"。书中的《文人与药》《文人与酒》等篇什,后来成为研究"魏晋风度"的必读文献。

1981年,李泽厚《美的历程》出版,书中第五章题为"魏晋风度",把这一议题的探讨和研究进一步引向深入。在"人的主题"一节中,李泽厚提出了"人的觉醒"这一命题,认为正是"人的觉醒"才使"人的主题"提上日程,从而形成了汉魏六朝这几百年的人性大解放和艺术大繁荣。这就又把"魏晋风度"的内涵在美学和哲学向度上推进了一层,使铃木虎雄首

---

[1] 冯友兰:《论风流》,《哲学评论》1944年第3期。

倡、鲁迅复加点染的"文学的自觉"说有了一个更可靠的理论前提。

20世纪90年代以来，一些学者纷纷就"魏晋风度"著书立说，为丰富这一研究做出了贡献。我也曾以风俗为切入角度，将"魏晋风度"分疏为以下十二个面向：清议之风、品鉴之风、容止之风、清谈之风、服药之风、饮酒之风、任诞之风、隐逸之风、艺术之风、嘲戏之风、雅量之风、豪奢之风。除服药之风与豪奢之风外，其他十种风气均有正面阐释之价值。

所谓"魏晋风度"，是指汉末魏晋时期形成的一种时代精神和人格理想，具体就是指受道家学说和玄学清谈思潮的影响，而产生的一种追求自然（与名教相对）、自我（与外物相对）、自由（与约束相对）的时代风气，以及由此在上层贵族阶层中形成的，一种超越性的人生价值观和审美性的人格气度。此即我所谓的魏晋风度的"三自追求"。

进一步分析，每一种追求都有三个路径。如"求自然"可以从"容止顺自然""思想尚自然""居止近自然"三个方面来把握，"求自我"可以从"方外求我""酒中求我""情中求我"三个方面去认知，而"求自由"也可概括为"从隐逸中求自由""从艺术中求自由"和"从死亡中求自由"三个层面。

总之，对"魏晋风度"的探讨与诠释，实际上隐含着近代以来"人性解放"与"人格独立"等一系列大问题、大考问，其中就包括人对于现实政治的超越以及个体人格独立的问题。鲁迅做完演讲后，在给友人的信中称："在广州之谈魏晋事，盖实有慨而言。"同样，研究"魏晋风度"，亦当存有反躬自问，重建知识分子风骨与精神之关怀。

"看似史而超越史,不是诗而胜似诗,并非哲学而富含哲学气质",这就是《世说新语》带给人的充满哲思和诗性的审美愉悦。书中展现的"魏晋风度"和"名士风流",至今仍令人心向神往。限于篇幅,下文我们且就清谈和隐逸两种风气做一个简单介绍。

二
清议与清谈的话术转换

在中国古代,可能很少有一部小说会像《世说新语》一样,与哲学、宗教、思想和文化的联系如此紧密。今天的读者如果想了解汉魏六朝的思想文化史,又没有时间和精力去"啃"那些思想家的著作,不妨先读读《世说新语》。书中的人物和故事,有相当大的比例来自那个时代最优秀的士大夫、学者、诗人、艺术家和思想家,在看似"乱纷纷你方唱罢我登场"的话语狂欢中,我们与他们相识、相交、对话,于是乎,一个生动而又鲜活的思想世界就这样不可思议地打开了。

清议与清谈

要说从学术、思想和文化的角度给《世说新语》"定性",我还是更认同陈寅恪的"清谈全集"说:

《世说新语》，记录魏晋清谈之书也。其书上及汉代者，不过追溯原起，以期完备之意。惟其下迄东晋之末刘宋之初迄于谢灵运，固由其书作者只能述至其所生时代之大名士而止，然在吾国中古思想史，则殊有重大意义。盖起自汉末之清谈适至此时代而消灭，是临川康王不自觉中却于此建立一划分时代之界石，及编完一部清谈之全集也。[1]

这段话不仅揭示了《世说新语》与魏晋清谈的关系，还特别指出，魏晋兴盛起来的清谈，在汉代就已"原起"（"起自汉末之清谈"）；而此书之所以要以汉末政治家陈仲举、李元礼诸人开篇，是为了"追溯原起，以期完备"。余英时则从士文化的角度立论，认为"《世说新语》为记载魏晋士大夫生活方式之专书，……故其书时代之上限在吾国中古社会史与思想史上之意义或尤大于其下限也"。[2] 两人不约而同，都提到《世说新语》"时代之上限"，虽然没有明说，其实已经暗示了作为魏晋清谈源头的汉末清议。

关于汉末清议的产生背景，《后汉书·党锢列传》的一段话最可参考：

逮桓、灵之间，主荒政缪，国命委于阉寺，士子羞与为伍，故匹夫抗愤，处士横议，遂乃激扬名声，互相题拂，品核公卿，裁量执政，婞直之风，于斯行矣。……学中语

---

[1] 陈寅恪：《陶渊明之思想与清谈之关系》，《金明馆丛稿初编》，南京：译林出版社，2020年。（无特别注明外，后文陈寅恪语皆出自此文此版本，不再一一标明）
[2] 余英时：《士与中国文化》，上海：上海人民出版社，2003年。

曰：天下模楷李元礼（膺），不畏强御陈仲举（蕃），天下俊秀王叔茂（畅）。……并危言深论，不隐豪强。自公卿以下，莫不畏其贬议，屐履到门。

汉末清议有一个特别之处，就是有着极强的现实针对性，具体来说，就是对当时宦官专权、朝政昏聩的一种激烈的批评。其内容主要有二：一是政治批评，所谓"裁量执政"；二是人物臧否，也即"品核公卿"。前者，有太学生与士大夫圈子的游谈和互相标榜可以为证；后者，最著名的例子莫过于汝南的"月旦评"。《后汉书·许劭传》载："初，劭与靖俱有高名，好共核论乡党人物，每月辄更其品题，故汝南俗有'月旦评'焉。"这里的"核论"，也即"深刻切实的议论"，和前面的"处士横议""危言深论"，都是汉末清议在言说方式上的重要表现。因为清议表达了对当时政治的批判，自然引起宦官集团和皇帝的不满，东汉桓帝延熹九年（166）和灵帝建宁元年（168），清议名士先后遭到两次"党锢之祸"的清洗和弹压，陈仲举、李元礼等人相继罹难，天下士子，噤若寒蝉。于是，清议不得不转为清谈。

从清议到清谈

"清谈"一词，汉末已见，最初与"清议"可以互称，其中也有人物批评的内涵；到了魏晋，才更多地指向"抽象玄理之讨论"。在《世说新语》中，清谈又有"谈玄""玄谈""清言""玄言""口谈""剧谈""微言""言咏"等多种异称，因为清谈主要盛行于魏晋，故而常称作"魏晋清谈"。所谓"魏晋清谈"，根据唐翼明在《魏晋清谈》一书中的定义，可知："指的是魏晋时代的贵族知识分子，以探讨人生、社会、宇宙的哲理为主要内容，以讲究修辞与技巧的谈说论辩为基本方式而进行的一种学术社交活动。"[1]

相比清议，清谈更多地表现出一种"纯学术"的倾向，似乎与政治无关，不过，揆诸事实，恐怕并非如此简单。陈寅恪在《陶渊明之思想与清谈之关系》一文中就曾指出：

> 大抵清谈之兴起，由于东汉末世党锢，诸名士遭政治暴力之摧压，一变其指实之人物品题而为抽象玄理之讨论，启自郭林宗，而成于阮嗣宗，皆避祸远嫌，消极不与其时政治当局合作者也。

陈先生说清谈"启自郭林宗，而成于阮嗣宗"，有没有根据呢？当然有。《后汉书·郭泰传》记载："林宗虽善人伦，而不为危言核论，故宦官擅政而不能伤也。及党事起，知名之士多被其害，唯林宗及汝南袁闳得免焉。"这里，"危言核论"再次出现，与"危言深论"正相映照，但前面却多了"不为"两字。这说明，颇有预见力的郭林宗已经敏感地嗅到了清议运动所面临的政治风险，故而不得不严格遵循孔子"邦无道，危行言孙"的教诲，将言论的方式、尺度控制在合乎时宜的范围内，以求规避不该有的安全隐患。他的"不为危言核论"，应

---

[1] 唐翼明：《魏晋清谈》，成都：天地出版社，2018年。

该可以视为"清谈"的前奏和序曲。再看《世说新语·德行》第十五条：

> 晋文王（司马昭）称："阮嗣宗（籍）至慎，每与之言，言皆玄远，未尝臧否人物。"[1]

作为"竹林七贤"的领袖人物，阮籍一向以佯狂放达著称，为什么司马昭会说他"至慎"呢？无他，盖因魏晋易代之际，司马氏与曹魏集团政争严酷，"天下多故，名士少有全者"（《晋书·阮籍传》）。政治高压之下，有识之士不得不明哲保身，以求全身远祸。阮籍的"言皆玄远"，比郭泰的"不为危言核论"更进一步：郭泰是尽量不说于己不利的话，阮籍则是说归说，却说得云遮雾障，玄虚缥缈；而"未尝臧否人物"，也即嵇康《与山巨源绝交书》中所谓"阮嗣宗口不论人过"，这分明是把"清议"的核心要素彻底删除了。我们把两则材料一对比，就可知陈寅恪所言不虚。

所以，一方面须承认，清议和清谈本质上不是一回事，不能混为一谈；另一方面又要看到，无论清议还是清谈，无不与现实政治有关，两者既有一种时间上的先后关系，又有一种逻辑上的因果联系，甚至在清议鼎盛的时代，已经有了清谈的萌芽和端倪。

从"危言核论"到"言皆玄远"，印证了在言说方式上汉末清议向魏晋清谈的转变，而两者之间的重大差异所形成的内在

---

[1] 本篇《世说新语》文本皆出自朱碧莲、沈海波译注：《世说新语》，北京：中华书局，2011年。

"张力",在郭林宗和阮嗣宗的"话术"转换中得到了缓解和弥合。可见,清谈表面上似乎不牵扯政治,但在根本上却和清议一样,都是严酷的现实政治"应激反应"的产物。

三
名教与自然：剪不断，理还乱

从学术史的角度看，清议和清谈，正好对应着汉代经学与魏晋玄学这两个不同的学术思想发展阶段；而从清议到清谈的"话术"转换，似乎又与"名教"和"自然"的现实角力并行不悖。

大体而言，"名教"占据上风，则清议的风气兴盛；一旦"名教"被野心家绑架，变成阳奉阴违、倒行逆施的意识形态教条，则作为反向力量的"自然"追求便会异军突起，这时清谈的风气势必转强。"名教与自然之辨"之所以会成为魏晋玄学最重要的一大命题，且与士人在政治生活中出处、进退、仕隐的抉择切实攸关，其深层原因或许就在这里。

名教与自然的定义

那么，究竟何为"名教"、何为"自然"呢？

简单说，名教就是因名立教，以名为教，主要是指以孔子"正名"观念及"君臣父子"之义为核心的，儒家所提倡的一整套伦理规范、道德标准和价值体系，举凡名分、名声、名节、名位、名器、名实等概念，皆为名教的题中之义。在《世说新语》中，"名教"有时又为"圣教""声教""礼教"等词所代换。大抵自汉代以降，"名教"及其所涵摄的"三纲六纪"等主流价值作为国家意识形态，一直为历代统治阶层（包括皇族和士大夫群体）所共同尊奉。顾炎武《日知录》卷一三《名教》中说：

> 后之为治者宜何术之操？曰："唯名可以胜之。"……故昔人之言，曰名教，曰名节，曰功名，不能使天下之人以义为利，而犹使之以名为利，虽非纯王之风，亦可以救积污之俗矣。……汉人以名为治，故人材盛；今人以法为治，故人材衰。

因为有"名教"这样一个近乎宗教般的绝对价值的存在，政权合法性也即"政统"便可以得到来自"道统"的加持，使王朝的国运在相对稳定的状态中得以或长或短地维系。当然，"名教"具有观念化和理想化的特质，容易给人一种"人为"设定和"外在"强加的印象，所以在魏晋那样一个重视本体论和宇宙论等形而上问题研讨的时代，"名教"受到来自"自然"的冲击和挑战，无论在学术上还是政治上，都可以说是必然的。

"自然"一词当然来自道家。在《老子》一书中，"自然"出现过五次，皆作本然、天然解，指的是一种自在、自成、自为，不加人为影响的本初状态。与儒家重"名"相反，道家则以为："名可名，非常名。"不妨说，这是一种"非名"论的思想。由此又带来一种"贵无"论:"无,名天地之始;有,名万物之母"(《老子》第一章);"天下万物生于有,有生于无"(《老子》第四十章);"至人无己,神人无功,圣人无名"(《庄子·逍遥游》)。诸如此类。

名教与自然的张力

在魏晋人看来,儒道两家的不同趋向正可通过名教与自然的张力显示出来,故当时有"圣人贵名教,老庄明自然"(《晋书·阮瞻传》)之说。毋宁说,名教与自然的此消彼长,正是儒道两家冲突和博弈的现实反映。与之相应,"有无""本末""体用""天人""情礼""仕隐"之间的对峙关系也被凸显出来,成为清谈时代的重要议题。以今天的眼光看,"自然"的追求或许比较接近"自由",因而显得激进;而"名教"的捍卫比较关乎"秩序",因而趋于保守。

如前所说,名教与自然的冲突和博弈绝不仅是学术上的,同时也是——甚至主要是——政治上的。对此,前辈学者多有论述。如陈寅恪说:"故名教者,依魏晋人解释,以名为教,即以官长君臣之义为教,亦即入世求仕者所宜奉行者也。其主张与崇尚自然,即避世不仕者适相违反,此两者之不同,明白已甚。"唐长孺也说:"魏晋玄学家所讨论的问题是针对着东汉名教之治的,因此玄学的理论乃是东汉政治理论的继承与批判,其最后目标在于建立一种更适合的政治理论,使统治者有所遵循以巩固其政权。我们完全可以相信这是为统治者服务的学说。"[1]

不过，从思想史的角度看，以名教自然之辨为重大命题的魏晋玄学，虽然是儒道两家的思想角力，但又不是儒道两家各擅胜场、党同伐异的学问，而是儒道两家"辨异玄同"、折中调和的学问。通常所说的"儒道互补"，也可以从这个角度来理解。

回到《世说新语》，名教与自然的内在张力是通过一些关键人物的言行展现出来的。如《德行》先讲清议领袖陈仲举"有澄清天下之志"，接下来又说李膺"欲以天下名教是非为己任"（《德行》四），这种以天下为己任的淑世情怀正是儒家士大夫所独有的。甚至连作为太学生领袖的郭林宗，尽管深谙"不为危言核论"的护生保身之道，但其人格底色仍旧是儒家而非道家，在名教与自然之间，他显然是服膺名教更甚于自然。

到了魏晋，名教与自然的张力才逐渐增强，崇尚老庄自然无为之道的士大夫遍布朝野，这才拉开了清谈时代的帷幕。在一般魏晋玄学史的论说中，崇尚自然者被称作"贵无"派，主张名教者被称作"崇有"派。"有"和"无"在哲学上固然是对立的两极，但在现实生活中，又难免会发生两极之间的"权衡"和"位移"，二者在理论上的"和解"和"玄同"几乎是必然的。

魏晋易代之际的清谈

大致说来，魏晋易代之际的清谈经历了三个发展阶段：第

---

[1] 唐长孺：《清谈与清议》，收于《魏晋南北朝史论丛》，武汉：武汉大学出版社，2013年。

一阶段以"正始名士"何晏、王弼、夏侯玄为代表，他们服膺老庄而身在庙堂，故主张"名教出于自然"。第二阶段以"竹林名士"的阮籍、嵇康为代表，他们看透名教为司马氏操纵后日渐虚伪，转而追慕老庄，与道逍遥，故鼓吹"越名教而任自然"（嵇康《释私论》）。第三阶段以"竹林名士"中的山涛、王戎、向秀为代表，嵇康被杀后，他们不得不投靠司马氏，故主张"名教同于自然"。这里，仅就后者略举三例以说明。

先看《世说新语·政事》第八条：

> 嵇康被诛后，山公举康子绍为秘书丞。绍咨公出处，公曰："为君思之久矣。天地四时，犹有消息，而况人乎！"

这个故事极富思想内涵，在历史上颇受争议。山涛所谓"天地四时，犹有消息，而况人乎"，正是以"天人之际"论"出处之道"，其中隐含着对"名教自然之辨"的现实回答。服膺老庄之道、惯会与时俯仰的山涛，似乎是站在"自然"的立场上，对"名教"可能产生的执念做了一番消解："自然既有变易，则人亦宜仿效其变易，改节易操，出仕父仇矣。"（前引陈寅恪文中语）嵇绍毕竟年轻，被养父一般的山涛说服后，遂应诏出仕，就此改变了命运的轨迹。尽管山涛没有明说，但他显然是主张"名教同于自然"的。至于他的这番好心好意的举荐所招致的口诛笔伐，恐怕是他始料未及的（嵇绍最后"忠臣死节"的结局，乃是中国文化史上十分典型的伦理悖论，几乎可以用"人道灾难"来形容。此事说来话长，兹不赘述）。

再看前引《世说新语·文学》第十八条：

> 阮宣子（修）有令闻，太尉王夷甫（衍）见而问曰："老庄与圣教同异？"对曰："将无同。"太尉善其言，辟之为掾。世谓"三语掾"。卫玠嘲之曰："一言可辟，何假于三！"宣子曰："苟是天下人望，亦可无言而辟，复何假一！"遂相与为友。

这里的"老庄与圣教"，其实就是"自然与名教"，可见二者的异同问题几乎是整个时代的"大哉问"。"将无同"三字为疑辞，言下之意，"大概相同吧"。阮修这三个字的回答深得王衍的欣赏，后者遂聘请他做了太尉府的属官，时人谓之"三语掾"。而西晋另一位清谈大师卫玠却说："一言可辟，何假于三！"这等于是说，一个"同"字即可，又何必这么啰唆！这个故事说明，至少在西晋，"名教同于自然"已经成为绝大多数清谈名士的基本"共识"。

当然，这种"名教同于自然"的思想，在学术上固然显得高明通透，落实在行为方式上，弊端却非常明显。最终的结果是，"自然"以"大本大源"的名义不断地占据"名教"本有、应有的空间，从而对世道人心产生负面影响。西晋末年，这一情况变得尤为严重。《世说新语·德行》第二十三条载：

> 王平子（澄）、胡毋彦国（辅之）诸人，皆以任放为达，或有裸体者。乐广笑曰："名教中自有乐地，何为乃尔也？"

王澄、胡毋辅之等人属于"贵无"派中的"放达"派，他们沿着"越名教而任自然"的道路一往无前,以至彻底泯灭了"人禽之辨",他们的裸体狂欢,成了"放达"派名士上演的一出最为丑陋的"真人秀"。乐广的"名教中自有乐地"一语,在思想史上大可注意。宋儒"孔颜乐处"之说,早已在此埋下伏笔。乐广作为一代清谈宗主,其思想底色是颇耐寻味的,甚至从某种意义上说是非常"超前"的。他十分敏感地注意到了,一味放任"自然"颇有沦为"人化物"[1]的可能,所以才用不伤和气的态度("笑曰")对王、胡毋诸人加以规劝。或许在乐广眼里,"名教"固然是出于"自然",但同时又是高于"自然"的。

总之,透过《世说新语》这扇窗,我们看到了"故事版"的魏晋清谈及其发展史的内在理路:"名教出于自然"是以道解儒,于调和中见紧张;"越名教而任自然"是近道远儒,于偏激中显对立;"名教同于自然"则是弥合儒道,于"辨异"中致"玄同"。

换言之,在"名教"与"自然"的思想博弈或者说儒道两家的现实角力中,双方一直是此消彼长、相反相成的,从来就没有出现过"一边倒"的局面(至少在魏晋时是如此)。有人把魏晋玄学看作道家哲学,以为玄学就是为老庄思想"背书",这样的观点怕是经不起推敲的。

---

[1] 《礼记·乐记》:"夫物之感人无穷,而人之好恶无节,则是物至而人化物也。人化物也者,灭天理而穷人欲者也。"

四
精彩纷呈的清谈盛宴

魏晋清谈到底谈什么呢？简而言之，就是所谓"三玄"，即《庄子》《老子》《周易》这三部涉及抽象思辨的先秦经典。"三玄"之目，出自《颜氏家训·勉学篇》："何晏、王弼，祖述玄宗。……《庄》《老》《周易》，总谓三玄。"可以说，"三玄"是魏晋六朝的清谈盛宴中不可替代的"玄学大餐"。

"三玄"之外，清谈比较热衷的话题还有：自然名教之辨、本末有无之辨、言意之辨、圣人有情无情之辨、才性四本论、养生论、声无哀乐论、形神之辨、鬼神有无论、佛经佛理等，甚至还包括《论语》《礼记》《孝经》等儒家经典。这些"言家口实"，基本上都可在《世说新语》中找到"出处"，有兴趣的读者可以查验一番。

作为一种贵族沙龙式的高雅学术活动，清谈的程式和规则颇有讲究，大概是从汉代经生讲经的模式中脱胎而来，又与汉末太学的"游谈"颇有渊源，同时也吸收了佛教讲经的模式。只不过讲经更像是独角戏、一言堂；而清谈则是辩论会、群言堂，而且角色分工明细，各司其职，有条不紊，场面上颇有"仪式感"。进行清谈的场所，要么是名士的庄园府邸，要么是佛教寺院，有时候干脆就在朝堂之上、山水之间。如著名的"洛水戏""金谷游""南楼咏"和"兰亭会"等，其实都是以清谈活动为主的文人雅集。

在对清谈论辩的记述中，有一些常用的"术语"，如"主客""往反""交番""论难""攻守""胜屈"之类，不一而足。我们以乒乓球运动为喻，做一个通俗性的说明：比如，论辩双方就是参赛选手，发起者就是裁判，其他人则做观众或啦啦队员（"坐客"）；有发球权的一方是"主"（或谓"法师"，负责"唱经"），接发球反击的一方是"客"（或谓"都讲"，负责"送难"），攻守随时发生转换；发球是"通""条"或者"道"，接发球是"问"或者"作难"（难，读去声），一个回合叫一"番"或一"交"，多个回合叫"往反"；发了一个好球或进攻得分叫"名通""名论"或"胜理"，回了一个好球或防守得分叫"名对"，打得不好叫作"乱"或"受困"，打得好就叫"可通"，打输了就叫"屈"；打得好，"四坐莫不厌心"，"众人莫不抃舞"，气氛达到了高潮。

总之，清谈论辩很像是一场关乎荣誉的战斗，主客双方都要调动极大的智力和体能才能应战，对于旁观者而言，只要你进入情境，并带有一定的倾向性，那一定是心跳加快、手舞足蹈、狂热无比的。

说起来，魏晋历史的清谈名士真是层出不穷，群星璀璨。东晋名士袁宏（字彦伯）在其所撰的《名士传》中，开具了一份由十八人组成的"华丽榜单"：

正始名士：夏侯太初（玄）、何平叔（晏）、王辅嗣（弼）。
竹林名士：阮嗣宗（籍）、嵇叔夜（康）、山巨源（涛）、向子期（秀）、刘伯伦（伶）、阮仲容（咸）、王濬冲（戎）。
中朝名士：裴叔则（楷）、乐彦辅（广）、王夷甫（衍）、庾子嵩（敳）、王安期（承）、阮千里（瞻）、卫叔宝（玠）、

谢幼舆（鲲）。(《世说新语·文学》第九十四条注引)

这个"大名单"之所以重要，是因为它正好对应了前面所说的魏晋清谈的几个发展阶段，每一个阶段都有这些名士演绎的精彩故事。下面，结合《世说新语》的记载，说说魏晋历史上几场著名的"清谈盛宴"。

正始之音

从学术思想史的角度看，《世说新语》的《文学》一门很值得注意，它在体例上颇有"破格"之处，既顾及"孔门四科"中"文学"一科的"学术"内涵（第一至六十五条记经学、玄学清谈及佛学等学术内容），又特别彰显了"文章"的独立地位（第六十六至一百零四条记诗、赋、文、笔等文人逸事，类同后世的"诗话"），如此"一目中复分两目"（王世懋评语），等于把"文章"（犹今之所谓"纯文学"）与"学术"做了一个"切割"。这样一种安排，应该与刘宋文帝初年，立儒学、玄学、史学、文学四大学馆的重要举措不无关系。所以，要了解魏晋清谈的真实情况，《文学》一门不可不读。

历史上最具典范意义的清谈盛宴，首推何晏、王弼开创的"正始之音"。何、王二人之所以被称为"清谈祖师"，正是因为他们在清谈的内容、程式、方法及理想境界上，为后世建立了可以遵循的尺度，同时也确立了难以逾越的高度。从《世说新语·文学》如下两条可窥一斑：

何晏为吏部尚书,有位望,时谈客盈坐。王弼未弱冠,往见之。晏闻弼名,因条向者胜理语弼曰:"此理仆以为极,可得复难不?"弼便作难,一坐人便以为屈。于是弼自为客主数番,皆一坐所不及。(《文学》六)

何平叔注《老子》始成,诣王辅嗣,见王注精奇,乃神伏,曰:"若斯人,可与论天人之际矣!"因以所注为《道》《德》二论。(《文学》七)

从第一个故事可以看出,作为曹魏时期的清谈领袖,何晏的府邸经常召集清谈辩论会,而尚未弱冠的王弼首次亮相,便语惊四座,不仅驳倒了何晏的"向者胜理"(即刚刚在和他人的论辩中获胜的道理),而且还"自为客主数番",就是同一个辩题,他既做"正方"又做"反方",反复辩难多个回合,"皆一坐所不及",真可谓辩才无碍,所向无敌。这次清谈论辩是什么话题,已不得而知,但在魏晋玄学史上,王弼因为"以老解孔"和"援道入儒"而占据重要地位,他所做的调和儒道的努力,使这两家思想内在的紧张关系得到了缓解,则是不争的事实。

第二个故事更有深意。身为吏部尚书、学界偶像的何晏,虽然在与晚辈王弼的论辩中落败,却不以为意,不仅主动拜访王弼探讨学问,而且见到王弼注《老子》比自己的"精奇",不禁"神伏",对其赞叹有加。"可与论天人之际",既是"中转"自司马迁的"究天人之际"(《报任安书》),又是遥接子贡"夫子之言性与天道,不可得而闻也"(《论语·公冶长》)的感叹,同时还回应了"名教自然之辨"的时代命题。何、王二人在会通天人、有无、本末、儒道的玄学追求上可谓不约而同,不谋而合，后来何晏的改"注"为"论"，既有避其锋芒、知难而退的意思，也未尝不可以视作学术上的"分工合作"。从二人名下的著作（何晏有《论语集解》《道德论》等；王弼有《老子指略》《周易略例》等）来看，其中似乎真有某种"默契"。

据该条刘注引《魏氏春秋》："弼论道约美不如晏，自然出拔过之。"可知二人在学术上各有千秋，互有长短。何晏对年少才高的王弼不仅没有嫉贤妒能，反而不吝赞美，提携呵护，不遗余力；而在彼此共同关切的学术讨论中，尊卑、长幼等人情世故的讲究完全被抛在脑后，取而代之的是对义理和思辨的执着追求——这才是"正始之音"最令人动容和神往的地方。

与"正始之音"几乎同时的还有著名的"竹林之游"，不过，正如唐翼明所说，"竹林七贤只是清谈中的变调，并非典型"（《魏晋清谈》）。他们在饮酒和任诞上的表现更为突出，形成了所谓的"林下风气"。当然，阮籍和嵇康都是写诗著论的高手，他们的玄学成就多以论文的形式呈现（如阮籍有《通易》《通老》《达庄》三论及《大人先生传》，嵇康有《养生》《声无哀乐》《难张辽叔自然好学》《释私》诸论），也算是魏晋清谈史上一道特别的风景。

中朝谈戏

这里的"中朝"，所指即为西晋。中朝清谈，以太康、元康年间最为兴盛，当时乐广、王衍、裴頠先后擅场，鼎足而三；之后郭象、阮瞻、卫玠等人枝附影从，共襄盛举。尤其乐广，几乎是西晋清谈之风的开创者。《晋书》本传载："尚书令卫瓘，朝之耆旧，逮与魏正始中诸名士谈论，见广而奇之，曰：'自昔诸贤既没，常恐微言将绝，而今乃复闻斯言于君矣。'"这分明是把乐广当作"正始之音"的继承人了。在《世说新语·文学》门中，乐广的清谈给人留下深刻印象：

> 卫玠总角时，问乐令（广）梦，乐云："是想。"卫曰："形神所不接而梦，岂是想邪？"乐云："因也。未尝梦乘车入鼠穴、捣齑啖铁杵，皆无想无因故也。"卫思"因"经日不得，遂成病。乐闻，故命驾为剖析之，卫即小差。乐叹曰："此儿胸中当必无膏肓之疾。"（《文学》十四）
>
> 客问乐令"旨不至"者，乐亦不复剖析文句，直以麈尾柄确几曰："至不？"客曰："至。"乐因又举麈尾曰："若至者，那得去？"于是客乃悟服。乐辞约而旨达，皆此类。（《文学》十六）

这两则故事，可以视作魏晋清谈的"实录"，从中不难看出，乐广的清谈，不仅辞约旨达，而且善巧方便，尤其他用麈尾[1]敲击几案，来解释《庄子》"指不至，至不绝"的深邃哲理，很像后来的禅宗公案，钱钟书谓其"禅宗未立，已有禅机"（《谈艺录》），真是一语中的。

再看《言语》门第二十三条：

---

1 麈尾：一种类似拂尘和羽扇的工具，当时名士清谈时必执麈尾，相沿成习，使其成为一种清谈盛会上的风流雅器。——编者注

> 诸名士共至洛水戏，还，乐令（广）问王夷甫（衍）曰："今日戏，乐乎？"王曰："裴仆射（頠）善谈名理，混混有雅致；张茂先（华）论《史》《汉》，靡靡可听；我与王安丰（戎）说延陵、子房，亦超超玄著。"（洛水戏）

这个故事应该是对中朝清谈的真实记录。我们看到，无论名理，还是《史》《汉》，抑或延陵、子房这样的历史人物，都可以作为清谈的内容，而乐广"今日戏，乐乎"的提问，无意中泄露了清谈的无拘无束、畅所欲言、心无旁骛的自由境界给人带来的审美享受与精神满足。

乐广之后，执清谈之牛耳的是太尉王衍，与之对垒且不落下风的则是有"言谈之林薮"（《赏誉》十八）之誉的裴頠。王衍因为服膺何晏、王弼的"贵无"论，终日谈空说无，故作清高。裴頠以"王衍之徒，声誉太盛，位高势重，不以物务自婴，遂相放效，风教陵迟，乃著崇有之论以释其蔽"（《晋书·裴頠传》）。于是，二人之间发生了颇富戏剧性的激烈论战。《世说新语·文学》第十二条载：

> 裴成公作《崇有论》，时人攻难之，莫能折，唯王夷甫来，如小屈。时人即以王理难裴，理还复申。

为什么裴頠与"时人"两度论辩，所向披靡，唯独碰到王衍才"如小屈"呢？原来王衍清谈有个毛病，"义理有所不安，随即改更，世号'口中雌黄'"（《晋书·王衍传》）。我想裴頠很可能不是辩不过他，只是不屑置辩罢了。此条刘注引《晋诸公赞》说："后乐广与颜清闲，欲说理，而颜辞喻丰博，广自以体虚无，笑而不复言。"乐广似乎是周旋于"贵无"和"崇有"之间的"中间"派，这一点，我们从他"名教中自有乐地"的观点和"清己中立"（《晋书·乐广传》）的处世态度，便可约略感知。只可惜，乐广、王衍虽善清谈，却不长于著论，在玄学史上反不如写过《崇有论》的裴頠引人瞩目。

不过无论如何，中朝谈座上有这三个人物，已经足够热闹了。这之后是"永嘉南渡"，颠沛流离之中，风华绝代的清谈天才卫玠横空出世，正是他，为中朝清谈画上了一个"悲欣交集"的句号。《世说新语·赏誉》第五十一条载：

> 王敦为大将军，镇豫章。卫玠避乱，从洛投敦。相见欣然，谈话弥日。于时谢鲲为长史，敦谓鲲曰："不意永嘉之中，复闻正始之音。阿平若在，当复绝倒。"

卫玠在永嘉之乱中投奔王敦，"相见欣然，谈话弥日"；后来王敦又请来另一位清谈名家谢鲲与卫玠对谈，"玠见谢，甚说之，都不复顾王，遂达旦微言，王永夕不得豫"。（《文学》二十）王敦"不意永嘉之中，复闻正始之音"的感叹，与卫玠的祖父卫瓘评价乐广的话很相似，无不流露出对何晏、王弼所开创的清谈风气的由衷向往。刘孝标注引《卫玠别传》："妻父有冰清之姿，婿有璧润之望，所谓秦晋之匹也。"乐广和卫玠这一对翁婿，一前一后，遥相呼应，差不多可以视为"正始之音"的隔代回响，中朝清谈亦可谓渊源有自，高潮迭起。

江左风流

"江左",又叫"江东",本是一地理名词,指长江下游南岸地区,这里特指东晋一朝。

和此前不同,东晋是典型的"门阀政治"[1],皇权与士权分庭抗礼,以至有"王与马共天下"之说。与之相应,"名教"与"自然"的紧张关系已不复存在,无论是政治上还是学术上,二者似乎都已进入"蜜月期"。这时的清谈与士大夫的政治态度、实际生活已无"密切关系",成了陈寅恪所谓"口头虚语,纸上空文,仅为名士之装饰品而已"。我们分别举不同时段的几个例子以见其大概。先看《世说新语·文学》第二十二条:

> 殷中军(浩)为庾公(亮)长史,下都,王丞相(导)为之集,桓公(温)、王长史(濛)、王蓝田(述)、谢镇西(尚)并在。丞相自起解帐带麈尾,语殷曰:"身今日当与君共谈析理。"既共清言,遂达三更。丞相与殷共相往反,其余诸贤略无所关。既彼我相尽,丞相乃叹曰:"向来语乃竟未知理源所归。至于辞喻不相负,正始之音,正当尔耳。"明旦,桓宣武语人曰:"昨夜听殷、王清言,甚佳,仁祖亦不寂寞,我亦时复造心,顾看两王掾,辄翣(shà)如生母狗馨!"

这次清谈颇具标志意义,时间应该在东晋咸和九年(334)

---

[1] 田余庆:《东晋门阀政治》,北京:北京大学出版社,2012年。

之后，这时王敦、苏峻之乱已先后平息，政坛上庾亮开始崛起，王导虽为宰辅，但权力大不如前，已有引退之意，故其奉行"愦愦"之政，处理政事常画诺务虚，而于清谈则尤为措意。要知道，作为东晋开国名相，王导不仅是富有韬略的政治家，也是开风气的清谈家。他早年曾"在洛水边，数与裴成公（颜）、阮千里（瞻）诸贤共谈道"（《企羡》二）；过江后，尤擅长谈论嵇康的《声无哀乐》《养生》和欧阳建的《言尽意》"三理"，"宛转关生，无所不入"（《文学》二十一），其玄学水平自不必说，允为江左清谈宗主。殷浩则是当时崭露头角的青年玄学家，尤其擅长"四本论"（才性离、合、同、异之论），只要"言及'四本'，便若汤池铁城，无可攻之势"（《文学》三十四）。二人这一番清谈遭遇战十分酣畅淋漓，在桓温、王濛、王述、谢尚等名士的围观下，竟至"三更"才"彼我相尽"。年近耳顺的王导大概自过江以后，从未享受过如此的清谈妙境，不禁感叹："刚才我们所谈，竟然分不清各自义理的源流归属，但言辞譬喻不相背负，各臻其妙，传说中的'正始之音'，大概正该如此吧！"桓温之后的点评也是字字珠玑，非常精彩，清谈带给大家的快乐是那么美好而强烈，以至第二天（"明旦"）还如佳酿醇醪般令人回味！

再看《文学》第四十条：

支道林（遁）、许掾（询）诸人共在会稽王（司马昱）斋头，支为法师，许为都讲。支道一义，四坐莫不厌心；许送一难，众人莫不抃舞。但共嗟咏二家之美，不辩其理之所在。

这是东晋时王公、名士与名僧清谈雅集的生动案例。故事的后一句——"但共嗟咏二家之美，不辩其理之所在"——和上条故事王导所谓"向来语乃竟未知理源所归"，道出了江左清谈的一个特点，就是"辞胜于理"，即更为注重修辞的精巧、辞藻的华美、音调的悦耳，以及在论辩过程中所展示出来的人格风神之美，至于义理的圆融、逻辑的周洽、胜负的归属，反而倒还在其次。下面这条也可为好例：

> 支道林（遁）、许（询）、谢（安）盛德共集王（濛）家，谢顾谓诸人："今日可谓彦会。时既不可留，此集固亦难常，当共言咏，以写其怀。"许便问主人："有《庄子》不？"正得《渔父》一篇。谢看题，便各使四坐通。支道林先通，作七百许语，叙致精丽，才藻奇拔，众咸称善。于是四坐各言怀毕。谢问曰："卿等尽不？"皆曰："今日之言，少不自竭。"谢后粗难，因自叙其意，作万余语，才峰秀逸。既自难干，加意气拟托，萧然自得，四坐莫不厌心。支谓谢曰："君一往奔诣，故复自佳耳。"（《文学》五十五）

这次清谈已是后起之秀们的舞台，所谈乃是"三玄"之一的《庄子》。名僧支道林是当时的庄学大师，尤擅长"逍遥义"，没想到在谈《渔父》一篇时，却被谢安抢走了"风头"，"七百许语"与"万余语"，相去岂可以道里计！这时的谢安，无论在政坛还是清谈名士圈中，都已是举足轻重的人物了。

以上几例，都是著名的清谈场景，总的来说还算一片祥和，让我们对这种高雅的学术论辩和精致的语言游戏印象深刻。

但是且慢，清谈论辩并不都是这么中规中矩、皆大欢喜的，只要有对"真理"的执着和"胜利"的渴望，就一定会有剑拔弩张、互不相让。所以，在清谈的记录中，常会出现一些"军事术语"，不免让人心惊肉跳。比如前面提到的殷浩，就是一位辩才无碍而又十分"好斗"的清谈家，他一旦得手，决不给对手留下任何机会，正是他，让清谈论辩充满了火药味儿——《世说新语》中诸如"汤池铁城""崤函之固""云梯仰攻""安可争锋"等典故，几乎都与殷浩有关。

当时能和殷浩抗衡的只有孙盛。《续晋阳秋》说："孙盛善理义。时中军将军殷浩擅名一时，能与剧谈相抗者，唯盛而已。"二人的一场清谈大战遂成为魏晋清谈史上最著名的"桥段"：

> 孙安国（盛）往殷中军（浩）许共论，往反精苦，客主无间。左右进食，冷而复暖者数四。彼我奋掷麈尾，悉脱落，满餐饭中。宾主遂至莫忘食。殷乃语孙曰："卿莫作强口马，我当穿卿鼻！"孙曰："卿不见决鼻牛，人当穿卿颊！"（《文学》三十一）

这一次，殷浩是"主场"，孙盛是"客场"，筵席之上发生的这场论战近乎"白热化"："往反精苦"是说二人攻守狠辣，招招见血；"客主无间"是说全无清谈应有的礼仪和规范，"互怼""互撕"，攻守胶着，场面几乎已"不可控"。更有甚者，两人斗到酣畅处，早已不顾斯文，竟把清谈的风流道具——麈尾当作"助攻"的武器，"彼我奋掷"，弄得麈尾毛都脱落在杯盘餐饭之中，一片狼藉。饭菜冷了被人拿去热好再端上来，如此反复多次。"宾主遂至莫忘食"一句尤妙,我看不是忘了吃,分明是无法下箸。到了最后,甚至搞起"人身攻击"。殷浩说:"你不要做强口马,小心我穿你的鼻子!"孙盛回答得更妙:"穿鼻子算什么?难道你没见过挣脱鼻环逃跑的牛吗?对你这号人,要穿就穿你的脸颊,让你挣都挣不脱!"

故事到了这里戛然而止,那场一千七百年前斗智斗勇的清谈大战,似乎至今还没有收场——你看,这两个史上有名的"杠精",是多么可爱的一对妙人!

五
清谈未必误国

清谈误国论

魏晋玄学大抵是围绕"名教自然之辨"这一议题展开,名教与自然的消长又与清议和清谈的起落若合符节。所以,对清谈的历史评价也和"名教"与"自然"在现实政治中的地位相关。大体而言,大一统王朝要比偏安政权——或者说,同一王朝的鼎盛期要比衰落期——对清谈的批判更为严厉些,这应该是不难理解的。这里我先举几个例子。

比如西晋立国之初,大臣傅玄就曾上疏晋武帝说:"近者魏武好法术,而天下贵刑名;魏文慕通达,而天下贱守节。其后纲维不摄,而虚无放诞之论盈于朝野,使天下无复清议,而亡秦之病复发于今。"(《晋书》本传《举清远疏》)这显然是对正始以来"虚无放诞之论"("虚无"指何晏、王弼,"放诞"指嵇康、阮籍)的严厉批判,等于奏响了"清谈误国"论的先声。"天下无复清议"一句,更将清议与清谈截然对立起来。

傅玄死后,清谈之风死灰复燃,太尉王衍祖述"虚无",其弟王澄引领"放诞",二风交织,愈演愈烈,适逢贾后干政,八王乱起,终至西晋亡国。连王衍本人死前都痛定思痛,追悔莫及。《晋书·王衍传》写道:

衍将死,顾而言曰:"呜呼!吾曹虽不如古人,向若不祖尚浮虚,戮力以匡天下,犹可不至今日!"时年五十六。

王衍的"曲终奏雅",正是来自"贵无"派内部的"清谈误国"论。这种论调在清谈蔚为时尚和"装饰品"的东晋一朝,依然此起彼伏,不曾消歇。东晋儒者范宁,承傅玄绪余,也将"清谈误国"的责任归咎于王弼、何晏,认为"二人之罪,深于桀纣"(《晋书·范宁传》)。此外,如干宝、应詹、葛洪、卞壸(kǔn)、江惇、熊远、陈頵等人,皆曾著论对清谈严加批评,流风所及,就连清谈圈内人如桓温、王羲之也不例外。《世说新语·轻诋》第十一条记载:

桓公入洛,过淮、泗,践北境,与诸僚属登平乘楼,眺瞩中原,慨然曰:"遂使神州陆沉,百年丘墟,王夷甫(衍)诸人不得不任其责!"

桓温年轻时也是个不折不扣的清谈家，被当时的清谈大师刘惔许为"第一流"人物；一次他和刘惔听讲《礼记》，桓温说："时有入心处，便觉咫尺玄门。"刘惔则说："此未关至极，自是金华殿之语。"（《言语》六十四）两相比较，桓温之言会通儒道，兼综礼玄，似乎比刘惔所言更为入玄近道。不过，桓温之为桓温，关键不在清谈，而在其西征北伐、志在光复中原的英雄志业，尽管他也曾热衷清谈，但骨子里恐怕是视清谈为"余事"的，故其把王衍之流视为"神州陆沉，百年丘墟"的罪魁祸首，可谓"事有必至，理有固然"。

此条刘注引《八王故事》称："夷甫虽居台司，不以事物自婴，当世化之，羞言名教。自台郎以下，皆雅崇拱默，以遗事为高。四海尚宁，而识者知其将乱。"《八王故事》的作者卢𬘭也是东晋人，足见在清理西晋亡国留下的"政治遗产"时，"清谈误国"论是当时大多数士人的"雷同"之见。

当然，也不是没有反对的声音。《世说新语·言语》第七十条载：

王右军与谢太傅共登冶城，谢悠然远想，有高世之志。王谓谢曰："夏禹勤王，手足胼胝；文王旰食，日不暇给。今四郊多垒，宜人人自效；而虚谈废务，浮文妨要，恐非当今所宜。"谢答曰："秦任商鞅，二世而亡，岂清言致患邪？"

王羲之与谢安一起登上冶城，谢悠然遐想，大有超脱世俗之志。王乃对谢说："夏禹勤勉国事，手脚长满老茧；周文王政务繁忙，很难按时吃饭，时间总不够用。如今国家处于内忧外患之中，每个人都应为国效力；而不切实际的清谈会废弛政务，浮华不实的文章会妨害大事，这在当前恐怕是不合时宜的。"不料谢安应声答道："秦国任用商鞅，仅两代就灭亡了，难道也是清谈导致的祸患吗？"

这是关于"清谈误国"的一次重要论辩。谢安的反诘，有力地批驳了"清谈误国"论的简单化倾向，把对亡国原因的探究进一步推向深入。换言之，清谈绝不是亡国的充分必要条件，不能把学术问题作为政治腐败、国土沦陷的替罪羊。谢安的思考堪称高瞻远瞩，发人深省。

不过谢安的辩护并未洗脱清谈的罪名。唐宋以降，对清谈亡国的指摘依旧不绝于耳。如唐修《晋书·儒林传序》说："有晋始自中朝，迄于江左，莫不崇饰华竞，祖述虚玄，摈阙里之典经，习正始之余论，指礼法为流俗，目纵诞以清高，遂使宪章弛废，名教颓毁，五胡乘间而竞逐，二京继踵以沦胥，运极道消，可为长叹息者矣。"

北宋文学家叶梦得论及竹林七贤优劣时，褒嵇贬阮，竟这样说阮籍："若论于嵇康前，自宜杖死。"[1] 可见其对清谈时代"士无特操"的状况是深恶痛绝的。南宋大儒朱熹亦不以清谈为然，说："晋宋间人物，虽曰尚清高，然个个要官职，这边一面清谈，那边一面招权纳货。渊明却真个是能不要，此其所以高于晋宋人也。"认为清谈虽为汉末节义之风式微所激，但在"东汉崇尚节义之时，便自有这个意思了。盖当时节义底人，便有傲睨一世、污浊朝廷之意。这意思便自有高视天下之心，少间便

---

1 ［宋］叶梦得撰，［清］叶德辉校刊，涂谢权点校：《避暑录话》，济南：山东人民出版社，2018年。

流入于清谈去"(《朱子语类》卷三十四)。此说虽未提"清谈误国",其实也隐含这一层意思。

为《资治通鉴》作注的胡三省也说:"正始所谓能言者,何平叔数人也。魏转而为晋,何益于世哉!王祥所以可尚者,孝于后母与不拜晋王耳。君子犹谓其任人柱石而倾人栋梁也。理致清远,言乎,德乎?清谈之祸,迄乎永嘉,流及江左,犹未已也。"

不过总的来说,宋明学术亦尚虚,理学也好,心学也罢,都强调穷理尽性,明心见性,对佛、老及魏晋玄学的形上思辨多有折中,故其对清谈尚有"了解之同情"。

及至清代,民族矛盾加剧,士大夫不得不崇尚名教之义,严明夷夏之辨,学术上亦推崇实学,强调经世致用,"清谈误国"论遂再度抬头,甚至比以往更为激烈。清初大儒顾炎武《日知录》卷七"夫子之言性与天道"条云:

> 孰知今日之清谈,有甚于前代者。昔之清谈谈老庄,今之清谈谈孔孟。未得其精,而已遗其粗;未究其本,而先辞其末。

同书卷十三"正始"条又说:

> 有亡国,有亡天下。亡国与亡天下奚辨?曰:易姓改号,谓之亡国;仁义充塞,而至于率兽食人,人将相食,谓之亡天下。魏、晋人之清谈,何以亡天下?是孟子所谓杨、墨之言,至于使天下无父无君,而入于禽兽者也。……自正始以来,而大义之不明,遍于天下。

这已不是"误国""亡国"论了,直接是将"亡天下"之罪一股脑儿归诸清谈!

顾炎武显然认识到清议与清谈、名教与自然之消长对于天下风俗的影响,故《日知录》中又设"清议""名教"二条,前者说:"天下风俗最坏之地,清议尚存,犹足以维持一二,至于清议亡,而干戈至矣。"后者说:"'晋、宋以来,风衰义缺',故昔人之言,曰名教、曰名节、曰功名,不能使天下之人以义为利,而犹使之以名为利,虽非纯王之风,亦可以救积污之俗矣。"

与之同时的另一位大儒王夫之也说:"夫晋之人士,荡检逾闲,骄淫懦靡,而名教毁裂者,非一日之故也。……孔融死而士气灰,嵇康死而清议绝,名教为天下所讳言,同流合污而固不以为耻。"[1]顾、王二人的观点,今人可能以为迂腐冬烘,然而在当时,又确有其创巨痛深、不得不然者在焉。

差不多百年之后,清儒钱大昕才在《何晏论》中提出不同观点:

> 乌呼,(范)宁之论过矣!史家称之,抑又过矣!方典午之世,士大夫以清谈为经济,以放达为盛德,竞事虚浮,不修方幅,在家则丧纪废,在朝则公务废。而宁为此论以箴砭当世,其意非不甚善,然以是咎嵇、阮可,以是罪王、何不可。……自古以经训专门者列于儒林,若辅嗣之《易》、平叔之《论语》,当时重之,更数千载不废;方之汉儒,即

---

[1] [清]王夫之撰,舒士彦点校:《读通鉴论》卷十二,北京:中华书局,1975年。

或有间，魏、晋说经之家，未能或之先也。（范）宁既志崇儒雅，固宜尸而祝之，顾诬以罪深桀、纣，吾见其蔑儒，未见其崇儒也。论者又以王、何好老、庄，非儒者之学。然二家之书具在，初未尝援儒以入庄、老，于儒乎何损？[1]

这是站在正统儒家经学的立场上，为有功于经学的何晏、王弼翻案，理据甚明，持论甚严。而其于《清谈》一文，又称"魏、晋人言老、庄，清谈也；宋、明人言心性，亦清谈也。……王安石之新经义，亦清谈也。神京陆沈（沉），其祸与晋等"[2]，似乎依旧是"清谈误国"论的拥护者。

清谈未必误国

近代以来，西学东渐，国学式微，来自"名教"的压力为之减轻，而"自然"的舒张似乎更受重视。诸子之学于焉大兴，老庄思想因而崛起，大有与经学相颉颃之势。尤其经历"小说界革命""新文化运动""白话文运动"之后，传统的"旧文学"被"新文学"挤对，渐渐失去主导地位。与此相应，原本在过去的评价中处于"异端"或"旁支"的文化遗产，似乎因更具有某种与西学对话的"现代性"因素而受到青睐，这时人们对魏晋清谈的理解便与以往大不同了，《世说新语》及其所承载的"魏晋风度"也因此备受关注，重放异彩。相形之下，"清谈误

---

[1] ［清］钱大昕著，陈文和主编：《潜研堂文集》卷二，南京：凤凰出版社，2016年。
[2] ［清］钱大昕著，陈文和主编：《十驾斋养新录》卷十八，南京：凤凰出版社，2016年。

国"论似乎显得不合时宜了。

如章太炎就说:"五朝所以不竞,由任世贵,又以言貌举人,不在玄学。"(《五朝学》)刘师培也说:"以高隐为贵,则躁进之风衰;以相忘为高,则猜忌之心泯;以清言相尚,则尘俗之念不生;以游览歌咏相矜,则贪残之风自革。故托身虽鄙,立志则高。被以一言,则魏晋六朝之学不域于卑近者也,魏晋六朝之臣不染于污时者也。"(《左盦外集》卷九)似乎年代越是久远,彼时之痛痒越与己身无关,便越是能看出魏晋清谈的种种好处来。

1934年,现代学者容肇祖《魏晋的自然主义》一书出版,开篇第一节标题便是"何晏、王弼的冤狱",在系统梳理何、王、阮、嵇、向、郭等魏晋清谈家的思想后,坚称何、王之思想"实为魏晋间的第一流",以现代眼光肯定了魏晋清谈的学术思想史价值。而"自然主义"一词尤令人耳目一新,似乎将与"名教"相对的"自然"重新赋能,使其获得了与"西方"和"现代"直接对话的可能性。

1945年,陈寅恪的《陶渊明之思想与清谈之关系》一文发表,文中以陶渊明之思想不似阮籍、刘伶辈之佯狂任诞,亦不如主旧自然说者之积极抵触名教,可以视为一种"新自然说";又说渊明之为人实"外儒而内道","就其旧义革新、'孤明先发'而论,实为吾国中古时代之大思想家,岂仅文学品节居古今之第一流,为世所共知者而已哉"!陈氏此文虽不无破绽(朱光潜《陶渊明》一文多有驳论,可参看),却颇具学术价值,对名教与自然之关系辨析尤明,尤其以陶渊明这一古今公认的大诗人为"自然"张目,也等于为魏晋清谈做了有理有据的学术辩护。

总之,"清谈误国"论一度十分流行,自有其历史的和逻辑的内在理路,在儒家名教理念和家国情怀的统摄下,如果让"居官无官官之事,处事无事事之心"(《晋书·刘惔传》),终日谈空说无、不切实际的清谈派占据政治中枢,的确容易带来灾难性后果,如王衍就是好例。但话又说回来,清谈作为一种学术思潮和文化现象,又确实代表了中国哲学演进和突破的一个重要阶段,它不仅推动了中国古代文化由重道德、重伦理、重政治向重思辨、重逻辑、重审美的方向发展,而且,由清谈之风催生出的一种清谈精神和玄学人格,也成为中国士人精神史和心灵史上一道赏心悦目的风景。别的不说,如果没有玄学思潮与清谈风气,魏晋风度和名士风流恐怕就会成为无源之水、无本之木了。

更为关键的问题是,以为清谈导致了"亡国"甚至"亡天下",不仅过分高估了清谈的破坏力,而且也容易避重就轻、转移焦点,以至于如统治集团的奢侈腐化、门阀政治的任人唯亲、国家决策的重大失误等,这些更为重要的原因,反而被有意无意地遮蔽和忽略了。

六
隐逸:自由而诗意地栖居

在魏晋流行的诸多风气中,隐逸之风可算是最为强劲的一种,从汉末以迄东晋,几乎呈愈演愈烈之势。至刘宋初年,有两部文献对隐逸文化投以关注,并加总结,一是范晔的《后汉书》,一是刘义庆的《世说新语》。前者专设"逸民列传",开启史传隐逸书写之先河;后者专设"栖逸"一门,为魏晋隐士之流树碑立传。

隐逸文化

所谓"栖逸",也即隐居避世之意。在中国传统文化中,隐逸是最具传奇性、超越性和浪漫气质的一种文化现象,甚至从某种程度上说,还颇具所谓的"现代性"。因为"隐"与"仕"相对,一个人选择隐居山林不问世事的生活,等于对现实政治投了一张弃权票,这是以一种极端的方式表现了"不合作"的姿态,宣告自己所看重的乃是尘世中原本稀缺的那一份"消极自由"。

所以,无论儒家还是道家,对隐逸的价值和意义都是认可的。《论语》中孔子把辟(避)世、辟地、辟色、辟言之徒称为"贤者"(《宪问》),并反复说:"天下有道则见,无道则隐。"(《泰伯》)"邦有道,则仕;邦无道,则可卷而怀之。"(《卫灵公》)"用之则行,舍之则藏。"(《述而》)尤其是《论语·微子》一篇,专门记录并探讨士人出处、进退、去就之道,几乎可以说是最早的"隐逸传",其中不仅有对接舆、长沮、桀溺、荷蓧丈人等隐士的描写,还有孔子对六位"逸民"(何晏《论语集解》:"逸民者,节行超逸也。")的评价。"不降其志,不辱其身,伯夷、叔齐与?"谓柳下惠、少连:"降志辱身矣。言中伦,行中虑,其斯而已矣。"又谓虞仲、夷逸:"隐居放言,身中清,废中权。"最后孔子说:"我则异于是,无可无不可。"所谓"无可无不可",用孟子的话来讲就是:"可以仕则仕,可以止则止,可以久则久,可以速则速,孔子也。"(《孟子·公孙丑上》)而在《论语·季氏》中,孔子又说"隐居以求其志,行义以达其道",这些都说明,孔子内心深处是怀有隐逸情结的。

当然,隐逸文化与老庄的无为逍遥之旨更相契合。老子、庄子都是隐居生活的践行者,故司马迁说:"老子,隐君子也。"(《史记·老子韩非列传》)《庄子·缮性》中也有对"隐"的诠释:"古之所谓隐士者,非伏其身而弗见也,非闭其言而不出也,非藏其知而不发也,时命大谬也。当时命而大行乎天下,则反一无迹;不当时命而大穷乎天下,则深根宁极而待。此存身之道也。"在老子、庄子看来,隐居避世,"曳尾于涂中",正是乱世中非常实用的一种"存身之道"。

关于隐居的原因,范晔在《后汉书·逸民列传》中列举了六条:"或隐居以求其志,或回避以全其道,或静己以镇其躁,或去危以图其安,或垢俗以动其概,或疵物以激其清。"并且说:"彼虽硁硁有类沽名者,然而蝉蜕嚣埃之中,自致寰区之外,异夫饰智巧以逐浮利者乎。荀卿有言曰,'志意修则骄富贵,道义重则轻王公'也。"

不过,鲁迅在《隐士》一文中,对"隐士"取一种讽刺消解的态度,他先说:"登仕,是啖饭之道,归隐,也是啖饭之道。假使无法啖饭,那就连'隐'也隐不成了。"接着又说:"汉唐以来,实际上是入仕并不算鄙,隐居也不算高,而且也不算穷,必须欲'隐'而不得,这才看作士人的末路。唐末有一位诗人左偃,自述他悲惨的境遇道:'谋隐谋官两无成。'是用七个字道破了所谓'隐'的秘密的。"还有一段更厉害："真的'隐君子'是没法看到的。古今著作，足以汗牛而充栋，但我们可能找出樵夫渔父的著作来？他们的著作是砍柴和打鱼。"[1]

鲁迅看出归隐也是"啖饭之道"，其实并不比《庄子》所说的"存身之道"更高明，我们总不能说，非要像伯夷、叔齐饿死在首阳山才叫真隐士吧？尤其是，鲁迅把樵夫渔父当作真的隐君子，等于混淆了"士"与"民"的关系（陶渊明即使种田，也还是"志于道"的"士"，而不是"谋于食"的"农"），也把隐士所以为"士"的真精神给取消了。打个不恰当的比方，我们总不好说，今天的"三农问题"竟全是"隐士问题"吧？

关于隐逸文化的历史意义，钱穆有过如下论述：

> 《易经》上亦说"天地闭、贤人隐"，隐了自然没有所表现。中国文化之伟大，正在天地闭时，贤人懂得隐。正在天地闭时，隐处仍还有贤人。因此，天地不会常闭，贤人不会常隐。这些人乃在隐处旋乾转坤，天地给他们转变了，但别人还是看不见，只当是他无所表现。……这是天地元气所钟，文化命脉所寄。今天我们只看重得志成功和有表现的人，却忽略了那些不得志失败和无表现的人。……但历史的大命脉正在此等人身上。中国历史之伟大，正在其由大批若和历史不相干之人来负荷此历史。[2]

"历史的大命脉"是否就在这些隐士身上，似乎还可以再讨

---

[1] 鲁迅：《且介亭杂文二集》，北京：人民文学出版社，1958年。
[2] 钱穆：《中国历史研究法》，北京：生活·读书·新知三联书店，2001年。

论，但隐逸行为的发生和流行，的确丰富了中国人的生存样态和精神世界，为心性高洁的有志有识之士，在"无所逃于天地之间"的体制之外，提供了一种自由选择甚至"诗意栖居"的可能——这是隐逸文化特别令人心动的地方。

隐逸文化内涵的演进

大致说来，汉代的隐士，多以儒家"隐居以求其志"为尚，《后汉书·逸民列传》中的隐士如向子平、严子陵、台孝威等人，都是"不事王侯，高尚其事"的狷介之士。《世说新语》开篇出现的如徐孺子、黄叔度、管宁等人就属于这一类。汉代的隐士虽然生活贫寒，但一般情况下，不仅不会受到当局的打压，反而受到官方的征召甚至皇帝的礼遇，汉光武帝对严子陵的态度就是好例。

到了三国时期，情况就有所不同，因为"天下多故，名士少有全者"，罗网无处不在，这时的隐逸就更像是一种逃离和自救。由于汉末兴起的道教的影响，这时的隐士往往与道士合流，变得岩居穴处，不食人间烟火，《世说新语·栖逸》前两条所载的苏门先生和孙登就是个中典型。阮籍、嵇康先后入山访道，与之同游，所获回应云遮雾罩，神秘感十足。且看关于嵇康的两条：

> 嵇康游于汲郡山中，遇道士孙登，遂与之游。康临去，登曰："君才则高矣，保身之道不足。"（《栖逸》二）
>
> 山公将去选曹，欲举嵇康，康与书告绝。（《栖逸》三）

嵇喜所撰的《嵇康别传》说："山巨源为吏部郎，迁散骑常侍，举康，康辞之，并与山绝。岂不识山之不以一官遇己情邪？亦欲标不屈之节，以杜举者之口耳！乃答涛书，自说不堪流俗，而非薄汤武。大将军闻而恶之。"嵇康后来被司马昭所杀，在这里已埋下引线。可知魏晋易代之际，政争残酷，隐居不但不能保身，反易招致杀身之祸。鲁迅所谓"欲'隐'而不得，这才看作士人的末路"，良有以也。

  嵇中散（康）既被诛，向子期（秀）举郡计入洛。文王引进，问曰："闻君有箕山之志，何以在此？"对曰："巢、许狷介之士，不足多慕！"（《言语》十八）

由这个见于《言语》门中的故事亦可看出，嵇康死后，肃杀之气遍布朝野，如向秀一样的隐士已失去隐居的自由。到了西晋建立、天下一统之后，隐逸之风稍歇，当时如左思之辈，虽也在仕途多舛时，写过《招隐诗》，但整个时代的急功近利使得隐居之志被遗忘了，当时园林的建造很盛，达官贵人可在庄园中过一过"朝隐"的瘾，故《世说新语》中关于西晋名士的"汰侈"故事甚多，而"隐逸"故事则付诸阙如。倒是左思的诗句"非必丝与竹，山水有清音"（《招隐诗》其一），为东晋一朝风靡朝野的隐逸之风奏响了序曲。

宗白华说："晋人向外发现了自然，向内发现了自己的深情。"这里的晋人，恐怕更多地是指东晋士人。比之以往，东晋士人的隐逸之志"好像简直就与现实无关"[1]，对老庄无为之道的

---

[1] 王瑶：《中古文学史论集》，上海：上海古籍出版社，1982年。

向往，对自然山水的热爱，成了隐居的最佳理由。江浙一带本多佳山秀水，会稽山水更是冠绝天下，这使偏安江南的东晋士大夫陶然忘忧，乐不思蜀。当时的隐士与其说是"隐居以求其志"，不如说是"隐居以求其乐"。这个乐，当然就是庄子的濠濮之乐、山水之乐。

简文（司马昱）入华林园，顾谓左右曰："会心处不必在远。翳然林水，便自有濠、濮间想也，觉鸟兽禽鱼自来亲人。"（《言语》六十一）

王子敬云："从山阴道上行，山川自相映发，使人应接不暇。若秋冬之际，尤难为怀。"（《言语》九十一）

许掾（询）好游山水，而体便登陟。时人云："许非徒有胜情，实有济胜之具。"（《栖逸》十六）

刘尹（惔）云："孙承公（统）狂士，每至一处，赏玩累日，或回至半路却返。"（《任诞》三十六）

东晋的名士们不仅登山临水，而且还模山范水，用清丽精美的语言和诗赋表达山水之爱。如顾恺之对会稽"山川之美"，就用"千岩竞秀，万壑争流，草木蒙笼其上，若云兴霞蔚"加以描绘。浙江东阳的长山"山靡迤而长"（《会稽土地志》），名僧支道林一见之下，脱口而出："何其坦迤！"（《言语》八十七）孙绰作为一代文宗，才高性鄙，雅不为名辈所喜，但当他纵情山水时，却表现出赤子般的童心。《晋书·孙绰传》说："少与高阳许询俱有高尚之志，居于会稽，游放山水，十有余年。"他写完著名的《游天台赋》，交给名士范启（字荣期）看，说：

"卿试掷地，要作金石声。"（《文学》八十六）成语"掷地有声"即由此而来。唯其如此，孙绰才能在《庾亮碑文》中说出"固以玄对山水"的隽永之言，至于他在玄言诗的创作中融入山水意趣，为谢灵运的山水诗导夫先路，就更是文学史上的佳话了。

隐逸者受推崇

东晋，佛道人物也是隐逸生活的践行者。东晋僧人竺法济著有《高逸沙门传》，"沙门"即和尚，说明在"出家"的僧人中，亦有"出世"的高蹈之人。像支道林、竺法深、于法开、康僧渊等名僧都是和尚中的隐士。这些僧人常常游走于"朱门"和"蓬户"之间，如鱼得水：

> 竺法深在简文坐，刘尹（惔）问："道人何以游朱门？"答曰："君自见朱门，贫道如游蓬户。"（《言语》四十八）

竺法深和刘惔的对话除了表明语言上的机智，还附带提醒我们，当时的僧道和隐士，常常是最高权力拥有者的座上宾，生活远比汉魏时的隐士"滋润"。像支道林，不仅"常养数匹马"，而且还要"买山而隐"：

> 支道林（遁）因人就深公（竺法深）买印山，深公答曰："未闻巢、由买山而隐。"（《排调》二十八）

竺法深对支道林的讽刺可谓入木三分，但反过来看，他自己也很可疑，竟想让人从他手里"买山"，也实在不是什么"贫道"。

僧人隐居都可以如此洒脱，名士更不用说。

> 许玄度（询）隐在永兴南幽穴中，每致四方诸侯之遗。或谓许曰："尝闻箕山人，似不尔耳。"许曰："筐箧苞苴，故当轻于天下之宝耳。"（《栖逸》十三）

许询隐居在永兴县南部的深山洞穴中时，常有各地的官员赠送物品给他。有人就讽刺他："听说在箕山隐居的许由好像不这样。"许询却说："接受点装在竹筐草包里的东西，实在比天子之位轻多了！"把许询这话和向秀的"巢、许狷介之士，不足多慕"一比较，便可知道，东晋名士似乎已达到"跳出三界外，不在五行中"的逍遥境界，以往士人们执着的"箕山之志"在他们看来，根本不值一哂。毕竟，他们已经获得了"免于恐惧的自由"。

当时不仅隐士如云，还有人充当隐士的经济后盾，桓温的高级参谋郗超（字嘉宾）便是好例。《晋书·郗超传》说他"性好闻人栖遁，有能辞荣拂衣者，超为之起屋宇，作器服，畜仆竖，费百金而不吝"。

> 郗超每闻欲高尚隐退者，辄为办百万资，并为造立居宇。在剡，为戴公（逵）起宅，甚精整。戴始往旧居，与所亲书曰："近至剡，如官舍。"郗为傅约（瑗）亦办百万资，傅隐事差互，故不果遗。（《栖逸》十五）

这个郗超，简直可以说是隐士的幕后"金主"，每听到有人隐居，便斥资为其"造立屋宇"。当时的著名隐士戴逵就曾得到过他的赞助，只不过盖的宅子状如官舍，让戴逵颇觉遗憾。另一位名叫傅琼的名士声称要隐居，郗超也为他准备了百万巨资，但傅琼后来改变主意，郗超的赞助也就不了了之。

陶渊明：魏晋风度的集大成者

《栖逸》门共十七条故事，十四条记东晋事，说明在东晋一朝，隐逸已经与安贫乐道和全身保命无关，而成了一种让人趋之若鹜的时尚了。这是东晋名士才能享受的盛宴，"仕隐双修"也好，"隐而优则仕"也罢，竟把隐士的志节与风骨抹杀于无形了。

好在，东晋还有一个陶渊明。这位"古今隐逸诗人之宗"，看出了当时"真风告逝，大伪斯兴，闾阎懈廉退之节，市朝驱易进之心"[1]的浮华之弊，其所谓"大伪"，大概是指晋宋之交，那些一面崇尚佛老隐遁之迹，一面驰驱奔走于仕途经济的所谓"风流名士"吧。而其所谓"真风"，亦非指佛老，而是以孔子和六经为旨归的"君子固穷"之节及延绵千年的风雅传统。又其《饮酒》诗云："羲农去我久，举世少无真。汲汲鲁中叟，弥缝使其淳。……区区诸老翁，为事诚殷勤。如何绝世下，六籍无一亲。终日驰车走，不见所问津。"钱钟书在论及陶渊明对老庄的态度时说："盖矫然自异于当时风会。《世说·政事》注引

---

1 陶渊明：《感士不遇赋》，参见北京大学北京师范大学中文系、北京大学中文系文学史教研室编：《陶渊明资料汇编》，北京：中华书局，1962年。

《晋阳秋》记陶侃斥老庄浮华，渊明殆承其家教耶。"[1]

正如元人张仲深诗云："致身未断出处期，尚抱遗经作儒隐。"(《赠茜泾张伯起》)陶渊明的隐居，不是一味地远离尘嚣，"与鸟兽同群"，而是"结庐在人境"的人间守望，是"隐居以求其志，行义以达其道"的儒者志节。清人钟秀说："后人云晋人一味狂放，陶公有忧勤处，有安分处，有自任处。秀谓陶公所以异于晋人者，全在有人我一体之量，其不流于楚狂处，全在有及时自勉之心。……三代而后，可称'儒隐'者，舍陶公其谁与归？"[2]

可以说，魏晋隐逸之风如果没有陶渊明出来"收拾""蹈厉"一番，怕真要漫漶支离，"前途当几许？未知止泊处"[3]了。唐宋以后，"儒隐"之风日益流行，绝不是偶然的。正如饮酒和任诞一样，这又是陶渊明超越时代、"高于晋宋人"的地方。

---

[1] 周振甫、冀勤:《钱钟书〈谈艺录〉读本》，北京：中央编译出版社，2013年。
[2] 钟秀:《陶靖节记事诗品二十二则》，参见北京大学北京师范大学中文系、北京大学中文系文学史教研室编:《陶渊明资料汇编》，北京：中华书局，1962年。
[3] 陶渊明:《杂诗》，参见北京大学北京师范大学中文系、北京大学中文系文学史教研室编:《陶渊明资料汇编》，北京：中华书局，1962年。

［唐］孙位：《高逸图卷》，纵 45.2 厘米，横 168.7 厘米，现藏于上海博物馆。此图与南京西善桥东晋墓砖刻《竹林七贤图》一脉相承，但画面人物仅残存四人，自右而左为山涛、王戎、刘伶、阮籍。

《世说新语》：清谈与隐逸　　053

邵颖涛 西北大学文学院

主要从事佛教与唐代文学研究。出版专著《唐代叙事文学与冥界书写研究》《唐小说集辑校三种》《三宝感应要略录》等。

唐传奇：爱情与侠义

爱情与侠义两个重要的叙事主题，既是唐代历史时期的分界线，也是文化传承与社会观念变迁的风向标。

引 言
唐传奇叙事主题流变：从爱情到侠义

爱情和侠义是古代社会文化中常见的两种写作题材，一种是男女沉迷于相爱的红尘，一种是人们追求仗剑走天涯的潇洒。如果联系到唐代传奇上，爱情与侠义是两个重要的叙事主题，前者以旖旎缠绵的情爱叙事，令读者心神摇曳，陶醉于文士群体有意设置的个体愉悦与情爱憧憬中；后者则以快意江湖、勇往直前的快节奏，吸引着社会民众的眼球，同时裹挟着时代风尚而愈受追捧。这两个主题既是唐代历史时期的分界线，也是文化传承与社会观念变迁的风向标。

爱情之作涌现于中唐文坛，而侠义小说兴盛于晚唐，两个主题的产生与变化反映了文学创作与时代背景存有密切的关联，还隐藏着中晚唐相异的社会文化观念与文学需求。唐传奇展现了不同时期世人生动鲜活的生存图景、社会百态，具有持久的文学魅力。

以爱情为叙事主线的唐传奇，把一个简单故事写得跌宕起伏、扣人心弦，不仅落笔饶富新奇感，还给男女追求自由爱情的故事涂抹了浓郁的传奇色彩，增加了作品的耐读性与趣味。

这类作品单篇即成传世佳作，代表作有元稹《莺莺传》、白行简《李娃传》、蒋防《霍小玉传》、陈玄祐《离魂记》、沈既济《任氏传》、李朝威《柳毅传》等，既有人间社会的男女恋爱类型，也有人神、人怪相恋的篇什。在创作上，植根唐代现实生活与文化土壤，既有史家纪传手法的延续，亦不乏浪漫情思与奇幻笔法，关注人鬼情未了、人神情无极的传说，令读者虽感惊异却又很容易沉浸其中，最终不得不佩服小说家"有意为文"的高妙构思。

不过，这些作品属于言情小说的童年期之作，在细腻化的世情描写上自然不及《金瓶梅》《红楼梦》之类，但其价值又岂是以此可以判定的呢？

至于侠义传奇，只是一个较笼统的称呼，又称作豪侠传奇，是以侠客、义士事迹为叙事主题的小说。实际上我们所讲侠义传奇既有传奇佳作，也有部分属于笔记小说，我们试图尽可能利用大量小说文本来描述现象，所以有时取材跳出了"传奇"概念的限定，请诸位不必穷究较真。准确地说，传奇大多是以记、传命名的唐代小说，它们以史家笔法传述奇闻逸事。晚唐侠义传奇单篇存世者很有限，大多见于专辑中，其叙事简略、篇幅短小，又多奇幻笔法，与中唐传奇存在差异，但与六朝志怪小说相近，这是需要特意点明的地方。

晚唐也有《飞烟传》《无双传》等爱情小说，但最出色的首推裴铏《传奇》中的《昆仑奴》《聂隐娘》、袁郊《甘泽谣》中的《红线》、杜光庭《神仙感遇传》中的《虬须客传》（有的版本"虬须客"作"虬髯客"）、薛用弱《集异记》中的《贾人妻》等描写侠客故事的作品。这些作品中的"侠"来源多样，既有被美化的盗贼，也有任侠、游侠之流，还有行事神秘的异人。

他们行事豪放不羁，手段高超，重视诚信，好打抱不平，既有逍遥江湖的飘逸气质，也有快意恩仇的豪情风骨。此时期的创作逐渐成为后世小说模仿的典范。

一
唐代爱情传奇中的男主角

阅读言情小说时，我们会格外留意小说中的主人公身份，因为主人公关系着小说情节的大体走势与创作艺术风格。不同于现代的言情小说——男主常是政商豪门，女主动不动就是脆弱小白花——唐代爱情传奇中的主角身份类型不少，但最为世人关注的应该算是书生与妓女的组合。假如生活在大唐帝国，什么事件最有可能登上"头条""热搜"，肯定是白衣秀才的风流韵事与失意文士的艳遇奇谈。

白衣秀才的风流韵事

唐小说中的男主角常是白衣秀才，也就是还没有获得功名的、身穿白色衣服的书生，而爱情则是这一角色欲念的集中呈现。他们在爱情观上大胆炽热，常会陷入"一见钟情"的爱情模式，遇到心爱之人，敢向对方表达心意；更向往一种浪漫的情爱方式，幻想自己能享有左拥右抱、倚红偎翠的文士风流生活，弥补现实生活中的求而不得。

唐人崔颢有首小诗写道："停船暂借问，或恐是同乡。"两个青年男女在码头上偶遇，便有意搭讪，以传递出交往的心意，这正是男女爱情中常见的"一见钟情"模式。崔护有诗云："去年今日此门中，人面桃花相映红。人面不知何处去？桃花依旧笑春风。"诗人崔护去长安郊外踏青游玩，在柴门掩扉间见到了一个乡间女子，被这个女子的天然风韵打动，将她系念于心，久久难以忘怀。

唐人就是如此，他们遇到心中之人，敢于和对方订立盟誓，所以有一首敦煌曲子词"枕前发尽千般愿，要休且待青山烂，水面上秤锤浮，直待黄河彻底枯"，愿意和相爱对象订下山盟海誓，即使自然界发生种种变化，他们也不愿意堵塞爱情之路。

像张鹭的《游仙窟》、白行简的《李娃传》、蒋防的《霍小玉传》等传奇名篇都讲书生耽于享受情爱的故事，书生与妓女的爱情举动蕴藏着人性真实的魅力。这类小说奠定了"一见钟情"式的爱情模式，也就是男女双方在相遇时，男方或女方对对方产生爱慕之意。

《虬须客传》中的红拂女初见书生李靖时，便被李靖的人格魅力所折服，马上向李靖表达了自己的倾慕之意，愿意和穷书生李靖为爱走天下。再如唐传奇《昆仑奴》中，穿着红绡的歌姬初见崔生的时候心中便产生了异样的情愫，大着胆子向崔生传递信号，希望崔生能够帮自己逃离豪门大户，此时的这位歌姬早已忘却了自己的身份，彻底成了被书生风采所征服的"花痴"。《莺莺传》中的张生在普救寺中见到容华绝代的崔莺莺，立刻便被爱情俘虏，"惊，为之礼"[1]，向她行礼的动作中透露出张生的心乱了，如一池春水被吹皱。

---

[1] 本文唐传奇文本皆出自李剑国辑校：《唐五代传奇集》，北京：中华书局，2015年。

由书生与女子构成的爱情小说，难免濡染了文士化的色彩，时常书写文士吟诗抚琴的生活范式和交往方式。现代人谈恋爱很少有文艺冲动，可是在唐传奇中触目可见文艺化的场景。唐代文士在日常生活，尤其是在宴饮场合中，经常与志同道合的友人一起赋诗唱和，或者一起欣赏歌姬的才艺表演，耽于声乐享受。他们通过这种高雅文艺的生活方式，以美酒佳肴助兴、以谈诗抚琴为由头，进行吟诗作画那样的文艺交流。如果在文艺交流中添加了谈情说爱的桥段，我们会觉得这种恋爱方式很文艺，让人向往。

《莺莺传》中的张生为了取悦崔莺莺，托红娘把自己亲手写下的情诗传递给崔莺莺。崔莺莺诵读这些诗时，内心泛起阵阵涟漪，心弦被叩动了。故而崔莺莺给张生回了一首《明月三五夜》："待月西厢下，迎风户半开。拂墙花影动，疑是玉人来。"在两人诗歌唱和的过程中，我们能感觉到两个人依靠这种文雅的交流方式增进了彼此的情愫，两个人的感情就在这温柔的诗信中炽烈地萌芽、生长、开花、结果。这场恋爱中的浪漫文艺气息，还通过音乐形式助力精神沟通：崔莺莺善于抚琴，张生便去偷听崔莺莺弹琴，他在琴声中捕捉崔莺莺传达的信息。琴曲暗连人物的心理活动，即心声的流露。崔莺莺在张生告别时，再次演奏琴曲，这时的琴声暴露了她心绪难宁的状态，小说讲她忽然"不复知其是曲也"，离别时的不好预兆扰乱了美人的心，也使万千读者的心跟着乱了。

书生身份赋予故事些许风流韵味，却也冲淡了爱情忠贞不渝的旨意。《莺莺传》里的张生后来抛弃了崔莺莺，崔莺莺给张生传递书信时提及"始乱之，终弃之"，始乱终弃恰是对背信弃义的张生的谴责。唐代的文士虽有从一而终、忠贞不渝者，可是不少人更向往一种浪漫的情爱方式，他们幻想自己左拥右抱、倚红偎翠。唐代文学家崔颢被后人记为"有才无行"，说他虽有才学，可是德行不足，不足在哪里呢？不足在于他喜好美色，几度更易妻子，且每次都找漂亮的女子。总之，是个人品差的"渣男"。

基于风流天性的文化基因，导致爱情小说常被设定为始乱终弃的悲剧，而唐传奇中最经典的作品就是这类爱情悲剧。像《霍小玉传》讲霍小玉被陇西才子李益无情抛弃后，极为悲痛，在临终之时说："我为女子，薄命如斯；君是丈夫，负心若此。"身为霍王之女，没想到命运却如此坎坷，原本幻想着拥有一份真爱，到头来终是一场梦幻泡影。李益身为男子汉大丈夫，始乱终弃，薄情寡义，这正应了一句俗语"负心多是读书人"。女性类似霍小玉这样被书生始乱终弃的不幸遭遇，让人感叹不已外，更能让人真切体会到的是唐代的真实生活场景：这大约就是布衣书生的风流韵事，一场风花雪月式却不想负责任的爱情。

落魄书生的艳遇奇谈

行走在大唐帝国山水间的落魄书生有可能会在漫漫旅途中遭逢一场艳遇，他们是选择沉沦一夜风流的享受，还是在歌舞声乐中保持清醒的头脑？这种艳遇能不能通向婚姻的殿堂，它的背后究竟隐藏着什么信息呢？

斗志昂扬的青年才俊致力谈一场轰轰烈烈的爱情，可落魄江湖的书生更憧憬一场温柔而刺激的艳遇，借以慰藉潦倒的人生。《周秦行纪》记牛僧孺落第后心情郁郁，归乡途中夜宿于薄太后庙。这个借宿废庙的夜晚,让牛僧孺结识了王昭君、杨玉环、潘淑妃、绿珠等名姝的芳魂。在废庙里,他与佳人幽魂诗文唱和,不仅满足美味佳肴、琼浆玉液的口腹之欲,还得满头翠簪、玉钗的绝色佳人的养眼之乐,使他的失意得到了抚慰。荒郊野外的艳遇带有明显的诡异色彩,可主人公却甘心沉醉其中。作者甚至在文末写道:"余为左右送入昭君院。会将旦,侍人告:'起得也。'昭君垂泣持别。"文笔隐曲,却透露着昭君侍寝的信息,原来虚构的是牛僧孺遭逢的一场艳遇。

对一个科榜失意的举子而言,灰溜溜地离开长安城原本是一件难以言说的糗事,在都城中目睹他人功名有成,反衬的却是自我的科场失败,这肯定让读书人郁闷不平。科场失意后,欢乐场的得意似乎能聊为补偿落榜者的心理,对美色的憧憬会冲淡来自功名失败的悲伤。

说起科场失败读书人的艳遇还可以读读《后土夫人传》。武则天时,有一个官宦子弟叫韦安道,家庭背景无助于他考取功名,屡试不第,科场失意。一日清晨,他行走在洛阳街道上,忽然看到有一群甲士、侍宦护卫着一位"美丽光艳,其容动人"的美女。出于仰慕那些享有权势者的心理,他不由自主地悄悄紧随在贵人身后,打算窥探其来历。机缘巧合下,韦安道与美女有了夫妇之欢,这场艳遇让他得偿所愿,昔日未曾实现的梦想就此都得到了补偿:平日里有十多个能力出色的护卫跟随着他,吃的也都是美味佳肴,生活档次一下子被提高了。又在这位佳人的帮助下,韦安道声名鹊起,被授予魏王府长史的官职,得到无数赏钱。他的"昔日龌龊"早已烟消云散,收获的全是大富大贵,这可能正是他骨子里的期许与遐想。

"黄粱一梦"的卢生、"南柯一梦"的淳于梦,与韦安道一样,都仿佛做着白日梦,在失意的人生中寻找得意的契机。富贵荣华的梦想里不知蕴藏着多少失意者的辛酸泪!

很多唐传奇都讲男子喜欢结露水姻缘,如:张鹫《游仙窟》讲张生与五嫂、十娘结露水姻缘;《郭翰》记载天上织女化为女子形象,降临凡间与郭翰结露水夫妻。这样一种大胆的示爱方式,无夫妻之名而发生夫妻之实的故事,是对唐代书生喜好艳遇的文学记载。

书生们无论是倾慕爱情的风流情事,还是只图肉体欢愉的数夜艳遇,都是唐人对爱情书写与欲念的呈现。这类题材中的主角多是站在男性立场来记事传情,是作者有意创作出来为读书人代言的典型人物,故而他们身上被杂糅了无数读书人的性格特点,他们不是一个单独的个体,而是一群人的真实缩影,呈现了这个群体的欲望与幻想。

二
女主角华丽转身变成仙女

唐人爱情传奇中的女主角身份多样,尤以姬妾、娼妓形象最具魅力,如《李娃传》中的李娃、《霍小玉传》中的霍小玉、《柳氏传》中的柳氏、《杨娟传》中的杨娟等。书生是否能和娼妓结为夫妻,唐人为何要倾情打造这类人物形象?她们又是如何完成华丽转身的呢?

女主角人设书写的二重性

唐代士子好冶游，喜欢追求肉体欢愉与精神愉悦，《游仙窟》《郭翰》《霍小玉传》《任氏传》《莺莺传》等传奇倾情描写男女交往之欢乐。何满子在《中国古代小说发轫的代表作家——张鷟》中说："《游仙窟》翻译成现代汉语，就是《美人窝的经历》。"[1]这个故事写的就是读书人的狎妓艳遇。

在唐代社会中，似乎青楼女子、欢场丽人更能讨读书人的欢心。白居易登科及第后，做的第一件事就是去逛青楼，很快结识了长安名妓阿软，并写下诗句"绿水红莲一朵开，千花百草无颜色"来赞美阿软的美丽；他还养家妓，诗句"樱桃樊素口，杨柳小蛮腰""两枝杨柳小楼中，袅娜多年伴醉翁。明日放归归去后，世间应不要春风"，满含对这些女子的绵绵情意。白居易弟弟白行简的《李娃传》讲述了豪门贵公子的恋爱经历，而爱情的另一位主角正是来自烟花贱籍的娼妓李娃。

虽然唐代并不禁止官员狎妓，但娼妓地位低下，并不被主流社会所接纳。有识之士更是对此深恶痛绝，有一位叫贾曾的官员曾力主整顿社会风气，上书讽谏时任太子的李隆基"至若监抚余闲，宴私多豫，后庭妓乐，古或有之，非以风人，为弊犹隐。至于所司教习，章示群僚，慢伎淫声，实亏睿化。伏愿下教令，发德音，屏倡优，敦《雅》《颂》，率更女乐，并令禁断，诸使采召，一切皆停"（《旧唐书》卷一百九十）。这段话代表了很多正统文人的观点，他们忧虑耽于风流的行为会腐蚀人

---

1 何满子：《中国古代小说发轫的代表作家——张鷟》，《文学遗产》1988年第3期。

的斗志，靡靡之音会导致凡夫消极堕落，所以恳请上层禁绝娼妓。终唐一代，文人群体并不可能平等接纳妓女群体，两个群体间的嫌隙一直存在着。

娼妓隶籍教坊，其职业排斥爱情，不可能付出真情，也很难收获真情。妓女本是礼教的弃儿，像《霍小玉传》《杜十娘怒沉百宝箱》《海上花列传》等小说中的妓女都是爱情悲剧的经历者，虽也有妓女充作姬妾外室，甚至嫁作人妇，但其地位依然有限。白居易《琵琶行》写道"自言本是京城女，家在虾蟆陵下住。十三学得琵琶成，名属教坊第一部。……门前冷落鞍马稀，老大嫁作商人妇"。《李娃传》这篇唐代传奇中的爱情描写，并不等同于现实生活中会发生的爱情经历。故事中幻想的成分远远大于现实，实际上很难在现实生活中看到类似的例子，这种大团圆的结局极为难得，其只是一个文学虚构的喜剧，更多来自作者的意淫式想象，不过是理想化地塑造了一个美少年的复杂感情史。

尽管妓女角色的确能满足男主角情欲的需求，激发读者的艳羡之意，但不能因此简单地认为唐传奇就是在写书生的情欲史。欲望与礼法间的碰撞，理想与现实间的角力，或许才是作者更关注的写作方向。

回到小说文本来看，李娃之所以能获得完美结局，原因在于小说旌表妇人操烈、赞美李娃节行，并没有专注情欲书写。从后代的接受史来看，唐代李匡文《方寸乱》提及《节行倡娃传》，宋曾慥《类说》记录《汧国夫人传》，作品名称的变化反映了该故事的节义主旨。而出自生命本能的活跃要素——情欲，却被节义故事掩盖。小说一开始就写道："汧国夫人李娃，长安之倡女也。节行瑰奇，有足称者。故监察御史白行简为传述。"从风气角度来看，这个小说讲了两个主人公洗心革面、从头再来的励志故事，两人都曾犯下错误，现在"过而能改，善莫大焉"，男的成为齐家治国的典范，女的成为相夫教子的楷模，这个完美案例能引领风气、教化世俗。这也是监察御史[1]白行简传述、文本流传于今的原因之一。

李娃身上闪现着贞义贤淑的光芒，扮演着相夫教子的角色。她鼓励荥阳生重整旗鼓，为了督促丈夫勤奋读书，自己每夜陪坐在一边，时刻提醒荥阳生莫要懈怠；教子有成，生的四个儿子都当上了大官；还孝顺翁姑，感天动地，公婆坟头都长出了灵芝。从古代社会对妇女的基本要求来看，她满足了"之子于归，宜其室家"的期望，能劝诫丈夫，督促丈夫东山再起，使其得以金榜题名，这是难能可贵的贤妻品性；能繁衍子嗣，而且四个儿子都是国家有用之人，最差的都是从三品的太原府尹，堪称做到了振兴家门；还能孝顺父母，符合传统妇人的道德标准。既然如此，"倡荡之姬，节行如是，虽古先烈女，不能逾也"，怎么能不去宣传呢？作者就这么提高了李娃的品行，硬生生把一个娼妓改造成一品国夫人那样的贵妇人楷模。

仙妓合流现象的产生

唐传奇中出现了一种"仙妓合流"的文学现象，女主角常被塑造成具有仙人气质的形象，但她们的真实身份经不起推敲，

---

[1] 监察御史具有弹劾违法乱纪和不称职官员等职责。——编者注

染有烟花风月色彩。像《游仙窟》中的女主人公实际上是妓女群体的隐指，这里的游仙并不是真正遇到仙人，其缘起与唐代妓女仙化的书写不无关联。风尘女子代表世俗欲望，仙女神灵象征绝世出尘，两种完全背离的形象却在唐传奇中被巧妙地融为一体。

像《游仙窟》的作者张鷟"少娱声色"，生性风流，他的作品"浮艳少理致"（《新唐书》卷一百六十一）。张鷟在小说中代入自我的风流轶事，一味渲染色情意味，描写男女调情的场景，文中诗篇旨意粗俗，更是堕入了色情的泥淖。小说中的五嫂、十娘恐是倚门卖笑的暗娼，殊无任何仙女气质可言，可作品的题目偏偏是"游仙窟"，分明是想把自己的冶游经历打造成会仙奇遇。作者的这种改动，纵然赋予了传统遇仙题材以新的美学价值，但自视高雅的矜持意识也更趋鲜明。

如果追溯文学渊源的话，人仙或人神遇合题材滥觞于《高唐赋》之流，经汉魏辞赋效仿而粗显规模，到志怪小说沿袭后方成惯见的叙事主题。《搜神后记》之《袁相根硕》、《幽明录》之《刘晨阮肇》《黄原》等，皆把男女相遇的空间定位于仙境中，叙写人仙相恋的情节。唐人小说对此踵事增华，像《感异记》《后土夫人传》《汝阴人》《郭翰》《封陟传》《华岳神女》等故事中的女主人公，虽然假借仙家神人的外衣，却向文人投怀送抱，倾诉一己之情，乃至斗胆自荐枕席。她们原是仙人身份，本有高逸之质，行事却如同风月场人，不得不令人惊掉下巴。这种现象非独出现于小说，唐人诗歌中也触目可见，已经成为唐代文学界的常态，正如陈寅恪先生所说："六朝人已侈谈仙女杜兰香、萼绿华之世缘，流传至于唐代，仙（女性）之一名遂多用作妖艳妇人或风流放诞之女道士之代称。"[1]

仙妓合流的一个现实原因是唐代不少女冠披教徒外衣而行娼妓之事。女冠是指头戴黄色冠帽的女道士，有别于不戴冠的普通妇女。她们来源于社会各阶层，其中不乏年老色衰的妓女，亦有因容颜出色而沦为文士玩物者。晚唐时期的鱼玄机便是女冠中的社交明星，"风流之士，争饰诣以求狎，或载酒诣之者，必鸣琴赋诗，间以谑浪，懵学辈自视缺然"[2]。风流女冠将道观当作风流窟，文士在宗教空间中恍如体验人仙遇合。

另一个原因在于，能挂靠上女仙堪称唐人的梦想。唐代文士往往给自己定下宏伟的人生目标，一生都孜孜不倦地追求科榜题名、仕途通坦、婚姻美满。如果能收获一段刻骨铭心的爱情自然是锦上添花，能极大满足情感上的需求。他们干脆跳出了凡人艳遇的俗套，幻想人神、人仙遇合的桥段，在这类故事中补偿求而不得的失落，获得绝大的心理满足。

可惜的是，出于书写文士风流之怀而涌现的艳遇神女、仙姝之作，淡化了志怪小说中的仙家气息，将高逸缥缈的遇仙故事拉回了凡尘俗世，故事风流有余而格调不高，仙气淡化而粉味浓郁，在叙事题材上并不值得推崇。

---

[1] 陈寅恪：《元白诗笺证稿》，上海：上海古籍出版社，1978年。
[2] [唐] 皇甫枚：《三水小牍》卷下，北京：中华书局，1958年。

三
唐人爱情的喜与忧

唐代爱情传奇既有《李娃传》《柳毅传》《离魂记》等结局圆满的佳作，也有《霍小玉传》《任氏传》《长恨歌传》《莺莺传》等凄婉断肠的悲剧。尤其是那些悲剧性故事，仿佛是作者有意设定女子被抛弃的结局，让读者触目感伤。男女主人公为什么在大胆追求恋爱后，却无法携手走完一生，就此出现了一段凄美哀伤的悲剧性情事呢，究竟是什么拖了唐人爱情的后腿呢？

礼法遏制恋爱之花的盛放

弃妇是古代文学惯常书写的形象，早在《诗经》中就有《氓》《谷风》《柏舟》等弃妇诗，说明男人因变心而抛弃女人的行为并非罕见案例。西周时期，尚保存男女自由恋爱的习俗，《关雎》《野有死麕》等皆描写既无媒妁之言，又无父母之命的男女结合，故《周礼·地官·媒氏》记载"仲春之月，令会男女。于是时也，奔者不禁"，这给自由婚恋提供了产生的契机。自由恋爱有成功的例子，自然也有失败的教训，因而爱情悲剧并不鲜见。

等到儒家思想成为社会主流思想后，礼教观念遂成为大众必须遵守的规则，自由恋爱势必遭到礼教规则的制约，而男女婚姻也要受礼法的约束。生活在古代社会中的青年男女恪守礼法，一言一行循规蹈矩，讲究"非礼勿言，非礼勿视"，礼法限制了男女的行为。男女的结合要讲究"父母之命，媒妁之言"，轻易不允许男女随意相见，更不要谈什么自由恋爱。

《莺莺传》一开始就讲张生是一个循规蹈矩之人，恪守礼法，"性温茂，美风容，内秉坚孤，非礼不可入"。"非礼不可入"就是说他遵循礼法，不会轻易唐突佳人。小说也讲到崔莺莺柔顺贞美，具有古典女子温柔、贤良的美德，重视贞洁，恪守礼仪，所以她在遇到张生时，并不敢行差踏错。张生和崔莺莺两人在普救寺中难以遏制青春的萌动，渐渐逾越了世俗礼法的约束，两人又通过鸿雁传书、诗歌唱和的方式增进了解，任由天性的释放，最终相结合而有了夫妻之实。唐代文学家白居易曾在《井底引银瓶》序言里教化世人不要犯私自结合的错误，讲自己写这首诗是为了"止淫奔"。张、崔的大胆行为就是唐人所斥责的"淫奔"，他们没有听从父母安排，背离礼法而私自结合，显然不受礼法的认可，这为爱情的惨淡收尾埋下了伏笔。

在普救寺的宗教特殊空间中，张生、崔莺莺全部遗忘了世俗的礼法，他们进入了爱情的甜蜜期。寺院好像成为小说中两人爱情走向高潮的重要推动力，一旦离开了寺院，两人的爱情走势必会发生变化。小说的结尾，当张生回到长安城这个重视礼法的政治空间，其行为难免受到长安礼法观念的影响，张生的心理发生了翻天覆地的变化，居然全盘否定了自由恋爱。接到崔莺莺的书信之后，张生道貌岸然地说了一番话："大凡天之所命尤物也，不妖其身，必妖于人。"他将崔莺莺视作红颜祸水，认为美女会对他人或自身带来负面影响，坦言自己"德不足以胜妖孽，是用忍情"。

古人总把国家、个体的失败归结于女子的干扰，烽火戏诸侯的褒姒、被商纣王宠幸的妲己、安史之乱中的杨玉环，都被后人斥为红颜祸水。张生在这里貌似大义凛然，实际上是用红颜祸水论给自己的"渣男"行为寻找借口，这是一种无能、无耻的行为。

现实礼教限制了青年男女的恋爱行为，文学创作则以浪漫的方式虚构理想化的爱情类型，使读者在言情小说中体会到理想爱情的甜蜜。然而小说家无法真正忽视理想与现实间的矛盾，强大的社会观念迫使他们弃情从礼，一旦他们从感性回归理性、从想象重返现实，情感的虚幻泡影就被道德规则所击碎，于是甜美瞬间消失，悲痛悄然而生，悲剧就这么不期而至。

婚姻中的门第观念羁绊

唐代延续了魏晋以来重视高门望第的风尚，当时有太原王、范阳卢、荥阳郑、清河崔、博陵崔、陇西李、赵郡李等世家望族，这些望族深受士庶向往。唐高宗时，宰相薛元超的人生憾事是"始不以进士擢第，不娶五姓女，不得修国史"，即遗憾不能与名门大户结亲；豪族自视甚高，甚至连皇族也被他们委婉拒婚。在婚姻重视门第的世代风气下，爱情又怎么不受影响呢？

门第差异是唐小说中一个至关重要的影响要素，不仅会导致爱情就此搁浅，更可能影响主人公人生前途。唐太宗为加强皇权统治曾想扶植庶族，借以压制旧士族势力，重新编撰的《氏族志》以皇族为首、外戚次之，将原有的崔姓降至第三。唐太宗并未否定门阀观念，因为累世冠冕之家很难被彻底铲除，他也只是想调和门阀间的鸿沟，以期保持大体的平衡。

唐代的名门望族在很多方面享有话语权，如傅璇琮《唐代科举与文学》考证唐代每年应举举子有二三千人，其中寒士仅有少数，大多是豪族世家子弟，这些人世代把持着朝廷政治力量，其家族势力岂容小觑。这些大家族在婚姻上讲究门当户对，姿态极高，不愿轻易与庶族相混淆，几乎把婚姻当作维系社会特权、确保社会地位的必要手段。新兴士人分外青睐旧族大姓，当时士大夫的婚姻普遍重视门第，娶妻择偶都要考虑对方家族的境况，往往借助婚姻来谋求家族利益与个人权利。这种现实情况泯灭了士庶隐藏于内心深处的纯真诚挚，拖了爱情自由发展的后腿。

《李娃传》讲述一个豪门子弟与欢场女子的爱情故事。如果仔细阅读小说的话，读者自然会发现这场恋爱从一开始就是不对等的：男女主人公的门第身份、社会地位、资产状况、人物品性都存在明显差距，不啻天壤之别。

小说中男主人公身份神秘，被小说家隐去名姓，可是小说中又留下蛛丝马迹，"天宝中，有常州刺史荥阳公者，略其名氏，不书，时望甚崇，家徒甚殷。知命之年，有一子，始弱冠矣，隽朗有词藻，迥然不群，深为时辈推伏"。男主人公的父亲是常州刺史荥阳公，为从三品的"市长"，已经算是当时的高级官员。主人公并不仅仅是一个高官子弟，最重要的是他门第显赫。我们注意到这里有一个关键词"荥阳"，这是郑氏的郡望，乃是高门望族的标志。男主人公有权势、有地位，还很有钱。他临出门时，他父亲"盛其服玩车马之饰""备二载之用，且丰尔之给",让其带够花销,不必担心囊中羞涩。为了向李娃献媚,男主人公豪气万丈地说"虽百万何惜",于是"资财仆马荡然",把钱花得干干净净。百万钱在当时是很大的一笔钱,唐太宗时"米斗三四钱",唐代有篇小说《李校尉》记有人把猪"卖与屠家,得六百钱",杜甫有诗句"速宜相就饮一斗,恰有三百青铜钱",当然如果不考虑李白"金樽清酒斗十千"式奢华生活,男主人公就是一个常州来的"钻石王老五"。主人公还很有才,才学渊博,堪称"潜力股"。他的父亲将他比喻成吾家千里驹,"吾观尔之才,当一战而霸"。才学是古代读书人必备的技能,只有才华出众之士才会受人尊重,才能顺利地踏上仕途并开创辉煌。由上而看,这个男主人公占尽了优势。

小说中的女主人公李娃,优点就是颜值高,姿态妖娆,绝代未有,明眸皓腕,举步艳冶,身段窈窕,皮肤白皙,所以成了长安城的万人迷。长得像一枝花的李娃真实身份乃"狭邪女",也就是娼门女子,即住在小街曲巷的风月女子。平日里迎来送往,倒是赚了一大笔钱,"李氏颇赡,前与之通者多贵戚豪族,所得甚广。非累百万,不能动其志也"。但我们不难想到,李娃之所以身陷娼门,肯定是因为过去遇到人生困境,不得已才沦落到卖身的境遇。也就是说,当初李娃是没有钱财的,或者是无奈才选择娼门的。就像《霍小玉传》中的霍小玉因为是宗室庶女不受重视,等到霍王去世后,便被兄弟们赶出了王府,最终无奈走上风尘之路。

如果考虑以上情况的话,"狭邪女"李氏堕落风尘,已经没有什么地位可言,钱财也受老鸨的管控,她无才、无家、无地位。那么问题来了,一个出身望族的高官子弟,和一个风月场所的娼门女子，能否谈恋爱。唐代皇族虽姓李，却不是出身五姓七望，唐文宗曾想把女儿嫁给山东五大姓，都被豪族委婉拒绝。一个风尘女子想嫁给郑姓子弟，可以说是前路渺渺，难以预知。唐人重视门第风气下的爱情障碍，由此可窥一斑。

战乱让爱情惨淡地沦为遗响

安史之乱及晚唐频繁的战争，成为不少小说难以避及的社会现实问题，而爱情故事难免要受到战乱背景的影响。当爱情遭遇战争，如何能在纷乱紧张的境况中维系男女双方的爱情，这似乎成为一个考验人心、考察人性的难题。

战乱有可能为谈情说爱提供方便之门，《虬髯客传》中红拂女与李靖就是在隋末战乱的情景中邂逅，也是在群雄竞起的时候红拂女巧遇怀有壮志的虬髯客并获得帮助，但这并非小说的主旋律。

残酷无情的战争又怎么可能让爱情继续保持甜美的状态，往往会将当下的幸福撕成碎片，打破主人公原本平静的生活，将爱情碾得支离破碎，甚至荡然无存。唐玄宗天宝年间，曾写下"春城无处不飞花"佳句的诗人韩翃因缘际会间结识了李生的姬妾柳氏。一个才华非凡，却落魄不遇；另一个容颜艳美，却委身妾室。这正是郎才女貌的绝佳组合。彼此惺惺相惜，韩翃喜欢柳氏姿色，柳氏倾慕韩翃才学，李生成人之美便把柳氏赠送给韩翃。可好景不长，安史之乱爆发，叛军一路攻城略地，逼近长安。京城百姓四散奔逃，"颜值爆表"的柳氏担心遭到祸害，便剪去头发、自毁容貌，寄居在寺院中。韩翃派人寻访柳氏，特意赠送词作："章台柳，章台柳，昔日青青今在否？纵使长条似旧垂，亦应攀折他人手。"词作语义双关，以柳树暗指柳氏，表面写的是柳树是否青翠依旧，是否被人攀折，实际问的是柳氏容貌变了没、嫁人了没。而柳氏的回答道尽了乱世中的辛酸："杨柳枝，芳菲节，可恨年年赠离别。一叶随风忽报秋，纵使君来岂堪折。"柳氏不改初心，系念旧人，可在乱世中生存过于艰难，一个弱质女子哪里经受得住风刀霜剑严相逼！不久，柳氏便被番将恃势劫占。

这篇传奇佳作《柳氏传》描绘了战乱时女子孤苦无依、无力抵抗的悲惨境况，纵使韩、柳终得团聚，此中艰辛又有几人能记得？战争粉碎了无数人对美好生活的向往。韩翊与柳氏，陈朝徐德言与乐昌公主，都没有想到自己的美满生活会被战争摧垮。恩爱男女难续前缘，悲欢离合难以预料，这时候哪里有什么爱情可谈？

唐玄宗与杨贵妃的爱情故事更是感人泪下，陈鸿《长恨歌传》在历史真实的基础上对李、杨故事予以剪裁改写，其细节化的描写让历史人物更显鲜活。当宵衣旰食的皇帝遇到绝世佳人时，六宫粉黛黯然失色，偏偏这佳人"才智明慧，善巧便佞"，智商极高，懂得取悦君王。君王本就沉醉于美色，"政无大小，始委于右丞相"，杨家满门都随着贵妃得宠而发达起来，真是一人得道，鸡犬升天。尽管作者不乏讽刺意味，可读者依然不禁感慨美色的诱惑力如斯强大，所以当时民间谣咏："生女勿悲酸，生男勿欢喜。"在深宫内院中享受奢华生活的帝、妃两人哪里能预料到战争会让他们陷入绝望之地。安禄山悍然叛乱，率军攻克潼关，天子张皇失措，仓促带领官员西逃。等到了马嵬驿，哗变的禁军请求诛杀贵妃，"请以贵妃塞天下怨"。此时，谁还顾及什么感天动地的绵绵情意，纵使是一国之君也束手无策，无力改变贵妃死亡的结局。

陈鸿将读者从情感范畴引入思想层面，启发读者通过男女之情去思索历史走势与国家兴衰，有意将美人独宠和权奸专权联系在一起，导向"惩尤物，窒乱阶"的创作主旨。然而读者更关注的或许是，原来是安史之乱生生斩断了帝王的情路。

唐传奇的素材多源于真实历史，自然难以避开历史事件，自从安史之乱后朝廷难以掌控天下局势，各地频繁的战争成为爱情小说中的障碍，阻止爱情顺利发展。唐人想要一场轰轰烈烈的爱情，肯定得仔细斟酌、反复掂量诸多要素，否则一不留神，他们的爱情就被拖住了后腿，实在是不确定的因素太多了。波折虽多，小说中的波澜起伏却让故事不再简单，缓缓流动的走势被改写成了波澜壮阔的局面，一篇篇佳作便这么应运而生。

四
唐代爱情传奇中的都市繁华和百姓习俗

唐代爱情传奇发生的环境多建构在长安、洛阳。以繁华都市为士人风流韵事的空间背景，借文学经典而缓缓拉开京城富庶生活与士庶风情百态的长卷。唐传奇笔法细腻，善写细节，通过都城的富庶生活、里坊结构、宵禁制度、婚俗风情等，让读者于千年后重温唐人社会百态。

长安里坊的都市繁华

长安城中如棋盘纵横交错的里巷为爱情故事提供空间背景,于此演绎着帝都的兴衰与百姓的爱恨情仇。小说中的空间场所是一个非常重要的要素,小说有三个地方值得关注:空间架构,人物形象,文化观念。我们可以理解为,你得先搭建一个舞台,然后设置角色去舞台上表演,角色表演得有一定的文化内涵。在长安城的大舞台上,不同的人演绎着不同的爱情故事。

唐代都城长安城内的里坊是由外郭城中的东西向十四条大街、南北向十一条大街交叉分割而成的。棋盘式的街道将城市分为大小不同的方格形状的里坊,最大的应属皇城东西两侧的十二坊,南北长约808.5米,东西宽约955.5米,面积约0.77平方千米;最小的是朱雀街东西两侧的十八坊,南北长514.5米,东西宽514.5米,面积约0.26平方千米。里坊四周有墙环绕,墙高两三米,中间设十字街,每坊四面各开一门,晚上关闭坊门。东西两市的四面也有墙,井字形街道将其分为九部分,各市临街设店。这些形如棋盘、纵横交错的里巷,就是爱情小说中男女主人公活动的空间。里坊如棋盘,爱情如布棋,城市里坊甚至与爱情情节的进展交相呼应。

以《李娃传》为例,根据不同的里坊把故事情节串联起来,会发现每一场所都具有特殊含义,小说是依照空间场所的转换来推进故事情节发展的。男主人公郑生初居布政里,位于皇城的西南角,这里属于靠近政治中心的繁华区。布政坊及其北面的颁政坊的名称都具有明显的政治寓意,主人公初来长安居住于此,带有谋求政治仕进的心理,此时心态暗合"布政"的政治含义，这是他最初的本意。

富家公子郑生寓居长安城后，便去商业繁荣区东市游玩，东市"内货财二百二十行，四面立邸，四方珍奇，皆所积集"（《长安志》卷第八）。游罢最繁盛的东市，他在平康里鸣珂曲遇到了最漂亮的女子，他慕求仕进的初心被长安城的商业繁盛与风月发达的风气所干扰，先是被物质蕃昌所吸引，又逐步由物质的口腹视觉享受向肉体欲望转变。平康里位于东市西，孙棨《北里志》记载从平康里北门进入，东边三曲都是妓女居住的地方。外来士子对帝都充满好奇心，要去游览最好的地方，常会选择市场、"红灯区"。但平康坊实际上还是富人区，据现在所知，李靖、褚遂良、兰陵公主、李林甫、孔颖达等显贵都在这里居住过，适合李娃招徕贵客。在一个具有浓郁烟花气息的小街道上，男女主人公就这么偶遇了，郑生想尽方法留了下来，二人最终在这个区域同居了。

故事的空间转折点在通义坊竹林神祠，由风俗信仰与神灵空间引发情节变化。郑生和李娃同居一年多后，他们遭遇了一个很现实的问题，郑生没有钱了，他把带的钱花光了，接着卖光了服饰，又把车马都卖了，最后连仆人也卖了，以至身无分文。可李娃是什么人物，她是娼门女子，卖笑为生，求的是钱财。没有钱怎么办呢？老鸨就和李娃设计，以同样现实的子嗣问题将郑生调虎离山，骗到竹林神祠祈求子嗣。据刘禹锡《为京兆韦尹贺祈晴获应表》提及"臣当时于兴圣寺竹林神亲自祈祝"，可知竹林神祠在通义坊兴圣尼寺里。通义坊在皇城的西南方向，太平坊的南面，坊里的兴圣尼寺本是唐高祖的潜邸，"通义宫皇家旧宅,制度宏敞,以崇神祠,敬增灵祐"[1]。这座神祠地处唐高祖旧宅,染上了强烈的皇家气息,唐人或许相信在这里能获得大唐昌盛国运的护佑;加上郑生的确渴望子嗣繁盛,于是他一步步落入了被精心设计的爱情陷阱。

等到故事发展到长安城南的曲江受责时,主人公陷入了背弃儒业的悔恨中。郑生遭骗,流落到长安街头当挽郎,被他父亲发现后拖到曲江鞭打惩罚。为什么要不远数公里,从凶肆跑到曲江受罚呢?这又涉及曲江的文化内涵。曲江位于长安城东南方向的园林处,东边有芙蓉园,宫殿连绵,楼亭起伏,吸引皇族、僧侣、平民来此游览观景。而曲江的杏园,更与科举文化相关。唐代新科进士正式放榜之日恰好就在上巳节前,贵族文士在曲江里欢度上巳节,而新科进士也会在曲江杏园大会举办庆祝宴会。所以,曲江兼有狂欢与庆祝场所的功能,是科举士子们庆祝金榜题名的好地方。美丽的曲江风景、志得意满的新科进士,可这些距离沉迷风月的郑生都很遥远了,郑生在别人的欢庆声中遭受父亲的痛责,这有一种反讽意味,此时没有科榜仕进的荣耀,只有一位父亲的极度愤怒与失望。

郑生被父亲在曲江鞭打责罚,险遭身死魂灭,后来辗转回到他熟悉的东市南的安邑里,沿街乞讨,再次遇到了李娃。此时李娃后悔以往的过错,她自请赎身,主动和郑生重续前缘。故事最早的发生地就在东市附近,现在又回到东市附近,他们经历迷恋、背叛,又重新走到一起,长安城的里坊就是他们感情发展走势的空间节点。

---

[1] 唐太宗:《舍旧宅造兴圣寺诏》,参见[清]董诰等编:《全唐文》卷九,北京:中华书局,1983年。

关于这个爱情故事还需要提到一个重要的情节，即宵禁制度对故事发展的影响。唐代的各里坊相当于封闭的居住区，每到夜晚便实行宵禁，百姓不能犯禁。李娃、郑生的爱情波动还和两场宵禁有关，李娃的骗局始于宵禁，郑生的梦想断于宵禁，城市制度成了干扰人物情感的一个巧合因素。

世情绘就的百姓婚俗

步入婚姻殿堂是人生中的头等大事，这比虚无缥缈的爱情更受世俗百姓的关注，但小说家显然更倾情书写热恋而忽视婚姻生活，因此，小说中的婚姻记载相对有限。我们不妨利用小说文本来还原唐代的婚俗礼制，捕捉唐人婚姻生活的片段化记载。

唐代婚姻始于父母长辈订下的婚约，也就是要遵循世俗所言的"父母之命，媒妁之言"。《柳毅传》有一段媒婆说亲时的话语，正是媒婆对范阳卢氏女聪慧美貌的盛赞，使柳毅动心，于是他卜日说亲，与卢氏女结为夫妇。婚姻不仅仅是男女双方的事情，更关系到两个家族间的利益整合，因此，父母为儿女缔结婚姻时相当谨慎，多从世交故友中选择匹配对象，以便维系父辈的关系或情感。一旦订下婚约，他们不会轻易解除婚姻。《裴越客》记仆射裴冕与吏部尚书张镐结为儿女亲家，即使张镐卷入岐王李珍谋逆案，被贬为辰州司户，权势显赫的裴家也不愿就此毁亲，特意安排裴越客前往南方完成婚礼。

唐人婚姻有一套烦琐仪式，包括纳采、问名、纳吉、纳征、请期、迎亲六道程序，尽管有些礼仪可以简单处理，但要完成六礼依然需要很长的时间，不会一蹴而就。《莺莺传》中陷入爱情的张生急不可耐，便抱怨说要是请媒说亲，从纳采、问名开始，怕是得花去数月时间，自己到时可能已落入"枯鱼之肆"。唐人婚姻不会像色中饿鬼张生那样，他们重视仪式感，要求耐心地走完各种礼仪，不愿儿戏。

迎亲是婚礼中最关键的一个环节，场面极为热闹。《南柯太守传》详细记载了主人公淳于棼迎娶公主的场景，大槐安国准备小羊、大雁，象征婚姻坚贞和谐；还备有丝绸之物，代表着财力。屋舍内红烛高烧、丝竹入耳，有音乐烘托气氛。各种亲戚纷纷上门庆祝，一时间贵客盈门，高朋满座，婚宴极显奢华高调。亲戚们争相戏弄新郎，试图分享婚礼的喜气。到了晚上，有几十个侍从手举烛火带领淳于棼前往洞房，路上都围着遮蔽风尘的布障，色彩艳丽，档次高贵。当淳于棼走入新房，发现新娘坐在屏风后，又以扇遮脸。小说没有详细叙及却扇诗的细节，但依照唐时礼仪，淳于棼要向公主行礼，作却扇诗，以表诚意，之后公主缓缓拿开扇子，以真容相示新郎。成婚的场面一般都很豪华，充分展现出主人家的诚意，像《樱桃青衣》虽仅有"院中屏帷床席，皆极珍异"一句，却也能窥探其婚房布置的精心。

士人婚姻重视"礼仪"，平民百姓的婚姻更关注"利益"，随着平民文化的兴起，尚功利成为唐人婚姻中不容忽视的特点。在唐人的婚姻生活中，财物是一个很关键的要素，关系日后生活能否幸福顺遂。《华州参军》的主人公为了顺利娶妻，准备数十万的彩礼，只求能打动佳人的心。《枕中记》记载卢生在梦中娶妻清河崔氏，他原本只是一个清贫士子，因妻子陪嫁丰厚，卢家竟然随之富裕起来，过上了富贵人家的生活。《汝阴人》对女主人公带来的财物盛加描绘：屋里摆放着云母屏风、芙蓉翠帐；四壁有鹿瑞锦障，桌上盛放珍肴，有各类人间稀少的甘美水果；食器也都极为高档，有七子螺、九枝盘、红螺杯、蕖叶碗，光彩四射，耀眼夺目；座上放着连心蜡烛，悉以紫玉为盘，光明如昼。财富带来的视觉冲击令人瞠目结舌。

婚姻后的生活或许过于琐碎化、平常化，与传奇文雅精致的创作旨意相去甚远，所以日常点滴在传奇佳篇中鲜见记载，虽有遗憾，却更显唐传奇之意深调远，韵致高雅。

五
唐代侠义传奇里的江湖写作

唐代中期的传奇首推爱情之作，此时的侠义描写尚属少见，至唐代晚期，侠义传奇日渐兴盛，遂发展成为一种引领文学风尚的叙事题材。侠义传奇中的角色以豪强任侠、扶危救困为主，其人格品性因符合普通百姓的义利观，具有强烈的吸引力，从而深获好评。但处于草创期的豪侠形象还存有诸多瑕疵：有的角色豪猛有余，侠义不足；有的人物匪性明显，风骨欠缺，尚待作者持续完善。我们先来看看：这些作品中的人物活动场所在哪里，小说里究竟有没有江湖呢？

侠义传奇中江湖概念的模糊化

江湖是武侠小说中经常出现的概念，是指不受朝廷管辖、不受法律约束而任情适性的社会环境，这是属于侠客生存的特殊场域。唐代小说里并未形成明确的"江湖"概念，豪杰侠客所闯荡的社会与普通人生存的社会相重合。在平民与侠客共存的社会中，不是一个武力超越律法的空间，也不是一个以实力说话的世界，而是百姓能释放被压抑的欲望、发生快意恩仇、以暴制暴的"成年人的童话"的领域。

首先，唐代侠客群体并不是一个混江湖的帮派群体，他们身上有城市游侠儿的痕迹。唐代游侠儿多精通斗鸡、击球等游戏，沈亚之《冯燕传》中对主人公冯燕的来历描述道："冯燕者，魏豪人。父祖无闻名。燕少以意气任专，为击球斗鸡戏，魏市有争财者，燕闻之往，搏杀不平，遂沉匿田间。官捕急，遂亡滑，益与滑军中少年鸡球相得。"可见冯燕与唐代游侠儿较为相似，这表明小说家是参考时人的游侠印象，以此为据去塑造冯燕这个角色的。唐人诗文中也屡屡书写到游侠儿，他们类似香港电影中街头的"古惑仔"，不务正业，游手好闲，自诩勇武，却少有建树。王维的《少年行》其一云："新丰美酒斗十千，咸阳游侠多少年。相逢意气为君饮，系马高楼垂柳边。"游侠少年意气风发，他们豪饮酣醉、纵情欢乐，大多出身闾里市井，并没有远离世俗社会。

少年人身上豪放不羁的天性、青春昂扬的姿态、跳动不息的脉动，裹挟着巨大的时代穿透力而引起读者的精神共鸣，文学书写的角色开始有走向豪放慷慨的趋向。尤其是玄宗执政时期,疆域开拓、经济富庶、国力昌盛的时代背景激起了一大批有志之士投身边疆,甘愿为国效力,像王昌龄、高适、岑参等诗人笔下的士卒都具有豪健壮伟的特质,但这与日后行走江湖、跳出俗世的侠客依然存在一定的距离。到了晚唐,这类集合游侠与豪士气质的风尚被扩大到极致,以至出现了豪侠角色。

其次,有别于武侠小说中的江湖是普通人一无所知的人际社会,唐小说中的江湖与人间社会并无明显差异。尤其是在具有侠义色彩的早期传奇中,符合侠义精神的人物并非故事的主角,他们仅是故事发展进程中的一个推动力量,其人物活动区域与普通人并无二致。像《霍小玉传》中的黄衫客、《柳氏传》中的许俊,和平头百姓一样居住在长安城内,要接受世俗社会中王权的管控。丰神隽美、衣装华丽的黄衫豪客,身穿戎服、腰悬箭袋的低级武官许俊,身上染有唐代尚武精神的风采,并不算是异类,他们受制于长安的律法秩序。即使到了唐代晚期,小说中的侠客依然活跃在平常百姓间,并未远离这个人际社会。

最后,唐小说中出现行走江湖的描写,但江湖更像侠客与凡人相交的地理空间,而不是侠客的专有场所。在晚唐侠义小说家看来,主角得有一股强大的气势,不能让世俗烟火气息遮掩了侠客的超脱气质。他们幻想这类角色具有不可等闲视之的神秘感,有意将他们与少不更事的游侠儿相区别,把他们的活动场域从城市移向塞漠边疆、江湖山林,可以"绿林"称之,于是出现个别喜好游走江湖的豪侠客。诗人李涉泛游九江时,曾夜逢一位豪客。这位不速之客打算谋财抢劫,吓得李涉惊慌失措,不知如何是好。还好这是一位有格调的豪客,居然喜好诗文,素来仰慕李涉的诗名,遂以"粉丝"的身份请求李涉赠诗一首。

李涉便写下："暮雨潇潇江上村，绿林豪客夜知闻。他时不用藏名姓，世上如今半是君。"诗中以啸聚山林的绿林好汉来称呼这个夜行人，不言而喻，暗示这类角色混迹于林泽山岩间。虽说如斯，侠客刀光剑影的生活并未被限定在山野林泽间，侠客的江湖就是凡人的江湖，两个群体有很多机会能不期而遇。

侠义传奇中没有固定的江湖思维，大多数人物角色不能脱离社会、超越律法，多少要接受王权的束缚；侠客们尚未结伙搭帮，单行侠的出现频率居高不下，也不存在固定的学艺场所或门派修炼区域。无论是侠客还是小说家，对江湖概念与内涵的理解与体悟都尚处于摸索期，而这个过程可能极其漫长。

城市里坊与乡野僻壤的空间抉择

唐代的侠客既能身居红尘闹市，驰行在飞尘漫漫的通衢官道间，也能隐居于云海茫茫的密林叠嶂中。他们选择城市里坊或者乡野僻壤，基于什么样的心理？这些活动场所是否能匹配他们的生活方式呢？

《昆仑奴》中的磨勒在选择生存空间上别有己见，他早年藏身在长安城崔生家中，后来又跑到洛阳街头卖药，始终未曾离开城市。这种选择应该与其身份来历有关，他来自异域，经过一番艰难的江湖漂泊，才定居都城。他可能早已厌弃了四处漂泊的生活，欲洗去江湖豪侠的喧嚣，一心重归平民百姓式的平淡生活。磨勒的选择并非孤例，在江湖风气尚未定型的唐代，此种选择符合大多数人的观念，侠客不可能就那么突兀地远离都市里巷。

纵然如此，既定的认知也不妨碍小说家对漫游江湖的向往，他们甚至有意将故事设定在密林深云间，而黄尘通衢、江津水湾不过是发生偶遇的场地罢了。《僧侠》是段成式撰写的一篇豪侠小说，小说讲述韦生在前往汝州的路上遇到一位异僧，这位僧侣居住在距离官道尚有二十里的偏僻山林中，那里林烟遮掩，荒无人烟。韦生被邀请去这座荒寺做客，他还以为僧人有所企图，甚至主动出手以求逃离。《聂隐娘》里聂隐娘的师傅居住场所的设定也是在深山密林中，讲她与猿猴为侣、松萝相伴，那里的峭壁悬崖似乎斩断了侠与俗交通的可能。《卢生》讲路遇侠客的故事，卢生与唐氏结伴漫游南岳，在山林水泽间游戏玩乐。《红线》里的红线自述前生游学江湖间，喜好一种逍遥自在的生活，今生更是愿意"遁迹尘中，栖心物外，澄清一气，生死常存"。总之，与凡人居所相隔离的隐居之地，是大多数侠客青睐的处所。

都市固然可以居住，但游走江湖而栖遁林霞的生活显然更富诱惑力。首先，唐人本身就喜欢漫游天下，向往吟赏烟霞的浪漫生活，养成了探奇历险的胃口。其次，山林水泽的生存空间远离凡尘世俗，较少受到世俗法律条文的约束，适合侠客刀剑厮杀的染血生活范式，这是文学家调节杀人犯法与快意恩仇间矛盾的一个有效方式。最后，烟霞云岚织就的闲逸生活，山川水泽滋养的通向自由的精神旨趣，极符合文学家对自由精神的期望与憧憬，洋溢着"游"文化的精神光芒。

六
唐代社会重视的侠义精神

侠义精神在唐代社会流传甚广，基于受众差异而呈现出不同的风貌。唐代文士心怀侠客梦，充满对豪放、轻狂气质的神往，竭力寻求精神层面的升华。豪侠小说中"侠"的书写展示了文士的才情与志向：立足现实社会以虚构武林，而不是扎根山野沾染民间习气；关注自身境遇与理想范式，而不是偏重于社会众生。有鉴于此，系乎文士情怀的侠文化潜隐着文士知遇之恩与信义精神，虽染有道德色彩，但个体的自由精神依然鲜明，没有和为国、为民的理念完全结合在一起，也并未固定在舍己救人、殉身报国的纯道德层面。

民间百姓对"侠"的认识相较文人群体更趋简单，他们崇尚侠义，青睐有仇报仇、有恩报恩的直率行为。百姓敬佩的豪侠行为最初只被赋予崭新的英雄主义色彩，后还逐步演变成济困救难的情节，这似乎为一种新书写趋势的勃发埋下了伏笔。假如要谈起大众欣赏的侠义精神，必然涉及重然诺、济危困、重义气、快意恩仇等。

重然诺、济危困是侠之根本

植根于游侠文化的侠义精神，崇奉"言必信，行必果""轻生死，重然诺""已诺必诚，不爱其躯，赴士之厄困"等信念，引导侠客们将守信重诺、济人危难、视死如归奉作行事圭臬。

唐代初期描写游侠的诗篇就将这种理念渗透到骨血中，诗人们豪气干云地吐出"纵死犹闻侠骨香"的壮句，其中洋溢着对游侠儿的倾慕之情。

唐人重视诚信，《贞观政要》载："上不信则无以使下，下不信则无以事上，信之为道大矣。"意图将诚信扩展到各行各业，使人们纵使对待陌路相逢者，也不轻易背信。《尚书故实》记载兵部员外郎李约邂逅胡商，觉得意气相投，遂结为好友。胡商不幸染病，临终前将两个绝色女儿托付给李约，并留下一笔数目庞大的遗产。李约信守承诺，未曾贪昧钱财，还将财物悉数转交给胡商亲眷，又妥善将胡商女儿嫁给富裕人家。士人在诚信中践履儒家的伦理观念，商人借诚信打造自家品牌效应，侠客则通过诚信张扬个体魅力。

诚信是侠客们的基本素养，似乎夹杂着儒家重信的痕迹，但更多熔铸了侠客共有的精神内核，有违诚信的行径往往为人所不齿。要么不允诺，允诺则不毁诺，是非界定极其明确，这种处事方式符合侠客刚烈坚韧的品性。

面对来自死亡的威胁，绝大多数人可能会放弃坚守信义，但真正的勇士，敢于正视淋漓的鲜血，敢于继续坚持自己的诺言。《独异志》记载长安万年县尉侯彝崇尚诚信，重诺守信，素为他人敬重。有一次，他窝藏了一个罪犯，面对御史的严厉拷讯，他依然不愿吐露任何消息。御史以刑具逼供，他慨然以地砖自击膝盖，从右到左，分别打碎双膝，面无痛色。即使肚子上被放置烈火燃烧的铁鏊，连旁人都吓得不忍观看，侯彝也照旧神色不改。即使唐代宗厉声诘问，他依旧坦然回答："已然诺于人，终死不可得。"男儿重信守诺自当如此。

相比重然诺而言，济危困更受大众的关注，这寄托着世人对豪侠群体的殷切期待与"人设"预定。晚唐侠义小说的勃发，缘于晚唐社会局势混乱诱发的生灵涂炭，而救人危难的侠客堪称民众陷入困境时看到的一束光明。

《聂隐娘》描写了藩镇势力角斗不休的紧张局势，魏博主帅与陈许节度使刘昌裔关系恶劣，屡屡命人刺杀刘昌裔。史书记载的刘昌裔心怀朝廷，曾说服杨子琳归顺朝廷，讨伐淄青节度使李纳叛乱，抵御叛将吴少诚进攻，如果这样的忠君之士被素来怀揣异心的魏博势力所刺杀，那么当地的和平将不复存在，百姓有可能陷入水深火热之中，置身火山爆发式的危险情景下。聂隐娘改弦易辙，为刘昌裔解决了精精儿与空空儿带来的麻烦，让千钧一发的局面瞬间转危为安。无独有偶，《红线》也叙写了藩镇间的矛盾，魏博节度使田承嗣与潞州节度使薛嵩间的冲突已如箭在弦上。田承嗣蛮横骄戾，飞扬跋扈，图谋扩张辖地以拥兵自重；薛嵩则是效忠朝廷的楷模，着意发展农业，休养生息。一旦平静的局面被打破，最遭罪的还是百姓，红线则在这个危急关头挺身而出，化解困局，转危为安，真是"两地保其城池，万人全其性命，使乱臣知惧，烈士安谋"，居功甚伟。

侠义传奇既设置担荷国家安定重任的人物，也塑造为普通百姓挺身而出的角色。《昆仑奴》中磨勒为崔生排忧解难，集聪敏与勇武为一体，智珠在握，武艺在身，轻轻松松就帮主人摆脱了困扰。唐代诗人贾岛"十年磨一剑，霜刃未曾试。今日把示君，谁有不平事"的诗句的确能令身处逆境者潸然泪下，爱情小说中的黄衫豪客、虞候许俊都能在主角求助无门的窘境中伸出援助之手，更何况豪侠小说的重要角色呢？

崇尚义气是侠之精髓

侠义小说的亮点是人物以义气为先，他们处事有一个较简单却重要的标准——行事有所为而有所不为，其做派具有俘获人心的豪爽气概。唐人李德裕《豪侠论》对此有所概括："夫侠者，盖非常之人也。虽以然诺许人，必以节义为本，义非侠不立，侠非义不成。"[1]强调义的重要性。侠客重然诺、济危困的举动表现出的文化精神就是崇尚义气，他们扶弱助贫、伸张正义的行为富有感染力。

相对而言，唐代小说中义气的民间化色彩相对较弱，有别于后来武侠小说中的江湖义气，它根源于文士传统道德伦理意识，是小说家依照主流文化理念精心设计出的人文精神。

大唐王朝以儒家思想为根基，极力向社会各阶层传播儒家观念，倡导合乎道义的行为，批判违背道义的行径。像《吴保安》宣扬为朋友两肋插刀的"义"，完全符合唐代士人的价值观。吴保安与郭仲翔素未谋面，曾冒昧向郭仲翔毛遂自荐，而郭仲翔慨然应允帮他运筹安排，两人便结下一段特殊因缘。还没等到两人正式相见，郭仲翔便因兵败而被俘虏，沦为阶下之囚，无可奈何下只好向吴保安写信求助。而两人仅仅是书信相通而未见面，并无深厚的情谊，可出于道义与感激被赏识的恩情，吴保安千方百计地筹措赎金。他倾其家财也无济于事，于是抛妻弃子四处经商，历经十年才赚够钱财赎回郭仲翔。吴保安弃家赎友的品德符合唐人的价值观，烙刻着"士为知己者死"

---

1 ［唐］李德裕撰：《李德裕文集校笺》，北京：中华书局，2018年。

的儒家印迹，这份肝胆相照、赤诚待人的品行也被附加在侠客身上。

基于主流思想有意引导的因素，唐人侠义小说呈现出来的"义"遵从官方的道德认可，具有鲜明的道德教化效应。《冯燕传》刻画的冯燕出于儒家的"忠""贞"理念而斩杀了张婴之妻。冯燕本是一个浪荡子弟，他与张婴的妻子偷情取乐，这种行为其实为人所不齿，说明冯燕并不是一个正派的人。可当张婴妻子让冯燕帮忙谋杀丈夫时，冯燕却忽然暴起，出手杀死了张婴妻子。究其原因，冯燕可以无视自己偷情行为有悖伦理，却无法容忍女子违背贞节的硬性规定，这种"双标"虽具嘲讽意味，却真实存在于当时的社会中。

当晚唐的国家机器运转失常、世俗法律无法惩治有违道德的罪行时，小说家有意让侠客担任衡量大众是否遵守道义的正义裁判，凭借武力维护道义。虬须客得知一个负心人的恶劣事迹，居然耗费了十年时间去将他捕捉斩杀，还快意地将负心人的心肝切成碎块后大口食用，这份"生猛"真是让读者看着解气。

还有一篇小说题名《义侠》，同样设置了一个维护"义"的人物形象。有一个掌管治安捕盗之事的县尉，私下放走了一个自称被冤枉的罪犯。数年后，罪犯逆袭，竟然当上了县令，而县尉辞职后周游天下，与县令不期而遇。县令想杀人灭口，借以掩盖自己的不良记录。谁料县令派的"义士"知悉真情后，义愤填膺，秉持道义，反倒杀了县令。这个故事可能源自史实，《唐国史补》所记李勉之事与此如出一辙，恰好反映出义侠的行为深受时人赞许。《宣慈寺门子》里的宣慈寺门子也是义侠一流的人物，面对宦门子弟骄纵无礼、口吐污言，很多人选择默默忍受，避害就利。只有他不畏权势，狠抽纨绔子弟的耳光，纵使有权贵率众阻拦，他也毫不退缩，靠一人之力打得救援者策马逃窜。这些追慕侠义的侠客，被小说家以英雄相视，他们气骨昂然、英气勃勃、肝胆相照、豪气干云，的确令世人推崇、倾慕。

快意恩仇是侠之理想

侠客的世界或许很简单，他们不喜好繁文缛节，青睐打打杀杀的江湖生活，满足于直率果敢的生存范式，行事不用过多计较，也不愿含蓄行事，直接坦率，适性洒脱，在力量与才智的组合中更偏重前者。他们有恩报恩，有仇报仇，图一个乐活，谋一个自在。

人生在世，自当把恩仇铭记在心，"以直报怨，以德报德"正是大丈夫当做之事。唐人普遍重视恩情，多有一饭之恩的故事，甚至连虚构的地狱空间也看重一饭之恩，像《报应记》中冥使感铭一饭之恩而给窦德玄指点生路，《冥报记》中的鬼卒感谢孙回璞邀请共食而放缓追捕期限，《广异记·杨场》《广异记·李洽》亦写鬼怪因食相报，鬼魂尚能铭记恩情，更何况凡俗世人呢？

牢记恩情，同样不能忘却仇怨，报仇雪恨亦是唐传奇中屡见不鲜的主题。或报家人仇恨，或雪个人恩仇，像谢小娥、昆仑奴、古押衙、贾人妻、红线、聂隐娘等小说人物都具有强烈的复仇精神。《尼妙寂》《谢小娥传》都讲述女子复仇的事迹，父夫含冤被杀，主人公女扮男装，游走天下，四处打探消息以报血仇。小说角色体现出的智勇俱备之复仇精神，与大众的恩仇认知相契合，于是这种行为反映的复仇精神遂与侠义文化相共生，形成了一种惯见的叙事套路。《崔慎思》《贾人妻》《荆十三娘》皆是女侠复仇故事，她们身怀武艺，却隐身闾巷谋划报仇，一旦功成志遂，便毫不留恋地脱身而去，逍遥江湖。

快意恩仇的行为显然有违律法规定，因为唐朝自诩"依法治国"，将"杀人者死"奉为基本的法则，即便像杜并、徐元庆等为父报仇的行为也不被律法容忍。大唐官员曾多次就血亲复仇案展开论辩，陈子昂、柳宗元、韩愈都曾撰文表达个人看法。柳宗元《驳复仇议》认为应考虑复仇本身是否合乎"礼"，如果亲人无辜被杀，为亲人报仇应该得到奖励；如果亲人罪该当诛，就应惩罚复仇的行为。然而侠义小说中的复仇却不用如斯纠结，侠客能随意逾越法律的制约，于红尘中任意报仇杀人，丝毫不顾忌律法甚或道德。尽管恣意快心的复仇行为的确令人心生快感，但这种举动恰好背离了法律，只是文学作品中的虚构情节，可以贴上理想化的标签。不过它挑起了读者深藏内心的感性想法，无数人幻想着能快意而生，不愿憋屈求活，这种任意的举动就被无限理想化了。

侠义精神的传播背后隐藏着礼法观念的衰微，此消彼长的局面反映了大唐王朝的社会秩序出现混乱，由儒家伦理与国家法制控制的社会根基已发生动摇，所以大众幻想有侠客挺身而出以担荷救助弱小的重任，这实际上是一种无奈中的期盼。然而从文学的角度看，侠义小说蕴藏着追求自由的反抗精神，塑造了仗义除暴的侠客形象，表达了对是非善恶的态度与对清明政治的渴望，这些启发了后世的创作思维，最终形成了思想成熟的武侠小说。

七
唐代侠义传奇中的武力值问题

侠客武力值的高低取决于武技、兵器、身法、身体素质、经验等因素。唐代豪侠小说中的武力值更偏向神术，即远远高于常人的武技水准。小说家不满足于描写凡人常规的武术场景，关注彰显豪客神异的超常行为，发挥想象去设想神乎其技的片段，塑造的人物具有飞檐走壁、腾跃于天宇高空的超能力。飞跃能力彻底突破凡人空间活动的瓶颈，将人的行走能力推向极限，实现了凡人所不能完成的行动，而这些书写倾向与当时密宗的传播暗有关联。

武技是侠客能力之基本

武功的高低决定着侠客的能力。如果想吃侠客这碗饭，难免得在武艺上下功夫。聂隐娘初学武艺时用了四年时间，她刻苦练习剑术与身法，第一年逐杀猿狖，第二年刺杀虎豹，第三年飞刺鹰隼，第四年学成下山。她的同门也能像迅捷的猴子一样在峭壁上行走，这都是靠累年勤学苦练才有的收获。只有搏杀打斗的技艺提高了，方能实现侠客的各种梦想，否则逞才施艺便成了空想。

侠客的身手要出类拔萃，得有武艺的传承，但唐小说中的相关记载并不明晰。聂隐娘拜师神尼后才学得本领，有师门传承。而虬须客似乎学的是行军打仗的兵法，小说在结尾叙写虬须客率领十万海盗潜入东海扶余国，杀死其国主后自立为王，这与小说多次暗示虬髯客通晓兵法且怀有王霸雄图的描写相吻合。大概虬髯客精通兵家法术，能带兵打仗，故有"卫公之兵法，乃半虬髯所传耳"之语，他还把兵法传给了李靖。

在武技描写上，唐小说所写的大开大合的格斗技艺带有明显的军营痕迹，尤其是《太平广记》"骁勇"类不乏上阵杀敌的戎旅厮杀本领。昆仑奴曾和五十名甲士交手，但他逃而不战未显出武技高低；宣慈寺门子曾持鞭与数十人比斗，当有"数十人敌"的能力。

概之，小说武技上的描写偏于写实，缺少类似后世武功秘籍中招式的描写，他们认为练成武功更多是靠师门经验与勤奋苦练，这不是靠一本神奇的武功秘籍就能一蹴而就的事情。

身法、轻功如有神助

身法、轻功，这是唐小说中被津津乐道的侠客能力。武技涉及具体的格斗招数，靠一招一式的比拼打斗固然能战胜对方，但如果辅以轻盈灵活的身法必将产生事半功倍的效果。

《僧侠》描写了一场竞技，盗贼飞飞与韦生在武场较量。飞飞手执短鞭，韦生掌握弹丸，每当韦生投掷弹丸时，飞飞便纵身跳跃，循壁踏空，捷若猿猴。韦生意识到飞弹无济于事，于是手挥宝剑亲自下场以追逐飞飞，可是飞飞胜在身法迅捷，即使被砍断数节鞭子，也未显败迹。这场比斗包含了武技、武器、身法等方面，谁胜谁负是多种要素综合的结果，但飞飞具有反应敏锐与动作迅捷的优势，一旦合理利用个人优势，也能与强敌平分秋色。《昆仑奴》中的昆仑奴磨勒趁着夜色背负崔生，飞逾高墙，来到当朝一品大员宅邸，又背负崔生和红绡妓飞出十几重峻垣，其身法早已超过凡人本事，而他面对甲士层层包围时也能迅速逃离，快如鹰隼，此种行迹只能属于个别侠客的行为，凡人根本无法比拟。再如《车中女子》描写的侠客在轻功方面各有所长，有的驰行墙上，有的握椽疾走，开后代飞檐走壁描写之端绪。

暗夜遮掩人的视线，为超常的身法提供保护的外衣，极其适合义侠们施展手脚。侠客常常在四下漆黑的夜晚施展自己超常的身法，像《红线》《聂隐娘》《贾人妻》《昆仑奴》《义侠》中都有这样的例子。幽暗固然能在某种程度上遮掩人的行迹，减小其被发现的概率，但小说中人物的夜行显然别有趣味。

小说将侠客活动的时间设置在星夜，并非单纯想借黑暗为人物行动提供便利，还有渲染神秘、强化新奇的用意。即使是晚上，小说也没有一味地叙述漆黑昏暗，相反，常描写明月亮星，如《昆仑奴》中的私奔发生在月圆之夜，《崔慎思》提及"时月胧明"，《红线》中红线出行时"斜月在林"，而《僧侠》则写道"堂中四隅，明灯而已"，这些有别于白昼的物象描写带来新奇的文学观感。更重要的是，小说家将夜晚塑造成侠客施展超能的特定时间段，漫漫长夜与无尽夜幕适合展开未知的、神秘的文学幻想，一切可能都隐藏在这昏暗的黑夜中。

侠客们将身法练到极致，速度便会出神入化，非常人所能及。红线请命奔赴魏城，倏忽间便不见踪迹，数杯酒的时间便跨越了七百多里的路程。《剧谈录·田膨郎偷玉枕》叙写王敬弘小仆眨眼间就走了三十多里的路途，不费吹灰之力。为了形容他们的神速身法，小说频繁用飞鸟来做比喻，将侠客塑造得能像飞鸟、猿猴般飞腾跳跃，因此，疾若飞鸟、身如飞鸟、状如飞鸟、捷若猱玃的描写比比皆是。

从身法的角度而言，侠客们在一定高度上的跳跃、飞腾行为，摆脱了简单的前后挪移，被小说家赋予了逾越平面空间活动的超凡能力。他们瞬时性的身法尽管有被神异化的倾向，但并未形成稳定化的轻功路数，至于其身法来历尚不得而知。

武器装备是超级辅助

武器装备是辅助厮杀的有效工具，是杀敌制胜的关键。武器具有极大的杀伤力，手无寸铁拼不过一枪，赤手空拳抵不过一刀。《钟传》中的钟传遭遇猛虎拦路，他与老虎厮杀，老虎前足搭在他的肩膀，他的两手抱着老虎的脖颈。如此一来，老虎无法利用爪牙，钟传也不能施展武功，幸好他的仆人赶来用剑斩断虎腰，否则他真可能会命丧虎口。

有鉴于器械的辅佐功效，唐代小说很留意刻画武器，出现最多的是匕首、剑、弹之类的武器。武器的类别受制于律法的规定，被国家管制的器具相对较少出现在侠义小说中。唐代允许民间持有自卫用的武器，但《唐律疏议》规定："私有禁兵器，谓甲、弩、矛、矟、具装等，依令私家不合有。"再细说的话，弓、箭、刀、盾、短矛等属于管制器械，禁止流通，民间只允许使用短小轻型的武器。像刀，因为是管制器械，难免具有官方的烙印。像冯燕斩杀情妇所用的刀，这个刀是情妇丈夫的佩刀，其丈夫因是行伍出身，所以才有资格佩刀。

由弹弓发射的泥丸、石丸、铁丸是唐代小说中常见的武器，它轻巧方便，可以随身携带。《僧侠》中的韦生平素喜好在靴中藏弹弓铜丸，一旦遇事，便从靴中拿出弹丸攻击敌人。聂隐娘的丈夫磨镜少年也带着弹弓，曾以弹击打鹊鸟。但弹丸的攻击力有限，距离过远则力量不足，也不适合近身格斗，若非高手使用，很难奏奇效。

匕首则是刺客们常用的武器，尤其是聂隐娘、红线、贾人妻、崔慎思妾等女侠，对它青睐有加。像《崔慎思》记崔慎思的小妾得报大仇后，从屋顶跳跃而下，右手手执匕首，左手紧握仇人人头，显然是凭借匕首割掉了仇人头颅。匕首长度有限，便于侠客携带，所以虬须客随身也带有匕首，用它切割肉块，切负心人的心肝更是不在话下；磨勒突围时，也是手挥匕首，击打飞箭。唐人把匕首称作短剑，史学家司马贞在《史记索隐》里注解："刘氏曰'匕首，短剑也'。"因此小说里会将匕首与剑混为一谈。聂隐娘初学武艺时用的是剑，后来剑刃日渐缩短，几年后刃长只有三寸，被命名为羊角匕首，平常藏在脑后，一旦遇敌抬手便可拿出。

匕首便于刺杀，长剑宜于护身，两者的使用方法明显有别，且长剑更显飘逸潇洒。《兰陵老人》中主人公对剑的运用极为娴熟，他曾同时舞动七口长短不一的宝剑，向前挥动如丝帛晃动，四周旋转则如圆形火圈，剑起剑落，如光似电，令人眼花缭乱，目不暇接。唐代盛行剑舞，精通之辈执剑器翩翩起舞，剑器旋转飞动，与舞者优美的舞姿相辅相成，兰陵老人的手段或可归为剑舞之类。杜甫观看公孙大娘的舞剑，赏心悦目，陶醉不已，遂于《观公孙大娘弟子舞剑器行》中写下"昔有佳人公孙氏，一舞剑器动四方。观者如山色沮丧，天地为之久低昂"的佳句，描绘了剑舞的巨大魅力。

长剑不仅飘逸，也很实用，可凭此震慑强敌，近则血溅十步，《京西店老人》中的老人曾劝告韦行规不要依仗弓箭，应该修习剑术，认为击剑方是制敌要术，应该考虑到长剑的优势。

神异的特殊技能

除了武技、身法、武器之外，有些侠客拥有一些非常手段，精通某种特殊技能。《嘉兴绳技》里的囚徒擅长绳技，将一根绳子扔向天空，绳子就笔直如剑般耸入云天，而他通过攀缘绳子，逃离监狱，这带有杂技异术的色彩，并不属于武功的范畴。与此相似，《聂隐娘》也叙写了侠客神异的手段。聂隐娘与精精儿竞技时，有一红一白两面旗幡，飘飘然在床四周击打；小说描写空空儿的神术，"人莫能窥其用，鬼莫得蹑其踪。能从空虚入冥，善无形而灭影"，显然已非侠客的搏击之术。《北梦琐言》有一篇讲蜀人许寂遇到异人的故事，异人精通剑术，从两臂间抽出两把利剑，高喝一声，两剑便飞跃而起，在许寂头上盘旋交击。小说结尾还记叙诗僧齐己在沩山松下邂逅一位僧人，这位僧侣从头颅、指甲中抽出两口宝剑，跳跃到高空，高调离去。

上述将侠义与神异相结合的描写，属于剑仙斗法的手段。有学者考述其源流，认为当与佛教中的密宗有关。侠义小说兴盛的时期正是密宗流布的阶段，密宗中"持明仙"的形象与神秘手段启发小说家的创作思维，他们模仿密宗出神入化的剑法，于是出现了大量剑仙、剑术等神异化描写，开创了旧武侠小说中的"剑仙流"，像还珠楼主《蜀山剑侠传》便滥觞于此。

总而言之，爱情与侠义传奇都是唐代社会的文学产物，《霍小玉传》《柳氏传》《无双传》等爱情故事还留刻着侠义的痕迹，它们并不是此消彼长的绝对对立关系。爱情传奇是欢喜的结尾，还是悲伤的结尾，实在难以预料，因为未知的干扰因素有可能随时导致故事"崩盘"；侠义的故事就像一个《王者荣耀》游戏，可以把江湖预设成是一个峡谷，在这个峡谷里面，侠客的目标肯定不可能只是"推塔"[1]，他们还会展现出闪闪发光的侠义精神，而武力值则是他们赖以"推塔"的关键。侠客在峡谷里遇到谈情说爱的人，或许会出手相助，这并不影响他们完成"推塔"的任务，于是爱情与侠义便这样偶然合作了一次。

---

1 推塔：在游戏中，意指摧毁对方的防御塔，以获得比赛的胜利。——编者注

唐传奇：爱情与侠义　　　　101

[清] 禹之鼎：《会真全图》（局部图），此卷现藏于切斯特·比替图书馆。《会真全图》是禹之鼎以王实甫的《西厢记》为题材所做的画卷，共二十个场景，本场景图是其中之一。又《西厢记》取材于唐元稹的《会真记》，故此画卷称《会真全图》。《会真记》讲述了贫寒书生张生对没落贵族女子崔莺莺始乱终弃的悲剧故事；《西厢记》则改变结局，使张生与崔莺莺冲破重重阻挠终成眷属。

鲁小俊 武汉大学文学院

主要研究书院文学、科举文学、明清小说等。著有《〈三国演义〉的现代误读》《清代书院课艺总集叙录》《中国文学编年史·清前中期卷》等。

《三国演义》：信史与演义

《三国演义》的『意义』不同于一般史书之处，在于它试图对历史、人事做出『形而上』的解释。

引 言
《三国演义》的诞生

《三国演义》这部历史小说，从东汉末年讲起，一直到西晋初年，时间跨度差不多一百年，人物有一千多个。明代有人评价它"陈叙百年，该括万事"[1]，这是一部恢宏壮阔的大书。

现在有一个基本的问题：这部大书是怎么来的呢？

有人说，是罗贯中写的，就像《红楼梦》是曹雪芹写的一样。

没错！但这个答案，又不十分准确。

《红楼梦》是曹雪芹写的，书中的人物、故事，都是作家创造出来的。在《红楼梦》出现之前，我们不知道贾宝玉、林黛玉，也没有听说过荣国府、宁国府。

《三国演义》就不一样了。书中的人物、故事，不仅有很多记载在史书里，如《三国志》《后汉书》《资治通鉴》等。还有广泛流传于民间说书、戏曲中的，如《三国志平话》，就是说书人讲三国故事的底本。元末明初，罗贯中在史书记载、民间流传的基础上，整理、改编、加工，写成了《三国志通俗演义》，

---

[1]〔明〕高儒：《百川书志》卷六，朱一玄、刘毓忱编：《〈三国演义〉资料汇编》，天津：南开大学出版社，2012年。

通称《三国演义》。这样一个成书的过程,有人把它比作"滚雪球"。所以严格来讲,罗贯中是《三国演义》的写定者,而不是原创作者。

明白了"滚雪球"的成书方式,《三国演义》中的很多问题,就好理解了。

比如:书中写曹操奸诈残暴,对他有很多调侃和批判,但也在很多地方,写了他的雄才伟略;总是称赞刘备是"仁义"之主,但也没忘记揭露他不仁不义的行径;诸葛亮有儒者风范、名士气质,可有时又拿腔作势、装神弄鬼。诸如此类的不统一、不协调,比比皆是。主要原因在于,《三国演义》是"滚雪球"而成的,参加"滚雪球"的,有历史学家、民间艺人、小说家。因而作品的成分复杂,内容常有抵牾之处。将其比作一瓶液体,它更像浊液,而不是溶液。

这是我们理解《三国演义》的一个前提。

基于这样的一个前提,我想借助八个关键词来理解《三国演义》,这八个关键词是:版本、虚构、桃园、英雄、智慧、表演、小民、演义。

一

两个主要版本:嘉靖壬午本和毛评本

读一部小说,首先面临的问题可能是:读什么本子?不同版本之间,有什么区别?

版本情况

《三国演义》的版本很多,比较有代表性的是两个。一个是明代嘉靖元年壬午本,也就是公元 1522 年刊行的本子,简称嘉靖壬午本。这是现存最早的本子。

还有一个是明末清初毛纶、毛宗岗父子评点的本子,最早刊行于康熙十八年己未年,也就是公元 1679 年。这是三百多年来最流行的本子,简称毛评本。提及评点者,为简便起见,通常只称毛宗岗,因为他是最后的定稿者。

那么,这两个主要版本之间有什么区别?毛宗岗的评改效果如何呢?

毛评本的倾向性

相比嘉靖壬午本来说,毛评本的倾向性更明显。

比如,《三国演义》中最主要的几个人物,刘、关、张、诸葛亮、曹操、孙权,他们当中,哪几个是在第一回出场的?

答案是刘、关、张和曹操。其中尤其值得注意的是刘备和曹操的亮相。

刘备长什么样子?"身长八尺,两耳垂肩,双手过膝,目能自顾其耳,面如冠玉,唇若涂脂。"[1](第一回)这形象是所谓的福寿之相、帝王之相,也就是后来乔国老所称赞的"龙凤之姿,天日之表"。而曹操呢,"闪出一将,身长七尺,细眼长髯",与刘备一比,气场弱了不少。这里的倾向就比较明显了——推崇

---

[1] 本篇毛评本《三国演义》文本皆出自〔明〕罗贯中著,〔清〕毛纶、毛宗岗点评:《三国演义》,北京:中华书局,2009 年。

刘备,贬抑曹操,后人一般称之为"尊刘抑曹"。

不过,这个倾向主要是毛评本的。

嘉靖壬午本,是这样写曹操的:"闪出一个好英雄,身长七尺,细眼长髯。胆量过人,机谋出众。笑齐桓、晋文无匡扶之才,论赵高、王莽少纵横之策。用兵仿佛孙吴,胸内熟谙韬略。"[1](卷之一)毛评本将这一大段话全部删掉,只剩下"身长七尺,细眼长髯"八个字,"一个好英雄"也成了"一将"。而刘备,嘉靖壬午本中说他"喜犬马,爱音乐,美衣服",这些似乎有损正面形象的话,到了毛评本中,也统统被删掉了。《三国演义》在流传的过程中,情感倾向的变化就是这样随文字的删改而显现了出来。

文字删改与小说内涵

毛评本的一些删改,对我们理解作品会有影响。

举两个例子。第一个例子,毛评本中关羽斩颜良一战,有些地方令人感到疑惑。

颜良可不是等闲之辈。此前先战宋宪,不到三个回合,斩了宋宪。再战魏续,一个回合,劈了魏续。又战徐晃,二十回合,徐晃败下阵来。颜良如此骁勇,却被关羽一刀刺于马下。问题出在哪里?

书里写道:"颜良措手不及。"

怎么会措手不及呢?这就要说到小说版本的变化。

嘉靖壬午本讲到关羽将颜良首级献给曹操,有一段小字注释,说的是颜良辞别袁绍时,刘备曾悄悄嘱托:"吾有一弟,乃

---

[1] 本篇嘉靖壬午本出自[明]罗贯中:《三国演义》,嘉靖元年刻本。

关云长也，身长九尺五寸，须长一尺八寸，面如重枣，丹凤眼，卧蚕眉，喜穿绿锦战袍，骑黄骠马，使青龙大刀，必在曹操处。如见他，可教急来。"（卷之五）因此颜良看见关羽，以为他是来投奔的，也就没有准备迎战，结果被关羽斩于马下。

毛评本将这段注释删掉了，但保留了颜良的一个动作：关羽冲过来时，颜良准备问话，还没来得及，关羽赤兔马快，早已到跟前。"颜良措手不及，被云长手起一刀，刺于马下。"（第二十五回）

这里，颜良是有话要问的。由于毛评本没有那段注释，我们可能会纳闷：他要问啥？结合嘉靖壬午本的小字注释，我们可以猜到，他想问的是："来者可是关云长？"或者可能他还会迟疑：此人的所有特征，都与刘备所嘱相符，唯有所骑之马，不是黄骠，而是赤兔。

但千钧一发之际，来不及问，也来不及想——赤兔马太快了。

嘉靖壬午本在后文又写道，关羽死后，阴魂不散，飞至当阳玉泉山。普净禅师喝问："颜良安在？"关羽闻言，英魂顿悟。禅师又问："向日白马隘口，颜良并不待与公相斗，忽然刺之，此人于九泉之下，安得而不恨乎？"（卷之十六）意思就是：你如今被吕蒙偷袭，含恨而终；当年颜良毫无防范，被你一刀斩首，这冤结又向何处说去？

毛评本这里也有改动，没有单独提颜良，而是笼统言之。禅师发问的是："今将军为吕蒙所害，大呼：'还我头来！'，然则颜良、文丑、五关六将等众人之头又将向谁索耶？"（第七十七回）关羽由是恍然大悟，稽首皈依而去。

相对而言，嘉靖壬午本无论是情节的设置，还是因果观念的融入，都比较合理，能够说得通。毛评本为了突出关羽的神勇，做了删改和模糊处理，反而显得有些不够圆融。

第二个例子，嘉靖壬午本关于刘封被斩，写得比较细致。

刘封败回成都，被刘备责骂，刘封哭着辩解。刘备犹豫如何解决时，诸葛亮进来了。刘备请教该怎么办，诸葛亮附耳低言，说："此子极其刚强，今日不除，后必生祸于子孙耳。"

刘备于是令左右推出斩之。他又问跟随刘封的将士，众人奏称孟达招降，刘封扯书斩使之事。随后众人将扯毁的书信，呈与刘备。刘备看毕，急忙改变主意："吾儿虽然刚强，有此忠义之心也，凛然可爱。"（卷之十六）赶紧叫刀下留人，但为时已晚，刘封首级已经献于阶前。

刘备恸哭："孤一时造次，废股肱矣！"诸葛亮劝道："若欲嗣主久远之计，杀之何足惜也。作事业者，岂可生儿女之情耶！"刘备说："纵使他日杀孤之子，孤不忍今日废忠义之人也。"文武众官闻之，无不下泪。武士又奏道："刘封临死，但云'悔不听孟子度之言，果有此危矣'！"刘备泣曰："吾儿至九泉之下，必痛恨于孤矣。"（卷之十六）因思想关羽，更惜刘封，致染成病，不能兴兵报仇雪恨。

上面这段描写，是有史书依据的。《三国志·刘封传》写道："诸葛亮虑封刚猛，易世之后终难制御，劝先主因此除之。于是赐封死，使自裁。封叹曰：'恨不用孟子度之言！'先主为之流涕。"与小说所写的区别，在于刘封系被赐死，而非斩首。

对于嘉靖壬午本中的细节,毛评本做了大幅度精简。刘备的懊悔之言全被删去,只写"心中颇悔"四个字。更主要的是,诸葛亮的言语也被删去。在毛评本中,斩刘封之事,诸葛亮根本就没有出场,没有任何表态。

所以,依照嘉靖壬午本,诸葛亮可谓刘封之死的推手。而毛评本将这些细节删去,维护了诸葛亮的正面"人设"。

对于原书中诸葛亮的这些言行,很多读者感到义愤难平。明代评点家李贽说:"刘封忠义,玄德不知而杀之,罪犹可原;孔明知而杀之,罪不容诛矣。更将言语文饰,真是小人之过也必文。"甚至破口大骂:"刘备不通,可恶可恨。诸葛亮更可剐矣!不杀不剐,亦无以泄我胸中之愤也。""诸葛亮真狗彘也!真奴才也!真千万世之罪人也!彼何尝为蜀?渠若真心为蜀,自不劝杀刘封矣!即其劝杀刘封,乃知借手剪蜀爪牙,实阴有所图也!蠢哉玄德,何足以知此!"他还在诸葛亮"若欲嗣主久远之计,杀之何足惜也。作事业者,岂可生儿女之情耶!"这句话旁批道:"放他娘屁!"[1]

对照这些不同版本,以及古人的评点,对小说中的诸葛亮形象,我们可以获得更立体的认识。

汉·寿亭侯?汉寿·亭侯?

毛评本的有些改动是有必要的。

---

[1] [明]罗贯中著,[明]李卓吾批评,董文成、王明琦校点:《三国志演义》,北京:群众出版社,1997年。关于李卓吾评本的评语,参见黄霖《李、毛本诸葛亮形象比较论》,载《三国演义学刊》第2期,四川省社会科学院出版社1986年版。

前面谈到，关羽斩颜良一事，毛评本做了删改和模糊处理，反而显得不够圆融。而就在后一回，关于"汉寿亭侯"的改动则很成功。

嘉靖壬午本是这样写关羽受封的：

曹操表奏朝廷，封关羽为寿亭侯，并铸印一方，上面写"寿亭侯印"，派张辽送去。关羽看了，推辞不受。张辽说："按照兄的功劳，封侯不算什么。"关羽说："功劳微薄，不当领此名爵。"再三推辞，不肯接受。张辽只好将印带回来。曹操问：关羽看过印没有？张辽说：他见过了。曹操说：完了，是我考虑不周。赶紧叫人将印上的字销去，重新铸印六个字："汉寿亭侯之印。"（卷之六）再派张辽送去。关羽见了，笑着说，还是丞相懂他。于是拜受此印。

这段是罗贯中精心营构之笔。在他看来，"寿亭侯"三个字前面，有没有那个表示大汉王朝的"汉"字，关系到关羽的道德底线，所以必须隆重写上一笔。

而毛评本将这段情节全部删去，仅仅写道，曹操"表奏朝廷，封云长为汉寿亭侯，铸印送关公"。

为什么要这样删改呢？因为"寿亭侯"实在是个误会。

按照毛宗岗的解释，"汉寿"是地名，"亭侯"是爵名，不可以把"汉寿"断开。"汉寿亭侯"的"汉"，跟大汉王朝的"汉"，完全是两码事。毛评本的这一处删改，提供了这一知识新的解读方向，很有必要。

二
小说家的匠心：虚构的价值和要义

清代康熙年间的诗坛盟主王士禛有一首诗，题目叫《落凤坡吊庞士元》。这个"落凤坡"，实际上只是《三国演义》里的地名，别无根据，王士禛这么写诗，就出了笑话。

类似的事例又如清代袁枚《随园诗话》记载，有个进士叫崔念陵，诗才极佳，可惜写了一篇五古诗，责怪关羽华容道上放曹操一事。这是小说中讲的事情，怎么能写进诗呢？还有个著名学者何屺瞻，写的书札中说什么"既生瑜，何生亮"，被另一个学者毛西河讥笑，称这是无稽之谈，何屺瞻为此终生惭愧。又有个孝廉，给关庙写对联，竟然写道"秉烛达旦"，简直俗不可耐。

都是文化人，怎么会误用呢？因为《三国演义》中有真实的历史，也有虚构的故事，更多的是半真半假、真假掺杂，即如鲁迅先生所总结的，有人认为《三国演义》的缺点之一是"容易招人误会"，"因为中间所叙的事情，有七分是实的，三分是虚的；惟其实多虚少，所以人们或不免并信虚者为真"[1]。

对于那些跟历史记载不一致的故事和人物，我们一般统称其为"虚构"。《三国演义》的虚构手法，按照石麟教授的概括，主要有八种：张冠李戴、夸张渲染、捕风捉影、牵萝盖屋、移

---

[1] 鲁迅:《中国小说的历史的变迁》，鲁迅著，朱正编:《鲁迅选集》第四卷，长沙：岳麓书社，2020年。

花接木、无中生有、烘云托月、颠倒黑白。[1] 以下简单举例，以呈现《三国演义》之虚构性质。

无中生有

既然是写历史，为什么要弄出这么多的虚构？按照历史记载的本来面目来写，不行吗？

如果以这般求真求实的精神读《三国演义》，估计这书是没法读下去的。

不妨以第四十四回为例，这是赤壁之战版块中的一回。书中写周瑜回到柴桑，张昭等主降派来见，陈述所谓江东之利害，主张投降免祸。周瑜表示，我也早就想投降了。之后，程普等主战派来见，强调投降可耻，我等宁死也不降曹。周瑜又表示：我正欲跟曹操决战，安肯投降？这两边敷衍的事，史书里是没有记载的。

晚上鲁肃带诸葛亮来见。当着两位的面，周瑜故意说假话，表示不想让江东百姓遭遇兵革之祸，所以已经决定投降。诸葛亮也说假话，表示公瑾准备投降，非常合理，可以保妻子，可以全富贵，至于东吴命运，付之天命可也，没什么可惜的。只有鲁肃一脸"懵圈"，继而失望、大怒。两个聪明人言不由衷，一个老实人独自着急，这出戏也是于史无据的。

---

[1]［明］罗贯中著，石麟考释：《三国演义（历史考证版）》，武汉：崇文书局，2022年。

捕风捉影与颠倒黑白

第四十四回最核心的情节"诸葛亮智激周瑜",采用了"捕风捉影"与"颠倒黑白"的艺术虚构。

历史上曹操主持建铜雀台,是在建安十五年(210),这已经是赤壁之战两年之后了。这事《三国演义》也写过,在第三十四回。并且特意提到曹植的设计构想:要建三座,中间高者,名为铜雀;左边一座,名为玉龙;右边一座,名为金凤。三座之间,两条飞桥,横空而上,非常壮观。曹操对这个构想,非常认同。注意,这个设计里有"两条飞桥","木"字边的"桥"。

历史上曹植也确实也写过一篇赋,题目叫《登台赋》,这里的"台",就是铜雀台,所以也可名为《铜雀台赋》。原文和《三国演义》里诸葛亮背诵的,有部分文字相同,也有部分不一样。最关键的是诸葛亮背诵的文字里,有"揽二乔于东南兮,乐朝夕之与共"两句。注意,这里的"乔"是没有"木"字边的"乔"。这两句是诸葛亮提供的证据:用以证明曹操引百万之众,虎视江南,就是为了得到大乔、小乔两位女子。也正是这个说法,让小乔的丈夫周瑜勃然大怒,离座指北而骂曰:"老贼欺吾太甚!"从而决定,"吾与老贼誓不两立"。

"揽二乔于东南兮,乐朝夕之与共"两句,历史上曹植的《铜雀台赋》里是没有的。假设有类似句子的话,那也应该指向"两条飞桥",而不可能是"江东二乔"。另外一个史实是,《铜雀台赋》写作于建安十七年(212)春。这时候,赤壁之战已经过去四年了。

所以,历史上不可能有"诸葛亮智激周瑜"这事。

其实《三国演义》里也明确写道,周瑜对于抗击曹操,有非常坚定的意志和足够的信心。他指出曹操犯了兵家四忌，又分析曹军人数水分很大，这些都是十分清晰且理性的认识，根本不需要诸葛亮来激他。

至于周瑜这个人物，这回书写他发现诸葛亮太聪明，总是胜出一筹，于是起了杀心，也是不符合历史事实的。史书上称周瑜"性度恢廓"，即性情豁达，心胸开阔。老将程普曾经评价说，跟周公瑾交往，就像是喝美酒，不知不觉就陶醉了。可见历史上的周瑜，很有人格魅力，他的言谈举止，总能让周围的人很舒服。尽管《三国演义》里面，把周瑜嫉恨诸葛亮，归结为诸葛亮没能为江东所用，说明周瑜的嫉恨，不是出于个人私心，但从小说后文的诸多情节来看，周瑜气量狭小这一点，还是给人太深刻的印象。

从以上可知，本回的很多事情，要么是"无中生有"的，要么是"捕风捉影"的，要么是"颠倒黑白"的。既然跑偏得如此厉害，那这一回还有意义吗？

答案是"有"，而且比规规矩矩、遵从史实去写，更能体现小说家的匠心。

虚构的价值

历史上的赤壁大战，曹操的主要对手是谁？我们看看唐诗、宋词就知道，大家比较公认的，是东吴，是周瑜。

李白《赤壁送别歌》诗里写道："烈火张天照云海，周瑜于此破曹公。"杜牧《赤壁》诗中说："东风不与周郎便，铜雀春深锁二乔。"苏轼《念奴娇·赤壁怀古》，大家都很熟悉了："故垒西边,人道是,三国周郎赤壁。""遥想公瑾当年,小乔初嫁了,雄姿英发。羽扇纶巾,谈笑间,樯橹灰飞烟灭。"

这些著名诗人、词人都认为,周瑜是赤壁之战的主角。罗贯中写《三国演义》,不太可能完全跳出原有的认知,否定周瑜是主要指挥官,但他又是推崇刘备集团的,那怎么办呢?

舌战群儒、智激周瑜、蒋干中计、草船借箭、孔明祭风、义释曹操等,这一系列的精彩情节,基本上都是虚构的。通过这样的虚构,巧妙地让刘备集团,让诸葛亮,成了赤壁之战的主角,而周瑜的作用,被大大地弱化了。

也许有人要说:为何要推崇刘备集团,推崇诸葛亮呢?客观一点写,不也挺好的吗?

20世纪40年代,文学史家李辰冬先生对此有过一段精彩的论述。他说:"罗贯中既以正统予蜀,那曹操、孙权等必为奸臣。大前提这样一决定,不得不曲解事实来达其目的。不但把曹操与孙权的英杰曲解为诡计阴诈,而且把周瑜、鲁肃的才略曲解为量小与庸儒。愈曲解,读者对蜀愈表同情。因为小说所以使人喜欢的,必定是他所描写的主要人物引起读者的同情。一切好的小说,都建筑在这同情上,我们的心只为同情而悸动。"[1]

他还举了个例子:同样是历史小说,为什么人们喜欢《三国演义》而不喜欢《东周列国志》呢?固然《东周列国志》的事件比较复杂,可能让有些读者觉得头疼。但如果作者让大家同情于某一国,而以其他国家为副角的话,也许趣味要增加很多。用历史的眼光看,《东周列国志》比较客观,但没能激发读

---

[1] 李辰冬:《三国水浒与西游》,北京:中国三峡出版社,2011年。

者的同情心，读起来也就索然寡味了。

所以，忠实客观的，未必大家爱看；带有偏见的，反而可能引人入胜。如果写得都跟史书差不多，成了白话版的史书，又会有几个人去看呢？还不如直接读史书。

虚构的要义

我们肯定虚构的价值，同时也要指出，写出好的虚构故事更需要在细节上下功夫。

可以以貂蝉为例。这个著名的美女，不是真实的历史人物；实施连环计，也是虚构的故事。故事确实很精彩，但里面还是有一些问题。

最容易引起大家怀疑的就是：王允的计策和貂蝉的实施，不会穿帮吗？难道董卓和吕布都是弱智？很多年前，著名作家王蒙就写过一篇文章，他说："被使计的一方，即董卓与吕布，居然一步一步全部彻底不打折扣地按照王允布下的圈套走，按照一个年方二八（周岁只不过十五）的小女子的指挥棒跳舞，说一不二，比校场操练还听话还准确；这能够令人相信么？如果说董吕两个人也曾经掌握权柄，赫赫一时，能是这样彻头彻尾的白痴么？"[1]

这样的怀疑，不是没有道理。比如貂蝉，我们知道她从小在王允府中，学习歌舞，是一个"艺术生"。不知道她后来纵横捭阖、见机行事的能力，是怎样培养起来的？也许，她在这个

---

[1] 王蒙：《〈三国演义〉里的"前现代"》，《读书》1995年第2期。

方面，真的有极高的天赋吧。

再比如，连环计的每一个环节，都不能出纰漏。如果出了纰漏，事态的走向就会大不相同。就拿王允请董卓赴宴这件事来说，当时在朝堂之上，王允发现吕布不在董卓的身边，认为是一个难得的好机会。于是他伏地拜请，请董太师屈尊到寒舍赴宴。董卓答应了。如果这个时候立马赴宴，那吕布没有跟着去，也很正常。

然而，董卓是什么时候赴宴的呢？第二天中午。而且不是一个人去的，他带了一百多个护卫，个个手持铁戟。那么这一次，吕布怎么没来？王允又是怎么算到第二天吕布不来的？要知道，吕布作为干儿子兼贴身保镖，几乎是和董卓形影不离的啊。如果吕布来了，王允今天还能安排貂蝉与董卓见面吗？在宴席上，前几天貂蝉已许配给吕布的事，会不会被说漏嘴？

1994年版的电视剧《三国演义》，也感觉到了这里有些问题，就让董卓接受宴请之前，已经安排吕布出差，到郿坞押送车仗。而郿坞离长安有二百五十里，来回怎么也得两三天，这样吕布就不可能跟着董卓去王府了。2010年的电视剧《三国》，干脆让董卓当天中午就去赴宴，没带吕布也就很自然了。

从这些地方可以看出，小说中的连环计，实施起来其实有很多险棋。当然也很神奇，最后都是按照王允的设计来走的，神奇得有些经不起常理的推敲。

不过，王允的连环计，就算存在漏洞，就算神乎其神，它也有真实性。什么真实？人性的真实。

董卓和吕布，也许确实不够聪明，但他们智商的迅速下降，是在见到了貂蝉之后。毛宗岗盛赞貂蝉是女将军。十八路诸侯不能够杀董卓，一个貂蝉可以杀之；刘、关、张三个人战胜不了吕布，一个貂蝉可以战胜他。这不是女将军吗？其实，也不是貂蝉厉害，而是这两个男人，过不了美人这一关。

三
桃园结义：理解《三国演义》的一把钥匙

"桃园结义"是《三国演义》中具有根本性、全局性意义的事件。理解了"桃园结义"，也就抓住了理解《三国演义》的一把钥匙。

从正史到小说

"桃园结义"这事在历史上是真实存在的吗？其实，正史中没有关于桃园结义的记载，它是元明以来民间艺术家的虚构。其依据大概是《三国志》中的一些说法，比如关羽的传记讲，刘备与关、张二人"寝则同床，恩若兄弟"。关羽在曹营时，曾对张辽说："受刘将军厚恩，誓以共死，不可背之。"张飞的传记也说，关羽年长数岁，张飞以兄事之。

史书中的这一点记载，经过民间文艺的铺张渲染，演变成"桃园结义"的故事。比如元杂剧有《刘关张桃园三结义》，讲史话本《三国志平话》的开篇就是"桃园结义"。《三国演义》在这些民间文艺的基础上推出了"宴桃园豪杰三结义"。

小说里的这件事，在当时不会受到太大的关注，但在后世却影响甚大，很多秘密会社、民间团体，都以桃园结义作为自己崇拜的对象。为什么会这样？最关键的一点，结拜人的出身都很低微。《三国演义》虽然赋予了刘备"中山靖王之后、孝景皇帝阁下玄孙，刘雄之孙，刘弘之子"的血统，但他本人并没有什么高贵的身份：早年丧父，家境贫寒，是个卖草鞋的。关羽呢，则是亡命江湖的逃犯。张飞虽然有些田产，也不过是一个卖酒杀猪的小商贩。如此低微的出身，却在未来干出了惊天动地的大事业，建立了蜀汉帝国。这样的经历，对底层民众来说，可以说是很励志。

再有一点，"不求同年同月同日生，只愿同年同月同日死"，结拜人的命运是紧紧相连的。这样的誓词，是不是让人有热血沸腾、"脱胎换骨"之感？桃园结义就是刘、关、张人生的转折点，或者说是新的起点。对于后世崇拜桃园结义的秘密团体来说，效仿桃园，也就开启了他们新的人生。

桃园结义的目的，用张飞的话说，是为了"图大事"；用誓词中的话说，就是"同心协力，救困扶危；上报国家，下安黎庶"。这说明他们有远大抱负，不是酒肉团伙、狐朋狗友。当然，也有人说，这些话太假，不真实。社会底层的游民群体，团结起来干大事，哪有那些崇高的政治使命。这个意见有没有道理呢？另外，民间传说或者戏曲中的桃园结义，多讲刘、关、张三人为了日后富贵、互相帮衬而结拜，哪种情况更符合历史的本来面貌呢？

蜀汉事业与桃园结义

就《三国演义》的叙写来看，可以这么说，蜀汉的事业兴于桃园结义,也亡于桃园结义。

桃园结义后,刘、关、张三兄弟都以自己的行动践行着最初的盟誓。关羽"独行千里,报主之志坚"自不必说,就是莽撞的张飞也无时不以桃园大义为立身处世的原则。当关羽离开曹营,千里迢迢赶到古城与兄弟相聚时,张飞二话不说,挥矛便搠。理由很简单,他认为关羽"背了兄长,降了曹操,封侯赐爵",是"无义"之人,"今又来赚我!我今与你并个你死我活"(第二十八回)。直到二嫂详细讲述关羽前后经历,张飞方才大哭,参拜了二哥。

小说写张飞的莽撞,旨在借助误会表彰他对桃园之义的忠贞。类似的写法,也用在三顾茅庐的情节上。三次赴隆中,刘备都把两位贤弟带着。只是关、张二人,尤其是性急的张飞,觉悟似乎不高。他总是满腹牢骚,"腐儒""村夫"之类的鄙夷之词,时不时地就蹦出来。

小说反复写张飞的性急,很明显是为了衬托刘备求贤的诚心。张飞越是没耐心,就越能显出刘备的虔诚。但同时,张飞敲退堂鼓,还有一个意义,不一定是作者有意要表现的,客观上,它隐约地反映了刘备集团的一个问题。

张飞,当然偶尔也包括关羽,只知道诸葛亮躲着不见刘备,有意怠慢刘备,让他们的大哥很没有面子;而刘备对诸葛亮这样的小年轻,一味恭敬,一再谦卑,更是有失大哥身份。关、张二人倒也不是嫉妒诸葛亮,他们所说的、所做的,都是替大哥着想。但他们似乎还不能理解,大哥现在最需要的是什么。他们不知道,没有诸葛亮这样的王佐之才,大哥的事业前途就是一片渺茫,极有可能在群雄竞争中被淘汰出局。关于这个问题，两位贤弟的思维，跟大哥不在一个频道上。

第三十八回写到，诸葛亮跟刘备兄弟同归新野，刘备"待孔明如师，食则同桌，寝则同榻，终日共论天下之事"。这样的场景，整部《三国演义》只写了两处，另一处是第二回，刘备在安喜县尉任上，"与关、张食则同桌，寝则同床"。隔了三十多回，时间差不多二十年，与刘备"食则同桌，寝则同床"的人变了。对此情形，关、张会有怎样的想法？下回书又写道，刘备自从得了诸葛亮，以师礼待之，两位贤弟不高兴了。

这里无关乎个人的道德品质，而是与兄弟结拜的先天封闭性有关。

经由结拜而确立的兄弟义气，在结拜人事业的早期，可能会以一种患难与共的姿态，令人感动，鼓舞人心。但在事业发展的过程中，仅靠结拜兄弟显然是不够的，必须不断有新的朋友来支持。那么，新朋友和老兄弟之间，将是怎样的关系？高明的人当然不会厚此薄彼，但能否在内心深处将彼此认同为一体？

再有，事业发展壮大以后，新的目标与最初的约定之间，会不会有冲突？拿刘备来说，帝业发展到后来，关羽的死给他设置了难题。

不忘"初心"

蜀汉新立国，当前主要的矛盾是什么？对于这个问题，蜀汉内部产生了严重的分歧。

一种意见认为，我们的敌人是曹魏，不是东吴。持这种意见的,有赵云、诸葛亮、秦宓等人。具体理由,从道义上讲,"曹丕篡汉,神人共怒",因此讨伐逆贼,这叫"伸大义于天下"。而且刘备称帝的主要由头就是,要做忠义之事,"为孝愍皇帝雪恨"。现在既然坐上了帝位,就应该兴师讨贼,兑现当初的说辞,否则就是不忠不义。

而且从形势来讲,目前也是个机会,"屯兵渭河上流,以讨凶逆,则关东义士必裹粮策马以迎王师"。至于东吴,不是我们的主要敌人。因为"迁汉鼎者,罪由曹操;移刘祚者,过非孙权"(第八十一回)。

另一种意见则认为,我们的敌人就是东吴。持有这种意见的,是刘备。理由是,关羽是被孙权害死的,加之傅士仁、糜芳、潘璋、马忠这些人,于我们皆有切齿之仇,恨不得啖其肉而灭其族。

刘备为什么一定要讨伐东吴?在《三国演义》中,这份执着是和桃园结义紧密相连的。当年刘、关、张三人结为异姓兄弟,"不求同年同月同日生,只愿同年同月同日死"。现在关羽已死,刘备他怎么可以苟且偷生?不久,张飞又死了,刘备更是没法独自苟活。"二弟俱亡,朕安忍独生!"(第八十一回)

当初闻知关羽死讯,刘备大叫一声,昏厥于地。一日哭三五次,三日水浆不进,只是痛哭,泪湿衣襟,斑斑成血。后来得到张飞死讯,刘备又是放声大哭,昏厥于地。刘备一生,以哭闻名,其中有真有假。因关、张二弟亡故而痛哭,没有人怀疑他的真性情。为关、张二弟报仇雪恨,这是对桃园盟誓的坚守,这就叫"不忘初心"。

但问题是，桃园盟誓还有几句："同心协力，救困扶危；上报国家，下安黎庶。"所谓"上报国家"，当下的迫切任务是什么？不就是"为孝愍皇帝雪恨"，讨伐曹丕吗？用赵云的话说："汉贼之仇公也，兄弟之仇私也。"只是在刘备心中，"私"的一面，其分量比"公"的一面，要重很多很多。

关羽死后，刘备曾说："孤与关、张二弟桃园结义时，誓同生死。今云长已亡，孤岂能独享富贵乎？"（第七十八回）张飞也说："昔我三人桃园结义，誓同生死，今不幸二兄半途而逝，吾安得独享富贵耶？"张飞死后，刘备又说："朕想布衣时，与关、张结义，誓同生死。今朕为天子，正欲与二弟共享富贵，不幸俱死于非命。"（第八十一回）这些话，都是发自肺腑的。

不过，其中的"享富贵"三个字意味深长，桃园盟誓不是说要"同心协力，救困扶危；上报国家，下安黎庶"吗？是当初的誓词，本身就是大词、套话，共享富贵才是真实目的，只不过没法说出口，还是刘备他们，在长期的戎马生涯、政治斗争当中，慢慢忘掉了少年的初心？这是个问题。

四
青梅煮酒：天下"唯二"的英雄

青梅煮酒论英雄，是刘备和曹操之间最负盛名的一次会面。他们讨论的是英雄的话题，表现出来的是不同的英雄气质。

低调的刘备

刘备在会面之前有一件大事,即董承拉他入伙。对于刘备来说,这事意义非比寻常。

前不久,刘备拜为左将军、宜城亭侯,人称"刘皇叔",这是他人生的一个小高潮。不过,什么将军、亭侯、皇叔,这都是公开的。公开的身份再高贵,也只能是表面的,并不能决定是否是核心,有的可能离核心人物很近,有的也可能很远。

秘密的身份就不一样了。董承展示出衣带诏,刘备在义状上签下第七个名字,这就意味着,刘备进入了"七人小组"。满朝文武,管你什么职务,什么级别,只有这七个人,才是皇帝最信任、最值得倚靠的忠臣。

加入"七人小组"这件事,对刘备的影响至少有两点:第一,提升了刘备的自我价值感——他进入了汉献帝的核心圈;第二,刘备在曹操面前更谨慎了。韬光养晦,甚至一度到装傻的地步。

刘备一般自己种菜,亲自浇灌。关羽、张飞说,这叫"小人之事"。这里的小人,不是指道德小人,而是身份小人,就是体力劳动者、普通打工人。像孔子的学生樊迟,曾向老师请教种菜、种庄稼,老师就说他"小人哉"。传统观念认为,种菜这样的事情,樊迟、刘备这种身份的人,不应该做。

然而刘备就这么做了。关、张二弟不理解,刘备当时也没有解释。直到后来,才告诉他们:那是为了让曹操知道我胸无大志。刘备的保密工作做得不错,沉得住气。

可是,这种反常的举动,难道曹操就不会怀疑?两人见面,曹操先是笑着说，在家做得好大事；接着又拉着刘备的手说，玄德种菜不容易。这一惊一乍，葫芦里一定是有药的。

刘备虽然吃惊不小，但依然沉着。后两人至小亭开怀畅饮，就算酒至半酣，刘备也无比清醒，丝毫不露马脚。总之，遇到问题，他就装傻，不停地装傻。内心强大，对外示弱，刘备的确深不可测。

曹操让他谈论当今英雄，他先是说自己肉眼无识，又说自己确实不知。实在没法推脱，只好开列名单。第一个被"提名"的就是袁术。而我们在后面看到，刘备请求出兵，说什么"半路截击，术可擒矣"，他哪里会把袁术看作英雄！这份"提名"，有些言不由衷。

在否定一众人等之后，曹操直接抛出答案："今天下英雄，惟使君与操耳。"（第二十一回）刘备吃了一惊，手中餐具掉落地下。我们可能觉得奇怪：刘备怎会有如此强烈的反应？考虑到前不久，刚刚参与了"七人小组"，正准备密谋大事，现在曹操这话，仿佛戳穿了他的心思，刘备怎能不惊慌！幸好天上打雷，刘备有急智，以惧怕雷声为由，掩饰过去了。

刘备解释为何怕雷，还有理论依据："圣人迅雷风烈必变。"这是孔子说过的，意思是遇到迅雷和大风，一定要改变神色，以示对上天的敬畏。这个引经据典蛮有力的，曹操于是不再有怀疑。

尽管一再低调，还差点露馅。煮酒论英雄这事，对刘备的影响至少也有两点：

第一，自我价值感进一步提升。曹操论天下英雄，只推曹、刘二人。刘备虽然当时吃惊，但事后琢磨，一定感到振奋。能被曹操这样的重量级人物,推举为当世"唯二"的英雄,是谁都会振奋的!随后截击袁术,刘备自信满满,其中当有曹操英雄之论的激励。

第二,促使刘备下定决心离开。既然已被曹操推为英雄,韬光养晦、一味装傻,不是长久之计。出都之时,刘备对关、张二弟说,我是笼中鸟、网中鱼,此行如鱼入大海、鸟上青霄,从此不受笼网之羁绊。刘备目光所向,是一片前所未有的广阔天地。

曹操的气场

刘备种菜,这事有些蹊跷。曹操请刘备到府,先是一惊一乍,意在试探。但刘备稳住了。

随后青梅煮酒,纵论英雄,继续试探。刘备还是稳住了。

生性多疑的曹操,不再怀疑。刘备请求出征徐州,他同意了。这可是刘备的脱身之计,他竟然没有想到。放龙入海,纵虎归山,曹操大意了。

后来郭嘉和程昱提醒,曹操方派许褚去追。许褚被刘备劝返,郭嘉、程昱再谏。曹操说:我有朱灵和路昭二人跟着去了,估计玄德未必敢变卦。再说,我已经同意他出征,怎么好反悔呢?于是不再追刘备。正是从这里开始,曹、刘二人彻底分道扬镳。

不过,曹操输了算计,却赢了帅气。他的洒脱、睿智、豪迈、风趣、坦荡,在这一回展现得很充分。

煮酒畅饮,谈笑风生,是洒脱;纵论今人,精准到位,是睿智;天下英雄,只推曹、刘,是豪迈;笑对关、张,戏称樊哙,是风趣;"我既遣之,何可复悔",是坦荡。

反之，刘备遮遮掩掩，躲躲闪闪，这么一衬托，曹操真如日月入怀，光彩照人。

话又说回来，韬晦还是洒脱，背后的关键，都是实力在说话。翅膀不够硬，也只能韬晦，想洒脱，得有本钱。

作为天下"唯二"的英雄之一，曹操在书中更多的场合，被认为是奸雄。奸雄可谓英雄的特殊类型，它包括两方面的特质：一是能成大事的雄霸之气，对应的是"雄"；一是冷酷诡谲的奸诈之气，对应的是"奸"。只"雄"不"奸"，或者只"奸"不"雄"，都做不了奸雄。能把这两个方面做到极致的，曹操是个典型。

不妨以第四回为例，看看奸雄是怎样的气质。

董卓这种人，一旦得势，豺狼之性，暴露无遗。然而满朝文武，一个个毫无主张，奈何他不得。堂堂司徒王允，虽然有心杀贼，却也只会掩面大哭。一众官员，也都跟着傻哭。

在一片哭声之中，却有一人拊掌大笑，他说：你们这些公卿大臣，夜里哭到白天，白天哭到夜里，能哭死董卓吗？众人回头看，原来是骁骑校尉曹操。他提出行刺董卓的计划，并且要亲自实施。在当时，众人皆哭，曹操独笑；众人一筹莫展，曹操胸有成竹。"操虽不才，愿即断董卓头，悬之都门，以谢天下！"曹操这话，够威武，够霸气！

"孟德献刀"这事，历史上是没有的。《三国演义》虚构这一出，却把历史上曹操的真实品性展现出来了。什么品性呢，就是《三国志》里说的"少机警，有权数，而任侠放荡"，他是一个有胆量、有谋略、有激情的侠客！

具体行动的时候，吕布出门牵马，只剩曹操和董卓两人在室内，这是个机会，但考虑到董卓力气大，只好先稳一稳。稍后董卓倒身而卧，转面向内，又是一个机会。正要下手，没想到董卓透过镜子，看见曹操在背后拔刀，急忙回身，问：孟德你在干什么？而此时，吕布也已经牵马到门口。形势可以说是万分危急！

但曹操毕竟是曹操，他随机应变，转而说"宝刀一口，献上恩相"，行刺就变成了献刀，危机立刻化解。接下来，董卓带他出来看马，曹操将计就计，借马试骑。然后牵马出相府，加鞭向东南方向而去。等董卓他们回过神来，怀疑进而确认曹操是刺客时，曹操已经远去了。遇事不慌，处变不惊，足以可见曹操的应变能力！

不妨设想一下，假如曹操当场暴露，董卓一定会杀了他。或者，在接下来的流亡途中，中牟县令陈宫将他捉拿归案，他也是死路一条。

那么，如果曹操死了，后人对他会有怎样的评价呢？

在曹操之前，有个越骑校尉伍孚行刺董卓，事败被杀，这是个真事。《三国演义》讲完了伍孚的事迹之后，引诗赞叹："汉末忠臣说伍孚，冲天豪气世间无。朝堂杀贼名犹在，万古堪称大丈夫！"由此我们可以设想，如果曹操事败被杀，世人一样也会称颂他为大丈夫、大忠臣。董卓发布通缉令说，捉拿曹操归案者，"赏千金，封万户侯"。按照这个"段位"，曹操可以算是汉末最大的忠臣了。

当然曹操没死，但不可否认，他仍然是大忠臣。虽然行动失败，但他没有放弃，回到家乡，召集天下诸侯，共讨董卓。一心除奸，匡扶社稷，正如县令陈宫所赞，"真天下忠义之士也"。

同样在这一回，曹操的另一面也表现得淋漓尽致。

关于杀吕伯奢，各种史料的记载出入很大。有的人说曹操是正当防卫，也有人说曹操是主动杀人。后来的史学家中，有的学者觉得这事根本不可能发生，也有的认为杀过吕伯奢家人这事是洗不掉的。这可以说是个疑案了。但不管史实如何，《三国演义》的讲述，无疑是最精彩的。曹操的多疑、冷酷、自私，在这里显露无遗。很多朋友可能不记得曹操的其他事情，但这事让人印象特别深刻。

不仅整个过程富有戏剧性，而且曹操杀人后抛出的一句话，最终成了他标志性的名言，那就是："宁教我负天下人，休教天下人负我！"

这句话，在其他史料里，还写作"宁我负人，毋人负我"，意思其实是一样的。不同的是，其他史料里面，曹操说这句话时有一个表情，叫"凄怆"。

"凄怆"传达出了曹操杀人时的复杂心理。曹操不是董卓那样的蠢材，滥杀无辜，会失掉民心，这个道理他自然明白。但从长计议，他又觉得非杀不可。他的每一次杀人，要么为杜绝后患，要么为整肃威仪，总之，自有他的考量。当他觉得杀比不杀更有利时，他会选择杀，但那种"凄怆"之感，应该也是真实的。而《三国演义》推崇仁义，于是把"凄怆"这一修饰语去掉了，旨在批评滥杀无辜的暴行。

有意思的是，《三国演义》的几个评点者，在读到"宁教我负天下人，休教天下人负我"这句话时，都没有表示出义愤填膺，相反，他们非常一致地指出，这是曹孟德的过人之处。理由是，天下人谁没有这种想法，但又有谁敢这么大胆地把心里话说出来！道学先生们总是说："宁教天下人负我，休教我负天下人。"说得很好听，但他们所做的事情，实际上正是曹操的那句话。因此，曹操是个小人，但他是个心口如一的小人。而那些道学先生，口是心非，反而不如曹操直接、痛快。

那么，真小人真的就比伪君子好吗？未必。那些评点者，只不过有感于假道学、伪君子盛行，认为曹操虽然残忍，但相比之下，还是要坦诚一些。他们并非提倡做心口如一的真小人。

五
智慧谋略：多谢同行衬托

《三国演义》是一部谋略大全、智慧宝库，后人总能从书中获得各种启迪。清末黄人《小说小话》就提到，张献忠、李自成、洪秀全这些人，都曾"以《三国演义》中战案，为玉帐唯一之秘本"。时至今日，领导艺术、军事科学、商战技巧、外交策略、人才竞争等方面的知识，几乎都可以从这部书里获得灵感。

诸葛亮三擒三纵孟获

书里展示的各种智慧故事当中，诸葛亮是集大成的人物。且不说隆中对的高瞻远瞩，也不说祭东风的神乎其神，单说他日常的用兵之道，就已远远超乎寻常。

比如征讨南蛮，也许是双方实力差距较大，诸葛亮对付孟获，就像玩儿一样。时值五月，酷暑之天，南方之地，分外炎热。诸葛亮命将士依山傍树,挑选林木茂盛之处,乘凉避暑。

这样的安排,是不是犯了兵家之忌?当初刘备在猇亭,就是这么屯兵的,后来招致大败。蒋琬提醒诸葛亮:"倘蛮兵偷渡泸水,前来劫寨,若用火攻,如何解救?"诸葛亮笑道:"公勿多疑,吾自有妙算。"(第八十八回)

到底是什么妙算?诸葛亮不说,蒋琬等人也不好问,全都蒙在鼓里。

诸葛亮安排捉拿孟获之计,也是运筹帷幄。他唤赵云进来,在其耳畔吩咐如此如此;又唤魏延进来,亦低言吩咐;又唤王平、马忠、关索进来,亦秘密地吩咐。具体吩咐了什么内容,我们不知道;赵云、魏延、王平等人之间,也只知道自己的任务,不知道其他人有什么任务。至于情况有变,似乎是不可能的;随机应变,也是不需要的:因为一切尽在诸葛丞相的掌控之中。

三擒三纵孟获之后,诸葛亮召集众将于帐中,将他是怎样考虑的和盘托出。众将拜服曰:"丞相智、仁、勇三者足备,虽子牙、张良不能及也。"

诸葛亮谦虚道:"吾今安敢望古人耶?皆赖汝等之力,共成功业耳。"(第八十八回)

帐中诸将听得丞相之言,尽皆喜悦。军营之中,又一次洋溢着欢乐祥和的气氛。

蜀军将士,费那么大劲,冒着各种风险,辛苦捉来蛮主,又被丞相放掉。打仗就像陪玩,而且还陪得这么心甘情愿,蜀军的脾气也是真好。

几乎所有人都是螺丝钉,只有一个全知全能的智者,这样的场景在《三国演义》中不知道出现过多少次。还是原来的配方,还是熟悉的味道,玩的就是一个乐此不疲。

司马懿三败于诸葛亮

是优秀还是平庸,往往还要靠同行的衬托。诸葛亮的智慧,正是因为有同行如周瑜、司马懿的衬托,才愈加显得光彩照人。

拿司马懿来说,诸葛亮三出祁山,蜀和魏三次交战。司马懿很会算计,可是,无论他怎么算,诸葛亮总是胜他一筹。

第一次,司马懿算到蜀军将袭取武都、阴平,于是一边派兵在祁山与诸葛亮对阵,一边派郭淮、孙礼奔赴武都、阴平,从后方袭击蜀军。

这一计怎么样呢?郭淮、孙礼在路上,讨论过诸葛亮和司马懿的高下。孙礼认为,孔明胜仲达多矣。郭淮也不否认这一点,但他觉得,虽然孔明厉害一些,不过就这一计来说,足以见得仲达有过人之智。道理很简单:蜀兵如果正在进攻武都、阴平,我等从后面袭击,他们不就乱了手脚?

而最后的结果怎么样呢?郭淮话音刚落,哨马来报:阴平、武都已分别被王平、姜维打破了。随后诸葛亮现身,他大笑道:"司马懿之计,安能瞒得过吾?"对付司马懿,他的办法是"伏于要路,前后攻杀",从而大败魏军。(第九十九回)

郭、孙二人败回后,司马懿表示:这不能怪他们,只因孔明智在吾先。勇于在下级面前承认自己智不如人,司马懿此人也不简单。

第二次,司马懿派张郃、戴凌夜袭蜀军营寨后方,他的算计是:孔明得了武都、阴平,必然抚慰百姓以安民心,不会在营寨之中。因而张、戴二人从后方包抄，司马懿同时从前方布阵，只待蜀兵势乱，魏军攻杀进去，两军并力，可夺蜀寨。

然而这一计又被诸葛亮算到。司马懿引兵布成阵势，只等蜀兵混乱，准备一起攻之。忽见张郃、戴凌狼狈而来，汇报说孔明早有提防，魏军因此大败而归。司马懿再次惊服：孔明真神人也！

第三次，诸葛亮见司马懿坚守不出，主动拔寨撤军。这是什么操作呢？张郃认为，蜀军粮尽，故而撤退，魏军可乘机追击。但司马懿判断，这是诱敌之计。理由是：蜀汉去年粮食丰收，现今又是麦熟之时，他们粮草丰足，虽然转运艰难，尚可支撑半年，不会贸然撤军。他们一定是见我们连日不出，故作此计，引诱我们出击。

这个判断是准确的。所以无论蜀军撤退几回，撤退多少里，司马懿就是不上当。这个应对策略也是正确的。

只是，不是所有人都这般有耐性。张郃请求追击，司马懿拗不过，只得勉强答应。派张郃、戴凌先行，他本人则亲自率兵接应，以防伏兵。

如此安排，还远不够。司马懿不仅再三叮嘱张郃该如何行事，还留下许多兵马守寨，又派报马密集传报消息，以防蜀军劫寨。真是谨慎之至，细密之至。

然而，诸葛亮还是棋高一着，他派遣了四拨战将，分头展开行动。令人称奇的是，这四拨人马互相之间，不知道其他小组都是怎么安排的；而且其中有个小组，对本组的行动计划也知之不全，就靠丞相给的一个锦囊，说是危急之时方可拆开，里面自有解危之策。如此神秘的军事行动，司马懿当然预料不到,最终惊慌败退。

败回寨中,司马懿责怪诸将:"汝等不知兵法,只凭血气之勇,强欲出战,致有此败。"(第九十九回)

说诸将只凭血气之勇,有些道理;怪他们不知兵法,多少有些冤枉。对付诸葛亮的神秘运筹、锦囊妙计,就算精通兵法,又能怎样?

倒是司马懿后来的长叹,"孔明真有神出鬼没之计",以及蜀将张翼的赞叹,"丞相真神人也",这才是一语中的。所谓"神出鬼没",所谓"神人",即已经超出逻辑判断的范围了。

诸葛亮堪称"天气预报员"

诸葛亮不仅能算人,还能算天。

曹真、司马懿起兵四十万,进军汉中。诸葛亮派张嶷、王平去守陈仓古道,以当魏兵,却只给他们拨了一千兵去守隘口。这波操作甚为反常,令张嶷、王平深感困惑。诸葛亮一番装模作样之后,方才道出实情:吾昨夜仰观天文,见毕星躔于太阴之分,此月内必有大雨淋漓。魏兵虽然人多,必不敢深入山险之地。因此不用多军,也绝不受害。大部队只用在汉中安居一个月,待魏兵撤退,再来反击,届时以逸待劳,十万蜀军即可胜魏兵四十万。

原来,诸葛亮会预报天气。而且,他的预报水平相当高。根据后文,下雨是在"未及半月"之后,也就是十几天后的事情。而且这大雨一下就是三十天,诸葛亮预测可在汉中安居一个月,这个判断也是非常准确的,远远超出现代天气预报的水平。

其实预报天气，司马懿也有这本事。他夜观天文，看到毕星躔于太阴之分，也判断此月内必有大雨。所以曹真要从陈仓道进发，被司马懿劝止了。魏军就在陈仓城中，搭起窝铺驻扎，以防雨水。为什么不住房子而要搭棚子呢？因为城内一间房屋都没有，诸葛亮此前离开陈仓时，全都放火烧了。

司马懿算到了大雨，但他可能没算到，大雨会连降三十日。马无草料，死者无数，军士怨声不绝。魏国皇帝在洛阳设坛求晴，也毫无效果。无奈之下，只得下诏，令曹真、司马懿撤退还朝。

当然，也不总是诸葛亮智胜司马懿，偶尔，司马懿也能扳回一局。当初诸葛亮用马谡之计，派人往洛阳、邺郡等处散布流言，说司马懿意欲造反；又以司马懿的名义，发布造反榜文，到处张贴，导致司马懿失去兵权，削职还乡。后来司马懿也派苟安回成都，散布流言，说诸葛亮有怨上之意，早晚要称皇帝，致使诸葛亮失去北伐的良机，不得不班师回朝。两起反间计，都没有历史依据。但让司马懿扳回一局，多了些棋逢对手的味道。诸葛亮的智慧，也在司马懿的衬托下显得更为丰富。

六
历史的舞台：谁是"影帝"

耿直的袁术

《三国演义》中有些人物，相当耿直。比如袁术，早早地就自立为皇帝。

他凭借的是什么呢？第一，传国玉玺在他手中，这是不是占了"天时"？第二，淮南地方，地广粮多，这是不是占了"地利"？第三，袁术家族，是所谓的"四世三公"，门第显赫，这是不是占了"人和"？天时、地利、人和，三者尽有，正位九五，有何不可？

但可惜，这些必要性和可行性，只是他自我感觉良好而已。实际上，他哪一条都不够格。

第一，在靠实力说话的时代，传国玉玺其实没什么用。孙策是个明白人，所以他敢拿这个东西做抵押。要想做皇帝，真正的天时是什么？就是别着急，别主动，也就是毛宗岗说的，"不在先而在后"。皇帝不是不可以做，但不能抢风头。虽然曹操专权，但献帝还在，刘备、孙策、袁绍、公孙瓒、吕布、张绣、张鲁、刘表、刘璋、马腾、韩遂这些人，一个个虎视眈眈，都紧盯着呢，袁术第一个跳出来，这不是送死吗？

再说了，就算当皇帝，也没有自己主动提议的。后来那些做皇帝的，哪个不是周围的人左请右请，再三恳求，最后实在没有办法，"极不情愿"地登上宝座，临了还要抱怨："都是你们害的我呀！"这才是做皇帝的正确打开方式，袁术完全不懂不顾。旁边的人好心劝阻，他还生气要杀人。"天时"这一项，他得零分。

第二，所谓"地利"，什么"地广粮多"，也是假象。袁术的手下杨大将早就说了，"寿春水旱连年，人皆缺食"（第十七回），这样的状况下，就算地再广，没有丰收的粮食也无用。

第三，所谓"人和"，那个"四世三公"的名头，就是花架子。此外，袁术七路军马，杀奔徐州，一路"劫掠"而来；军中缺粮，又是"劫掠"陈留。如此强盗行径，民心尽失，哪来什么"人和"？

不过呢，他想当皇帝就直说，从来不装，没有其他人那些弯弯绕绕的心思，也算天真烂漫吧。

青涩的曹丕

会表演的还有曹丕。只是，他的演技还是青涩一些。

汉献帝禅位这事，是华歆、李伏、许芝、王朗等一众大臣推动的。献帝当然不愿意，只是他势单力薄，若不答应，恐怕会有性命之忧。两害相权取其轻，献帝只好乖乖地去"享清福"，用他自己的话说，叫作"幸留残喘，以终天年"。

在曹丕看来，皇帝之位是别人主动给的，也就没有必要谦虚客气，拿来就是。

但司马懿告诉他：不可以这么耿直！应该上表，谦恭推辞。否则会有人说闲话。

曹丕接受了这条意见，令王朗作表，自称德薄，请另求大贤，以嗣天位。

这番行为，直接使献帝无措了。你们逼我逼得那么狠，现在又要换人，到底是要做什么？他是又惊又疑。

献帝要是当真，直接同意这份上表，那就错了。王朗提醒他，当初魏武王受王爵之时，三辞而诏不许，然后受之。这是政治规矩，也是潜规则。

献帝没办法，只好再次下诏，派人送到魏王宫。

曹丕当然很高兴，但同时，他也变得成熟了，不再欣然接纳,而是跟贾诩商议之后,令使者把玺绶带回去,又作表一道,表示谦让辞退。

献帝大概也明白了一些其中的规则,不再惊疑,只是问华歆该怎么办。

按照华歆的指引,献帝筑高台,选择良辰吉日,在四百多官员、三十多万御林军的见证下,禅位给曹丕。改朝换代,至此完成。这一次,曹丕很有底气。眼见为实,那么多人都看着:这皇帝位置,不是抢的,是汉献帝主动给的。

对于曹丕来说,收获的不只是天下,还有演技。他本来就有表演基础,父王出征,他流涕而拜。不仅他的父王,周围的人都被感动了,此次演出很成功。而且这一次的表演,万众瞩目,是一次质的飞跃。

老练的刘备

相较袁术、曹丕而言,刘备就老练多了。

三辞徐州

刘备三辞徐州,这个情节很有名,刘备的忠厚仁爱、深得民心,在此事件中彰显无遗。不过,书里越是极力渲染,就越是让人觉得可疑。毛宗岗就追问:刘备辞徐州,是真的辞,还是假的辞?要是真的辞,那刘璋的益州,他为何主动去抢夺?毛宗岗的判断是:不是不想拿,而是辞得越用力,拿得就越牢固。大英雄之人,往往有如此算计,只是一般人不知道而已。

还有一个评点者李贽说得更尖锐,他认为:刘备不接受徐州，是大奸雄手段，后来拿下蜀地，靠的就是这个手段。大的贪婪，必然伴随着小的廉洁；小廉洁的美名传播开去，大贪婪的实惠也就跟着来了。这话说得丝毫不留情面，把刘备说成是"大贪婪"，是"奸雄"，似乎有点过分，但的确切中了问题的要害。

刘备的隐忍谦让，只是因为时机尚未成熟。他不是不想要徐州，想要还再三推辞，自然有他的考虑。一方面，需要试探陶谦是否真心；另一方面，需要有合适的名分。等徐州百姓簇拥过来，哭拜请愿时，刘备知道，时机到了。

类似的再三辞让的举动，在后来"进位汉中王"和"正位续大统"的时候，多次重复出现。三辞徐州只能算是牛刀小试。老戏骨，影帝，是一步步养成的。

进位汉中王

拿下了汉中，刘备已经完全拥有益州。按照隆中对的构想，他现在是"跨有荆益"，实现了战略目标的关键一步。因此称王称帝，顺理成章，水到渠成。

但称王称帝这事，又不可以自己主动提议，否则，会有造反的嫌疑。连曹操称魏王，都要假意上书三辞，非常在意道德人设的刘备，必须得走一套程序，而且要走得更加认真，更加有模有样。

于是我们看到，先是众将皆有推尊刘备为帝之心，接着诸葛亮引法正等人入见刘备，劝其"应天顺人，即皇帝位"，而且"事不宜迟"。

刘备的反应，必须是高度惊恐，表示不可能接受："刘备虽然汉之宗室，乃臣子也；若为此事，是反汉矣。"（第七十三回）

刘备还挺实诚，说出了一个重大的原则问题。但经过诸葛亮等人的开导，刘备同意了一个折中方案：不称皇帝，暂为汉中王。

但称王也得有天子明诏，否则就是僭越。这个政治规矩，刘备是懂的。他还是想做个守点规矩的人。当初曹操称王，先是群臣表奏，再是献帝下诏，然后曹操辞让，最后献帝不许。经过这套完整的流程，曹操才成为魏王。"国贼"尚且如此，"忠臣"岂可胡来？

但诸葛亮自有说辞："今宜从权，不可拘执常理。"也就是说，原则上应该先表奏天子，但那只是"原则上"。

紧接着，还有张飞的神助攻："异姓之人皆欲为君，何况哥哥乃汉朝宗派！莫说汉中王，就称皇帝，有何不可！"（第七十三回）

都说李逵、张飞是一类人，还真是这样，连劝哥哥做皇帝，都是一样的口气。

刘备再三推辞不过，只得同意，先把生米煮成熟饭。于是登坛受拜，进位汉中王，然后再修表一道，差人赍赴许都。

对于刘备而言，再三推辞，是真还是假？很难说是绝对的真，或者绝对的假。刘备这个人，"既要""又要""还要"，诉求比较多元，所以常常很纠结。称王称帝，当然更是如此。

倒是手下众人，诉求单一，他们希望刘备做皇帝，是发自肺腑的。刘备推辞的时候，诸葛亮说："方今天下分崩，英雄并起，各霸一方，四海才德之士舍死亡生而事其上者，皆欲攀龙附凤，建立功名也。今主公避嫌守义，恐失众人之望。"诸将也

说:"主公若只推却,众心解矣。"(第七十三回)

这些应该都是实情。众人跟着你,出生入死,图的是什么?不就是功名事业、富贵前程。主公如果一味顾忌自己的道德"人设",不争取机会,不再往前进步,这就不只是主公一个人事业封了顶,一众谋臣武将的前途都会受到影响。主公维护了道德的虚名,众人却损失了本来可以到手的利益。

反过来,主公如果往前一步,众人就跟着沾光递进。包括主公在内的所有人,实际利益都获得了增值。至于损失,只不过是主公的"人设"虚名。

两相权衡,哪个划算呢?

想想当年,曹操大军南下,鲁肃是怎么为孙权谋划的?"众人皆可降曹操,唯将军不可降曹操。"众人投降了,该干吗还是干吗,岁月依然静好;孙将军投降了,就要受制于人,再也做不了老大了。

所以,主公和众人的利益诉求,往往不完全是铁板一块。各有各的理想,各有各的顾虑。最终,就看主公怎么选择了。

汉中王给许都的上表里写道:"群僚见逼,迫臣以义。"听起来很假,倒也不完全假。我们总觉得刘备装模作样、虚伪造作,其实他活成这般纠结的样子,也是多方合力的结果。他要考虑的东西,太多了。

正位续大统

此前刘备三辞徐州,进位汉中王时曾再三推辞,到"正位续大统"的时候,是老调重弹,还是旧瓶装新酒?

这一次,形势大有不同。不仅曹丕已经做了皇帝,而且传闻献帝已经遇害。作为汉室宗亲、大汉皇叔，主动站出来挑担子，似乎也说得过去。

诸葛亮、许靖等人正是从这个角度奏请刘备的。第一，汉中王根正苗红，理合继统，以延汉祀。第二，汉献帝已被曹丕所弑，汉中王不即帝位，兴师讨逆，就是不忠不义。

但刘备先是览表大惊，继而勃然变色。他说："卿等欲陷孤为不忠不义之人耶？""孤岂效逆贼所为！""今一旦自立为帝，与篡窃何异！"（第八十回）

诸葛亮苦劝数次，汉中王坚持不从。

这就有点意思了。一个说，你不做皇帝，就是不忠不义。一个说，我若做皇帝，就是不忠不义。

谁说得对呢？刘备说得对。他明白，不讨伐逆贼曹丕，是不忠不义；但讨伐曹丕，不代表非要先做皇帝。单以臣子的名义，完全可以征讨逆贼。这当中的逻辑关系，刘备还是非常清楚的。

还是诸葛亮有办法，他接下来劝导刘备，不再谈宏大的道理，而谈实际的利益。谈大道理，可能有些理不顺；谈实际利益，反而有可能打动人。就像唱歌，调门起高了，后面就不好唱下去；调门低一点，后面唱起来就容易多了。

诸葛亮装病，刘备前来探视。诸葛亮借机进言："目今曹丕篡位，汉祀将斩，文武官僚，咸欲奉大王为帝，灭魏兴刘，共图功名。不想大王坚执不肯，众官皆有怨心，不久必尽散矣。若文武皆散，吴、魏来攻，两川难保。臣安得不忧乎？"（第八十回）

这段话中，"共图功名"四个字，最为实在。

既然你掏心窝子了，我也就不藏着掖着。刘备也说实话："吾非推阻，恐天下人议论耳。"

诸葛亮又开导了几句，刘备表示："待军师病可，行之未迟。"

这就是答应了，剩下的只是时间问题而已。

诸葛亮听罢，跃然而起，将屏风一击，文武众官进来，拜伏于地，请汉中王择日以行大礼。

这一步，来得太快。直接进入主题，汉中王惊曰："陷孤于不义，皆卿等也！"

事已至此，再说什么，也没意义了。但是，该说的，还是要说，这不义的锅，必须甩给文武众官。

对于文武众官来说，这锅也必须得接。而且，是不是心甘情愿地接，是不是一而再再而三地接，体现的是服从度、忠诚度。能上升到这一高度的事，谁敢含糊？

诸事准备妥当，接下来就是登基大典了。

谯周朗读祭文，诸葛亮率众官恭送玉玺。汉中王刘备接了玉玺，捧于坛上，再三推辞道："备无才德，请择有才德者受之。"

坛都登上了，玉玺都到手了，还说"请择有才德者受之"。这有意思吗？

有意思。不管实际上是怎么做的，"正确"的姿态必须要展示一下的。反正，这皇帝不是我要当的，我是被逼的。

既然已经当上了皇帝，接下来该做什么？

诸葛亮等人奏请的时候说："汉献帝已被曹丕所弑，汉中王不即帝位，兴师讨逆，就是不忠不义。"那好，现在做了皇帝，指向非常明确——兴师讨伐逆贼曹丕。

可刘备甫一登基，第一件事就是准备起倾国之兵，翦伐东吴,生擒逆贼。

逆贼不是曹丕吗？怎么又成孙权了？

对于"曹丕废帝篡炎刘,汉王正位续大统",明代评点家李贽说得很到位："曹家戏文方完,刘家戏子又上场矣,真可发一大笑也。虽然自开辟以来,那一处不是戏场？那一人不是戏子？那一事不是戏文？并我今日批评《三国志》,亦是戏文内一出也。呵呵。"

七
乱世小民：命如蝼蚁,飘若微尘

《三国演义》是男人的世界,是大佬的世界。男人世界的打打杀杀,大佬世界的你死我活,自然容易引起我们的关注。而在男人、大佬世界之外,那些女人、小人物,他们的命运如何呢,有没有人关注过他们呢？

貂蝉

貂蝉是第八回和第九回的主角之一,是连环计的执行者。连环计完成后,出现的次数屈指可数。第十六回说道,吕布先娶严氏为正妻,后娶貂蝉为妾,严氏生有一女,貂蝉没有孩子,但这仅仅是简单提及而已,没有写其正面活动。

到第十九回,貂蝉再次现身。吕布被围在下邳城内,到底是打出去，还是守在家，拿不定主意，就跟貂蝉商量。貂蝉说："将军与妾作主，勿轻骑自出。"吕布于是终日不出，只同严氏、貂蝉饮酒解闷。

这里戏份虽少，但很重要。因为从此以后，我们再也没有见过貂蝉，不知道她去了哪里。从仅有的几回出场来看，她的人生实在可怜。她是政治斗争的工具人，是"红颜祸水"的责任人，唯独缺少了她本身的特性。一个女人的喜怒哀乐、命运归宿，《三国演义》是不在意的。

倒是后世人，比较关心个体的悲欢和命运。下一回，曹操将吕布妻女载回许都，毛宗岗就忍不住感叹道：不知道貂蝉是不是也在里面？

1994年版的电视剧《三国演义》，貂蝉完成了政治任务之后，驱车远走，"事了拂衣去，深藏功与名"。电视剧还配了一首歌，"远离了富贵繁嚣地，告别了龙争虎斗门"，"貂蝉已随着那清风去，化作了一片白云"。这首歌，也暂时取代《历史的天空》，成为那一集的片尾曲。

刘安之妻

比貂蝉更悲惨的，是猎户刘安的妻子。

她没有名字，我们也不知道她姓什么、芳龄几许。只能从丈夫还是个"少年"的描述中推测她的年纪应该也很小。这个丈夫，想给刘备找点野味，一时找不到，就把妻子杀了，割掉妻子臂膀上的肉，让刘备饱餐一顿。

这件事，史书里没有记载。三个当事人：刘备似乎很了不起——百姓如此爱戴的"主公",当然是好"主公";刘安也很不错,如此忠心耿耿,毛宗岗就说,刘安为的是一个"义"字;而刘安的妻子呢?唯一的正面描写,是借刘备之眼看到的:"忽见一妇人杀于厨下,臂上肉已都割去。"(第十九回)她是否哭泣过、哀求过、恐惧过,没人知道,也没人关心。在这个所谓的风云时代,她还不如一只蝼蚁、一粒微尘。蝼蚁尚能自生自灭,微尘还可自在飘零,而她呢?

毛宗岗虽然感叹,"妇人不幸生乱世,遂使命如草菅,哀哉",可他又说:对付家里的悍妻,也应该以刘安之法处之;吃人肉的刘备,也不失为好人。(第十九回)这些话,在现代人看来,是很毁三观的。

无论如何,这是《三国演义》的一处污点,甚至可以说是最大的污点。不过,这个污点自有其价值,什么价值呢?认识价值。

鲁迅先生《狂人日记》中有这样一段话:"我翻开历史一查,这历史没有年代,歪歪斜斜的每页上都写着'仁义道德'几个字。我横竖睡不着,仔细看了半夜,才从字缝里看出字来,满本都写着两个字是'吃人'!"这里的"吃人",显然具有象征意味,譬如说"礼教吃人";同时"吃人"也是实际所指,《狂人日记》里提到的易牙烹子、徐锡林(徐锡麟)被吃等,都是史有其事。《三国演义》写的这起"吃人"事件,和历史上的诸多此类事件一起,可以让我们对传统中国的某些幽暗面,有进一步的认识。

无名百姓

比刘安的妻子更隐蔽的,是众多的无名百姓。

刘备携民渡江

刘备逃往樊城时，带上新野百姓，这是为什么呢？

曹军逼近，刘备方面不准备投降，新野又守不住，只好往南躲避。出发前，遍告新野居民："无问老幼男女，愿从者即于今日皆跟我往樊城暂避，不可自误。"（第四十回）这份告示，没有强制要求百姓迁移，但事实上后来曹军入城，不见一人，只有一座空城。可知百姓都自愿追随刘备往樊城去了。看来刘备在新野，确实深得民心。

而且刘备方面也做了具体安排：孙乾往河边调拨船只，救济百姓；糜竺护送各官家眷到樊城。毛宗岗评价道："先言百姓，后及各官家眷，足见爱民之至。"（第四十回）

问题是，刘备爱百姓，百姓也爱刘备，那刘备走的时候，就得把百姓带着？似乎没这个道理。

原来，诸葛亮的计谋是：待曹军入空城，便放火烧新野。为了不伤害百姓，就要把百姓带走。

看起来确实是为百姓考虑的。

但接下来的问题是，如果真的为百姓着想，为什么用火攻？上次火烧博望坡，烧的只是城外林木；而这次火烧新野，烧的可是实实在在的民居。赵云受命，在城内人家屋上藏了很多硫黄焰硝等引火之物。火一起来，又有大风，房子肯定全部烧毁。书中写道："满县火起，上下通红。是夜之火更胜前日博望烧屯之火。"（第四十回）

百姓因何追随

告居民书中说，"往樊城暂避"，这"暂避"二字，看来只是虚文，家园已化为焦土，何来返乡的希望？返不了乡，在樊城或者其他地方，又如何安置这么多新野百姓？

设想一下，如果刘备只是带军队逃往樊城，新野百姓留在原地，他们会遭遇什么？难道曹操会烧了他们的房子？或者，曹操会杀了他们？

嘉靖壬午本的告居民书是这样写的："无问老小男女，限今日皆跟吾往樊城暂避，不可自误。曹军若到，必行不仁，伤害百姓。"紧接着还写了一句："一连差十数次，催趱百姓便行。"（卷之八）这里透露出来的信息是，刘备方强制、催促百姓撤离新野。而且"曹军若到，必行不仁，伤害百姓"云云，也有恐吓的意味。

毛评本将这些有强制、催促、恐吓意味的话全部删去，还加了"愿从者"三个字，表明：离开新野、追随刘备，是百姓的自由选择；刘备对新野之民，不离不弃，是大仁大爱。

只是，小说呈现出来的实际效果，似乎不完全如此。这个矛盾，接下来将更为突出。

携民渡江这事，是有史实依据的。根据《三国志》的记载，刘备始终坚持"以人为本"，本有机会拿下荆州，但他不忍心弃百姓。《三国演义》是尊崇刘备集团的，既然有这样的史实依据，当然要大书特书了。

《三国志》里只是说，途经襄阳时，刘琮左右以及很多荆州人士都加入了刘备的撤退队伍。《三国演义》则先是虚构出火烧新野的故事，让新野百姓跟着刘备撤退到樊城；接着又写刘备离开樊城，新野、樊城百姓跟随他，来到襄阳；刘琮不开襄阳城门，刘备只得转道奔往江陵，多数襄阳百姓也乘乱出城，跟着他逃往江陵。在整个撤退过程中，尽管多次有人劝刘备丢下百姓，以便快速前进。但刘备一再强调："百姓相随许久，安忍弃之！""举大事者必以人为本。今人归我，奈何弃之！""百姓从新野相随至此，吾安忍弃之！"（第四十一回）

后来诸葛亮舌战群儒时，还对这事做过评价："当阳之败，豫州见有数十万赴义之民扶老携幼相随，不忍弃之，日行十里，不思进取江陵，甘与同败，此亦大仁大义也。"（第四十三回）"大仁大义"四字，也是《三国演义》对刘备的定位。至于新野、樊城百姓，不仅以实际行动表达对刘备的信任，还抛出掷地有声的宣言："我等虽死，亦愿随使君！"刘备和百姓之间，简直就是一场感天动地的双向奔赴。

无名百姓的结局

但问题是，如果只是几个人誓死追随主公，用今追星者语言来说，可能会说这几个人是"死忠粉"，没什么好说的。但那么多百姓，死心塌地跟着一个主公，如果不是被迫的选择，那一定是奔着幸福生活去的。然而，结果怎样呢？

历史上，刘备连自己的妻儿也保不住，更何况那些追随他的无名百姓？

罗贯中不愧是了不起的小说家，他不仅没有回避刘备未能保护百姓的事实，而且三处写到百姓的悲惨遭遇：

第一处，离开樊城时，两县之民，"号泣而行，扶老携幼，将男带女，滚滚渡河，两岸哭声不绝"。

第二处，在当阳景山，"时秋末冬初，凉风透骨；黄昏将近，哭声遍野"。

第三处，刘备诸人失散后，赵云在乱军中寻觅，"二县百姓，嚎哭之声，震天动地。中箭着枪、抛男弃女而走者，不计其数"。（第四十一回）嘉靖壬午本接着还有一句："尸横遍野，血流成渠。十万居民，四方八面，乱窜逃命。"（卷之九）毛评本把这句删掉了，可能觉得太过悲惨。

写作者的巧妙布局

新野、樊城和襄阳百姓，付出了如此惨痛的代价，我们不禁要问：百姓追随刘备的选择，值得吗？刘备携民出逃的决定，正确吗？

为了让这两个问题得到比较好的解释，《三国演义》做了两个努力：

第一，突出曹操的凶残。

刘备撤退，为什么要带着百姓？百姓为什么要跟着？主要考虑就是，曹操来了，不会优待百姓，甚至可能会大肆杀人。进攻樊城前，曹操派徐庶去招降刘备，他要徐庶带话："如肯来降，免罪赐爵；若更执迷，军民共戮，玉石俱焚。"（第四十一回）

这可能只是恐吓，未必真的会付诸行动。但写到刘琮的事时，给我们留一个印象：曹操这家伙，没有什么事情是他干不出的。

上一回写到刘琮投降曹操，应该是一个不算太坏的决定，百姓不受侵扰，主公也无身家性命之忧。历史上确实如此，刘琮降曹之后，做了青州刺史。曹操后来又表奏他为谏议大夫，参与军事谋划。而《三国演义》这回，偏要无中生有，虚构刘琮往青州途中，曹操派于禁追杀了刘琮母子。

既然曹操如此凶残，刘备带走百姓，百姓紧跟刘备，就是最保险的行动。哪怕后来遭遇大难,也不能否定最初的选择和决定。

第二,突出刘备的仁德。

路过刘表墓前,他拜求刘表英灵,"垂救荆襄之民"。看到百姓遭难,他痛彻心扉:"为吾一人而使百姓遭此大难,吾何生哉!""十数万生灵,皆因恋我,遭此大难;诸将及老小,皆不知存亡,虽土木之人,宁不悲乎!"甚至他还做出过激举动,要不是旁边有人把他拉住,可能就跳江而死了,之后《三国演义》就没得写了。(第四十一回)

这些举动没有任何实际意义,但却能够透露这样的信息:刘备携民出走的初衷,是没有问题的,是为了百姓好;后来百姓遭受苦难,刘备也有祈祷、悔恨和自责。所以我们顶多只能说,刘备是好心办了坏事,而无法从动机上、道德上否定他。

人家都要为民跳江了,你还有什么可谴责的?

比较尴尬的问题被罗贯中巧妙地解决了。

不过,更厉害的是毛宗岗。这回前半个标题,原来作"刘玄德败走江陵"。到毛评本里,改成了"刘玄德携民渡江"。可见他善于从失败的事件中发现闪光点,宣传正能量。

庞统和徐庶的对话

无名百姓往往以"群体"的名称出现,且书中记载也缺乏正面、细节的描写,不妨看看庞统和徐庶的一段对话。庞统在江边,"巧遇"故人徐庶。庞统说:"你如果给曹操说破我的连环计,那就可惜了江南八十一州百姓,都是你葬送的。"徐庶笑道:"此间八十三万人马,性命如何?"(第四十八回)

作为一部历史小说,《三国演义》的关注重心是英雄豪杰、风云人物。芸芸众生,很少得到正面的表述。庞统、徐庶的对话,谈论的是平民百姓、普通将士的命运。整部《三国演义》中,这样的关注比较少,正因为如此,庞、徐对话也就显得特别可贵。

根据历史学家的研究,汉末三国时期,中国人口数量经历了直线式的下降。虽然学者的统计数据多有出入,但人口锐减,是毫无疑问的事实。究其原因,有自然灾害,有瘟疫流行,还有连年征战。唐人诗云:"泽国江山入战图,生民何计乐樵苏。凭君莫话封侯事,一将功成万骨枯。"罗贯中写的是"一将功成""封侯之事",而背后的"生民之计""万骨之枯",其实也在他的视野范围之内。毛宗岗评价庞、徐对话,"真是两位菩萨说法",这也可以视作罗贯中的"菩萨说法"。

八
超越是非成败:青山夕阳,秋月春风

中国古代的史家,固然以"求真"为目标,然而在保存"客观"事实的前提下,表达"主观"评价,或做出历史解释,也是中国史家的传统。其源头可以上溯至"春秋笔法",所谓《春秋》以一字寓褒贬,表面上是冷静、客观的叙述,背后实有价值取向存焉。所以孟子说:"孔子成《春秋》,而乱臣贼子惧。"尽管"春秋笔法"并没有成为后代史家的通则,但一般史书中,根据史料的选择和编排,仍可以见史家的倾向性。譬如

《史记·高祖本纪》多记刘邦的"光辉"经历，而在其他人的传记中，则可见刘邦的弱点乃至阴暗面。这种"主观性"并不是"随意性"，而是史家对"客观"历史的理解和表达。所谓"究天人之际，通古今之变，成一家之言"，史家传统不仅讲"事实"，还要有"意义"。

"事实"之外有"意义"

在一些读者看来，《三国演义》正是秉承了《春秋》以来的史家传统，于"事实"之外，还有"意义"在。嘉靖壬午本卷首庸愚子（蒋大器）序中说，史书不只是"纪历代之事"，而且"有义存焉"。既然如此，据史书敷衍而来的《三国演义》，"文不甚深，言不甚俗，事纪其实，亦庶几乎史"，它必然亦具有两个层面：其一，"三国之盛衰治乱，人物之出处臧否，一开卷，千百载之事，豁然于心胸矣"，这是"事实"面；其二，"遗芳遗臭，在人贤与不贤，君子小人，义与利之间而已。观演义之君子，宜致思焉"，这是"意义"面。《三国演义》的其他序文，也表达出同样的意思。如修髯子（张尚德）《三国志通俗演义引》说，这部书有益于风俗教化，"可谓羽翼信史而不违者矣"。

细品庸愚子、修髯子等人的序文即可知道，"庶几乎史"或"羽翼信史"的论断，是建立在史书既有"事实"面也有"意义"面的前提之下的，也就是说，《三国演义》之能够比附史书，不仅在于它写了历史事实，还在于它有主体性、倾向性。如果不局限于"裨益风教"之类的教化意识，我们甚至可以说，《三国演义》"虚"的、"艺术真实"的、"浪漫主义"的部分，正是史书固有的主体性、倾向性的扩展。《三国演义》的"事实"之外有"意义",这便是演义的趣味,它与史家的立场一脉相承。

"形而上"的解释

更重要的是,演义的"意义"较之于史书的"意义",其意蕴往往更为深远。庸愚子和修髯子的序文主要就伦常教化着眼,"尊刘抑曹"之类也只是具体态度——这些,史书里并不缺少,譬如朱熹《资治通鉴纲目》里就有类似的"意义"。《三国演义》的"意义"不同于一般史书之处,在于它试图对历史、人事做出"形而上"的解释。

具体说来,有两个方面。

其一,循环论和天命观。毛评本开篇讲道:"话说天下大势,分久必合,合久必分。"嘉靖壬午本和毛评本结尾都说:"纷纷世事无穷尽,天数茫茫不可逃。"你可以说这种论调是"唯心主义"的,但我们不能否认罗贯中、毛宗岗试图解释历史的努力。司马迁写《史记》,意在"究天人之际,通古今之变";如果我们把《三国演义》也看作对历史的一种讲述,可以说,"天下大势,分久必合,合久必分"和"天数茫茫不可逃"的历史判断,都有"究天人之际,通古今之变"的意味,这恰恰是一部历史小说难能可贵的地方。

其二,超越了对具体人事的历史感怀。"滚滚长江东逝水,浪花淘尽英雄。是非成败转头空。青山依旧在,几度夕阳红。白发渔樵江渚上,惯看秋月春风。一壶浊酒喜相逢。古今多少事,都付笑谈中。"这首《临江仙》词,不是明代《三国演义》

原有的，而是清代的毛评本加进去的。也不是毛宗岗原创的，而是明代状元杨慎写的一首咏史词。《三国演义》的主体，本来讲的是人世间的种种纷争。作者也好，读者也好，难免陷入具体的人事评判当中，各有偏好，以致争论不休。而有了这首开篇词，小说就具有了超越性的意味，境界一下子提升了很多。一个人、一个团体、一个国家的是非成败，都消逝在历史的滚滚长河中，具有永恒价值的，只有那青山夕阳、秋月春风。这是超越性的思考，也是终极性的思考，把历史讲述上升到了哲学的高度。

故事情节的超越意味

除了诗词、警语，《三国演义》也会在故事情节中表达超越性的意味。例如，左慈是东汉末年有名的方士。《搜神记》《神仙传》《后汉书》等书中，记载了他不少神通事迹。诸如从铜盘里钓上两条松江鲈鱼，突然进入墙壁消失不见，出现很多一模一样的分身，等等。像这类故事，虽然对曹操也有调侃，但主旨不是调侃曹操，而是反映左慈的神通。《三国演义》采纳了不少这类故事，核心意旨是"戏曹操"。面对左慈的神通，刚做了魏王的一代奸雄，手足无措，恼羞成怒，吓出病来，这是怎样地大快人心！

除此之外，《三国演义》还有更深的用意，即借左慈点化曹操，表达历史的幻灭感。

书中写到几件事：孙权尊让魏王，派人选了大柑子四十余担，星夜送往邺郡。途中脚夫休息时，左慈来帮忙，各挑了五里路。到了邺郡，曹操手剥柑子，发现只有空壳，里面没肉。

左慈来剥，内皆有肉，其味甚甜。而凡是曹操剥开的，尽是空壳。再有，冬天里曹操想要牡丹花，左慈取来花盆，喷了些水，顷刻便生出一株牡丹，开放双花。

这两件事连同上文提到的"钓鲈鱼"等法术，表达了这样一层意思：艳丽如牡丹，美味如鲈鱼，都是凭空而来，本质上就是空；柑肉虽实有，才入曹操之手，也已成空。联系到曹操称魏王、图汉鼎，又何尝不是空？联系到群雄纷争，争到最后，不也还是一个空？所以第六十九回引诗证曰："等闲施设神仙术，点悟曹瞒不转头。"神仙几番点拨，只可惜曹操悟不出来。

毛宗岗在第六十八回的总评中叹道："汉家箫鼓，魏国山河，不转盼而夕阳流水；吴宫花草，晋代衣冠，曾几时而幽径荒丘。汉也，魏也，吴也，晋也，殆无一非空者也。知过去之为空，即知现前之亦是空。不待脱手而后空，即入手之时而未尝不空。"这层意思，正与开场词所云"是非成败转头空"遥相呼应。

我们都知道《红楼梦》写儿女情长、家庭琐事，脱不开一个"空"字，"因空见色，由色生情，传情入色，自色悟空"。殊不知，《三国演义》写铁马金戈、纷争离合，到了最后，也何尝不是一个"空"。

在左慈之后，又来了一个神仙，叫管辂。

《三国演义》插叙人物的日常琐事，一般篇幅不长，讲一两个、两三个故事，就开始接入正文。但写太史丞许芝向曹操介绍管辂的神通，比较罕见地用了近半回的篇幅，讲了六七个故事。这些故事的核心意思,就是管辂有非同寻常的本事。

左慈的本事,主要是擅长变化。他能把有变成无,比如柑子里的肉。也能无中生有,比如变出牡丹、变出鲈鱼。还能像孙悟空那样,变出几百个本尊。不过这些本事,在管辂看来,不足为奇。他对曹操讲:左慈捣鼓的那些,都是幻术,何必为忧?曹操听了,方才心安,病也慢慢好了。

管辂擅长的,不是幻术,而是占卜算卦。有人阳寿将尽,他能看出来,还能指点祈禳之法。夏侯渊被斩首、曹丕登基、东吴亡一大将、西蜀有兵犯界、明年春天许都有火灾,这些他都算到了,也很快应验了。

《三国演义》篇尾的古风云:"纷纷世事无穷尽,天数茫茫不可逃。"什么叫"天数茫茫不可逃"?就是很多事情,都是上天注定,人力无法改变。管辂的预言以及其后的应验,就是"天数"的证明。《三国演义》写历史变迁、人世纷争,也由此具有了宿命的意味。

左慈的幻术,与小说开场词"是非成败转头空"遥相呼应。管辂的神算,又为结尾古风"天数茫茫不可逃"提供了印证。这种超越了具体人事是非的暗示或者感怀,正是《三国演义》有别于史书,更具有哲学意义的演义趣味。

旧传［隋］董展：《三顾草庐图轴》，现藏于台北故宫博物院。画中描绘了东汉末年刘备携关羽、张飞及从者三顾草庐，邀诸葛亮出山的场景。幅上无款，依元萨都剌至正甲午之题，定为隋董展所作。但萨都剌之题字与其年款及跋语内容均不合，由此判断应为后人作品所伪托。

李远达 北京大学医学人文学院

主要研究方向为古典小说与医学人文。主持国家社科基金项目1项,省部级项目若干。在《红楼梦学刊》《明清小说研究》等期刊发表论文30余篇,即将出版专著《大观园的病根》等。

《水浒传》：江湖与秩序

人在江湖，免不了身处各种关系罗网之中。

引　言
《水浒传》：一部关于江湖好汉们的文学经典

《水浒传》适不适合特定人群阅读，似乎从它写定到广泛流传就一直是个问题：无论是传统社会关于《水浒传》"诲盗"的酷评，还是当今社会批评它暴力、血腥。似乎在当下中国，关于《水浒传》是否应该进入中小学课本这一问题还曾引发一场全民讨论。一部讲述近千年前江湖好汉们故事的书，似乎每过一段时间，都会重新回到人们的视野里。

那《水浒传》究竟是怎样的一本书呢？很多读者可能并不了解，《水浒传》故事，最早来自《大宋宣和遗事》等宋元文献中的诸多记载，一直到我们今天还能读到的《水浒传》早期刻本残页，这中间已经历经了两三百年的漫长光阴。而从水浒传故事定型那时起到今天，又是五百年的悠悠岁月。

可以说，水浒故事的流传已经有了七八百年的历史。其作为中国文化中最具传播性的故事系统之一，七八百年的时光，成就了《水浒传》的经典地位，它不仅是古典小说中的一部文学经典，更是深刻折射并反过来影响民族文化心理的一部文化经典。

宋江、李逵、晁盖、吴用、鲁智深、林冲、武松等英雄好汉，乃至高俅、郑屠、牛二、潘金莲等市井人物，都有着深入人心的艺术形象。明末清初的评点家金圣叹称赞"《水浒传》写一百八个人性格，真是一百八样"。可以说，今天读《水浒传》，我们不仅能从中获得审美愉悦，也能从中获取智识快感。

这么经典的一部名著，我们应该如何来读呢？作为文学经典，更是文化经典，《水浒传》为代代读者揭示出的一个重要命题，是庙堂秩序的崩塌与江湖秩序的重建。

这里面有几个关键词，江湖、庙堂和秩序。请允许我来解释一下。

江湖好理解，传统社会严密体系之外的边缘人，也就是游民组成的灰色社会空间。他们的格局天然与庙堂相对，却又在许多时候致力于模仿庙堂社会，甚至试图反过来重建社会结构与世道人心。那么，何谓秩序呢？政治的、文化的、伦理的、性别的规则，在小说中皆面临挑战，又皆有待重构。

在一个秩序混乱，或者说失序的时代，江湖是如何为秩序的重建而选择和行动的呢？不管结果如何，至少水浒英雄们努力过，尝试过。所以，我们选取江湖与秩序这对关键词，来看看《水浒传》这部中国文学的经典作品，是如何回应中国文化的某些核心议题的。

更要进一步思考的是：《水浒传》对于我们当今社会仍然具有哪些价值？或者换个话题，它里面哪些问题仍然能够引起我们的热烈争议和讨论。我们就从这样的几个方面来展开，即从暴力、女性和"起义"这三个今人茶余饭后仍可以争得面红耳赤的话题进入。就像古人服药须用引子一般，把它们作为《水浒传》江湖与秩序专题的药引子。

需要说明的是,在这开篇的三个视角中,"起义"的讨论略显学术化,也关涉到小说主题的问题,因此我们把它放在最后谈论,暴力、女性、"起义"。由微观而宏观,从直观感受推演到抽象讨论,"起义"放在暴力和女性争议之后,做一个总结。

一

《水浒传》的血腥暴力描写

强人看的强盗书?

关于《水浒传》,不少质疑者都提到,书中存在那么多血腥暴力的描写,例如宋江杀惜、武松杀嫂、血溅鸳鸯楼、李逵的活剐黄文炳和斧劈小衙内等。有的描写令人不忍卒读,有的则产生反审美的阅读体验。那么,我们今天究竟应该如何看待《水浒传》中如此多的暴力描写呢?

我想还是先让我们从两则广受诟病的个案出发吧。一个是《水浒传》第三十一回"张都监血溅鸳鸯楼"[1],武松醉打蒋门神之后,帮助孟州牢城营小管营金眼彪施恩夺回了快活林酒家,不想得罪了蒋门神背后的张团练,买嘱了张都监,要害死武松。张都监先是假意招揽武松做亲随,然后诬陷他偷盗,要置武松

---

[1] 本篇《水浒传》文本皆出自[明]施耐庵、罗贯中:《水浒传》,北京:华文出版社,2019年。

于死地，最后在施恩的打点和叶孔目的斡旋下，武松才刺配遥远州县[1]。结果张都监一伙又安排人在飞云浦截杀武松。这才有了武松大闹飞云浦、血溅鸳鸯楼的"名场面"。虽然说事出有因，但武松先后杀死后槽、厨下丫鬟，尤其是在杀死蒋门神、张团练和张都监一家后，下楼又杀死了唱曲儿的养娘玉兰及四五个小丫鬟。而只有这样，武松才表示"我方才心满意足"。如果说前面是害怕打草惊蛇，杀不成张都监等人，后续的灭门之举，以我们今天的伦理规则进行衡量，则是十分过当的。按照小说描写，这个场景中，"共计杀死男女一十五名，掳掠去金银酒器六件"。这是局外人的官方客观描述。不少读者都认为这段描写又是割头、又是搠心窝的，实在是暴力血腥到了极点。

与这则血腥灭门案相比，另一个故事是更令我本人非常不能释怀的残忍场景之一。《水浒传》第五十一回李逵受宋江和吴用差遣，去断朱仝退路，让他一起上梁山。李逵选择了斧劈尚在襁褓中的小衙内。小说描写道："朱仝乘着月色明朗，径抢入林子里寻时，只见小衙内倒在地上。朱仝便把手去扶时，只见头劈做两半个，已死在那里。"这段描写连小说里的"有诗为证"都看不下去了："只为坚心悭入伙，更将婴孺劈天灵。"明代的评点家余象斗更是评论说："为一雄士苦一幼儿，李逵铁心，鹤泪猿悲。"就连最推崇李逵的金圣叹，到此处也只能强辩道："此自耐庵奇文耳，岂真有此事哉！"那么，元代水浒戏里的李逵还是个非常可爱的诙谐猛将形象，为什么到了《水浒传》小说中，李逵的形象则变得这般鲁莽与残忍了呢？

---

[1] 刺配：是古代的一种刑法，指在犯人脸部刺字并发配边远地区。——编者注

解开了这个谜题，也就对《水浒传》中的暴力描写有了大致恰切的理解。

先从金圣叹的一则评点说起。金圣叹是很爱李逵的，他曾说李逵是"上上人物，写得真是一片天真烂漫到底"。但同时，他也对李逵的粗鲁言行表达过自己的看法，他说："李逵粗鲁是蛮。"蛮是什么意思？蛮，就是粗野，不通情理；同时也因未开化，而元气淋漓。这是一体两面的。小说中李逵一出场，戴宗便介绍他："这厮本事自有，只是心粗胆大不好。"应该说，在江州做小牢子时的李逵，是非常符合戴宗的评价的，还没有显露出残暴的那一面，相反，他专"好打强的人"，是条忠直的汉子。

李逵是何时从一个忠直的小牢子转变为杀人魔王的呢？答案还是在江州。他在小说中第一次大开杀戒是在江州劫法场营救宋江之时，小说第四十回描写道："只见那人丛里那个黑大汉，轮两把板斧，一昧地砍将来。晁盖等却不认得，只见他第一个出力，杀人最多。"等到李逵杀到江边，"身上血溅满身，兀自在江边杀人"。晁盖便挺朴刀叫道："不干百姓事，休只管伤人！"然而李逵哪里听晁盖号令，只管"一斧一个，排头儿砍将去"。晁盖等梁山好汉已到，宋江和戴宗等已经获救，这时李逵仍然只管砍杀，这种杀红眼的心理不仅不可理喻，而且是不合逻辑的。因为从功利角度看，李逵的滥杀无辜也影响了劫法场好汉的快速撤退。那么，小说家为什么要这样描写李逵？"蛮"就一定要滥杀无辜吗？

如果说，活捉黄文炳之后，李逵主动要求碎剐仇人，边割边吃的恐怖举动，还有为宋江报仇之意的话，那么在战场上滥杀无辜的李逵，确实难以用我们社会的日常逻辑来理解。对此，学术界曾提出过不少解释，例如孙述宇先生就曾推测说，《水浒传》是强人写给强人的强盗书。以李逵为代表的滥杀行为应该发生在传统社会强盗娱乐的场景中，血腥恐怖场景成了强人凝聚共同意志的催化剂。这个观点从逻辑上可以成立，可惜缺乏必要的证据链条支撑，这也是《水浒传》一类世代累积型古典小说研究的难点之一。

艺术化呈现传统社会的暴戾面

上文提及有研究者认为《水浒传》是所谓的强盗书。这种说法虽然没有过硬的证据，只是一种猜测，但是能够启发我们去思考：分析《水浒传》中颇多残暴场景的成因至少应该从三方面着手。

首先是从传统社会普通大众对血腥描写的接受程度角度讲。传统社会的普通大众对小说血腥描写的接受能力与我们今天有何不同？众所周知，传统社会，惩治犯人的刑罚五花八门，千刀万剐、腰斩、斩首、绞刑，甚至各种《水浒传》中出现的肉刑——黥面刺字。以损伤犯人身体、侮辱罪犯精神为目标的刑罚成了威慑传统社会其他人、令其不再作奸犯科的必然之法。那么，小说中模仿庙堂权力结构建立起来的江湖权力系统，也一样需要用恐怖刑罚来威慑可能的敌人，用实际操作层面的、在一定范围内可控的滥杀无辜来为自己壮胆，同时也恐吓官军与百姓。梁山首领宋江放纵本性粗蛮的李逵发挥他天杀星的作用，许多时候用意正在于此。哪怕在某种程度上与"替天行道"的主旨有相违背之处也在所不惜。这些用我们今天文明社会的标准看，自然显得那么残暴，不忍卒读。有学者认为《水浒传》不适宜进入中小学教材，正是源于这种古今暴力认知的不同。

其次，暴力描写中的人物个性塑造与材料来源也是一个很重要的角度。换句话说，暴力描写在小说中必须服务于人物塑造才有价值。譬如说武松，他的个性中有凶猛斗狠的一面。例如他在杀死张都监、蒋门神等主要仇人后，正待脱身，恰遇两个亲随上楼查看，后者被武松杀死后，楼下还有张都监夫人等人。这时武松仅仅为了脱身，完全可以不杀死其余女眷，但他的选择是"一不做，二不休，杀了一百个，也只是这一死！"。此处描写完全服务于武松这方面的性格特征。同时，他的好勇斗狠又是复杂的，有时，小说描写武松的暴力还有比较明确的"暴力理性"倾向，例如他在杀死西门庆、潘金莲，为兄报仇后，表现得便十分突出：

> 话说当下武松对四家邻舍道："小人因与哥哥报仇雪恨，犯罪正当其理，虽死而不怨。却才甚是惊吓了高邻。小人此一去，存亡未保，死活不知。我哥哥灵床子就今烧化了。家中但有些一应物件，望烦四位高邻与小人变卖些钱来，作随衙用度之资，听候使用。今去县里首告，休要管小人罪重，只替小人从实证一证。"随即取灵牌和纸钱烧化了。楼上有两个箱笼取下来，打开看了，付与四邻收贮变卖。却押那婆子，提了两颗人头，径投县里来。（第二十七回）

可以说武松使用暴力残忍地杀死嫂子潘金莲之后，对待各位邻居表现出了安排的周密与详尽。小说也有意用这些场景塑造武松为"有义的烈汉",绝非滥杀无辜之辈。耐人寻味的是,在武松杀死张都监家一十五口后,小说安排他夜走蜈蚣岭,杀死飞天蜈蚣王道人,却释放了萍水相逢的岭下张太公家女儿。似乎也在刻意塑造武松有"义"的一面,挽回刚刚过去的滥杀对武松形象造成的损毁。所以说,小说中暴力描写服务于人物形象,也受制于素材来源。

我们再以李逵为例,众所周知,李逵这个人物形象在元杂剧中塑造得已十分出色,诙谐猛将的特质得到了充分呈现,著名的《梁山泊李逵负荆》就塑造出李逵拈花这个经典形象。然而到了小说《水浒传》里,李逵暴戾的一面被大大发扬了。这一方面与小说家掌握的李逵故事素材有关,另一方面也与小说家要用鲁莽的李逵不断制造矛盾,推动故事向前发展有关。例如第五十一回朱仝与李逵的血海深仇,第五十二回李逵打死殷天锡使得柴进误陷高唐州,等等,甚至第七十二回如果不是李逵元夜闹东京,也许宋江初次造访李师师,就能够获得道君皇帝的赦书,后面十回的故事也就无从谈起了。李逵非理性的残暴性格作为叙事动力而存在,许多时候是小说的一种设定与安排,哪怕有时会略显突兀。

最后,从小说所反映社会生活的深刻性角度来说,武松、石秀、李逵等人物的残暴很可能是小说的写定者通过自己冷峻的观察,将造反带来的惊人破坏力用艺术化的方式传递出来。这种传统社会破坏力的幽微折射有很多种表现方式,恐怖的十字坡酒店是一种,山大王燕顺要吃人心做的醒酒汤是一种,滥杀无辜的李逵也是一种。并不是说读了《水浒传》,传统社会的英雄好汉就是视人命如草芥，动辄滥杀无辜，用人心人肉下酒，这显然是片面认识。但也不能否认，传统社会在展示其暴戾一面时，有着其惊人的不人道的丑陋与残忍。这一点，古典小说场景化的艺术呈现有着比正经正史更为撼动人心的表现。无论怎样，作为影响巨大的章回小说开山之作，《水浒传》通过李逵、武松等残忍的英雄所展现出的惊人的传统社会破坏性力量，是一种可贵的艺术真实。我们不应该寻章摘句，以今天的标准来苛责古代小说家，批评他不够仁慈，将如此多的"限制级"的暴虐场景呈现出来，更不能认为读了这些就会坏人心术，这样就又回到了"诲淫诲盗"的五四以前的小说批评立场上去了。应该承认是现代社会文明程度提高才使得我们今天的读者觉得《水浒传》中的李逵等梁山好汉显得那么暴戾，那么不可亲。与小说人物拉开一定距离来审视，对小说人物做历史化的"理解之同情"才是我们面对以李逵残暴个性为代表的《水浒传》沉重侧影的审慎立场与通达态度。

其实，学术界关于这个问题，也有过一些较为全面的解释，例如齐裕焜先生就曾指出：评价《水浒传》暴力问题"不能离开当时的历史语境；不能用现代人的道德观念代替审美评价；不能忽视它把血腥、暴力喜剧化、戏谑化、公式化的特点"[1]。

---

[1] 齐裕焜：《对〈水浒传〉中血腥、暴力问题的思考》，《明清小说研究》2011年第2期。

二
《水浒传》的"厌女"倾向

题材限定了艺术笔触

我们今天阅读《水浒传》,面临的第二个重要质疑是小说对待女性的态度问题,这个问题与之前的血腥暴力描写问题在小说中往往还联袂出现。这方面不仅是普通读者,学术界也有不少批评。章培恒、骆玉明两位先生认为:《水浒传》"贬低了女性",甚至"没有真正意义上的对女性的描写"[1]美国汉学家浦安迪先生更直接指出"厌女症是《水浒传》的一个关键成分"[2]。回顾百年来的《水浒传》阅读史,不少评论家、研究者都对《水浒传》对待女性的态度提出过批评看法,似乎比"起义"、暴力问题的争议更小,几乎有成为定论的趋势。

然而,如果总体把握《水浒传》全书的写作态度,它并不存在明显的"厌女"倾向,充其量对于特定情境下的女性形象采取了简单化、片面化和模式化的描写,使得小说在观感上存在诸如武松杀嫂、宋江杀惜、杨雄杀潘巧云等具有视觉冲击力的典型场景,但这并不能掩盖《水浒传》描写女性形象的全面性与丰富性。事实上,《水浒传》描写了比《三国演义》更多的形象丰满的女性人物,诸如闺阁女子、女将军、青楼女子,三姑六婆以及女仙。闺阁女子有林娘子、潘金莲、潘巧云等,女

---

[1] 章培恒、骆玉明:《中国文学史新著(增订本)》第 2 版,上海:复旦大学出版社,2011 年。
[2] [美]浦安迪:《中国叙事学》,北京:北京大学出版社,2018 年。

将军有位列一百单八将的一丈青扈三娘、母夜叉孙二娘、母大虫顾大嫂,以及征田虎时期收降的琼英(《水浒全传》)等,青楼女子有白秀英、李师师,三姑六婆有王婆、阎婆等,女仙有九天玄女。其中九天玄女和李师师两位是对梁山事业至关重要的人物。小说所描写的女性形象是丰富深刻而又活灵活现的,不能简单地一概而论。杜贵晨先生曾从《水浒传》"重写女性之美","对婚姻家庭持正面维护态度","塑造了诸多正面女性形象"等层面论及小说的女性描写,甚至提出了"永恒之女性,引领水浒上升"这样的看法,颇具启发意义。[1]

我们说《水浒传》描写女性形象是在特定情境中进行了简单化、片面化和模式化的艺术处理,造成这种现象重要的一点原因是小说的题材限定了叙事视角和场域。具体说来,《水浒传》英雄传奇的题材规定了它不可能再采取《三国演义》式的宏观视角对女性人物做功能化的描写。例如《三国演义》中的貂蝉非常美艳,但她的人物设置就是充当王允离间董卓与吕布工具之用,所以人物性格不可能也不应该被充实与完善,那不是小说叙事的主要任务。然而,《水浒传》与之相比,视角要微观得多,它聚焦的英雄传奇介乎历史演义与世情生活之间。[2]可以说《水浒传》的叙事重心不再聚焦于对历史进程的描摹书写,其触角进入了厅堂、酒肆、闺阁与山寨,融入了浓浓的生活气息。形形色色的女性出场了。

---

1 杜贵晨:《永恒之女性,引领水浒上升——〈水浒传〉对女性与婚姻的真实态度》,《河北学刊》2020 年第 1 期。
2 此观点可参考刘勇强:《中国古代小说史叙论》,北京:北京大学出版社,2007 年。

女性全面，但面目不清

前文谈到的《水浒传》里的那些闺阁女性形象，潘巧云可能是比较特殊的一位。即便站在传统社会立场上说，她的死也是很委屈的。小说中的潘巧云只是偷情裴如海，没有谋害亲夫之心，却因为石秀一来为证自己清白，二来在旁撺掇，最后落得个剖腹剜心的悲惨下场。耐人寻味的是，小说客观呈现出了杨雄在做出杀妻决定时的那种牵强的自我说服："一者坏了我兄弟情分，二乃久后必然被你害了性命。"（第四十六回）翠屏山杨雄杀妻，可以说即便放在传统社会的伦理秩序中去理解，也显得格格不入，十分不合情理。

《水浒传》以四位所谓"淫邪"女性的被杀而为读者展开了一幅广阔的传统社会公案画卷。律法森森，本不应违，情有可原，仍是英雄。小说叙事者巧妙地借助传统社会民间道德中对通奸的深恶痛绝，塑造出四位"淫邪"女子，其叙事目的则意在描摹武松、宋江、杨雄、卢俊义这四位英雄被迫放弃世俗生活，最终归于梁山的世情缘由。无论是"只爱学使枪棒，于女色上不十分要紧"的宋江、卢俊义，还是为报仇杀嫂的武松和为兄弟杀妻的杨雄，仅在传统社会的伦理框架内，他们似乎都找到了"理由"，至于闺阁女性的"不中意"，那是英雄传奇叙事主线所不能兼顾的情感线头儿。那些描写要等到世情小说的勃兴才能变成传神写照，顾盼生情。因此，我们也可以说《水浒传》中的闺阁女性往往是简单化、片面化和模式化的。不少女性人物语言的鲜活并不能掩盖人物情感和内心的干瘪。

当然，这个现象在闺阁女子之外的女将军、青楼女子、三姑六婆以及女仙身上可能会更为突出。即便学者们赞扬对于梁山事业非常重要的九天玄女和李师师，她们的举动也往往是功能性的。九天玄女的出场就是为了传授宋江三卷天书，并使之明确"汝可替天行道，为主全忠仗义，为臣辅国安民"这一番"去邪归正"的宗旨（第四十二回），并且在征辽途中指点宋江破了"混天象阵"，取得关键性胜利（第八十八回）。至于李师师，作为东京汴梁城中数一数二的花魁，她的叙事功能是最终充当梁山集团与道君皇帝之间的特殊纽带。以《水浒传》对她们的赞扬来否定"厌女"倾向是没有问题的。《水浒传》中的女性确实比较全面，但也不应否认《水浒传》中的女性描写存在时代伦理和题材类型的双重局限性，不少人物面目显得不十分清晰具体。这确实是不容否认的事实。

三
《水浒传》的"起义"主题

梁山起义的根源

《水浒传》所面临的最后一个可能也是最大的一个争议是造反或者说"起义"问题，这是涉及如何认识小说主题的关键问题。这其实牵涉到一个绵延数百年的关于《水浒传》主题的讨论。《水浒传》这部大书究竟讲的是什么呢？字面意思的答案应该是给水浒的人们做的传记。那么为什么要给水浒的人们，直白地翻译一下也就是水浒的忠义们作传呢？这就涉及如何理解"水浒"这个词了。据学者考证，"水浒"典出《诗经·大雅·绵》，原文是："古公亶父，来朝走马。率西水浒，至于岐下。"《尔雅·释丘》的释文说："岸上平地，去水稍远者名浒。"因此，《大雅·绵》中这几句诗讲的是周文王祖父古公亶父率领周人沿着水滨迁居于岐的故事。这是"水浒"两个字第一次连用，也注定了《水浒传》这部书的主题是围绕英雄豪杰们重新定居、开创基业来展开的。

然而，百年来一直存在争议的不是"开创基业"的寓意，恰恰是如何界定水浒英雄"起义者"的身份。要知道在传统社会，颂扬造反者的风险可想而知。一种较为可行的叙述策略是大力褒奖造反者的对上"忠诚"与对下"仁义"[1]。"忠诚"是造反者回归主流社会并获得认可的根本原因；"仁义"则是他们的公然对抗行为能够被部分理解与接受的先决条件。由此，"忠义"成了水浒故事叙述策略的最优解。这便是早期刻本上《京本忠义传》《忠义水浒传》称呼的可靠解释之一。

我们可以看到，散见于宋代史料中的"宋江三十六人"形象还不具有明确的政治主张。不过，到了水浒故事流传的早期，宋元之际的龚开就称赞宋江为"盗贼之圣"了。《大宋宣和遗事》中的宋江诸人有了较为明确的政治主张，所谓"广行忠义，殄灭奸邪"。再到明代中后期，思想家李贽的《忠义水浒传序》明确地为这部书戴上了"忠义"的帽子。他是这样论述《水浒

---

[1] 可参考刘勇强《中国古代小说史叙论》中的相关表述。

传》与"忠义"的关系的：首先，他明确《水浒传》是一部"发愤之所作也"。大胆假设出施耐庵、罗贯中创作《水浒传》的思想背景：

> 盖自宋室不兢，冠履倒施，大贤处下，不肖处上。驯致夷狄处上，中原处下。一时君相犹然处堂燕雀，纳币称臣，甘心屈膝于犬羊已矣。施、罗二公身在元，心在宋；虽生元日，实愤宋事。是故愤二帝之北狩，则称大破辽以泄其愤；愤南渡之苟安，则称灭方腊以泄其愤。敢问泄愤者谁乎？则前日啸聚水浒之强人也，欲不谓之忠义不可也。是故施、罗二公传《水浒》，而复以忠义名其传焉。

李贽面对传统社会造反-忠义这对伦理两极，非常机智地为"忠义所以归于水浒"提出了一套解释逻辑：作者"虽生元日，实愤宋事"的"泄愤"说，在造反事业与"忠义"价值观之间建立起初步联系。李贽进一步认为水浒众人都是"大力大贤有忠有义之人"，他们的集中代表就是宋江，宋江在小说中能够"身居水浒之中，心在朝廷之上，一意招安，专图报国，卒至于犯大难，成大功，服毒自缢，同死而不辞，则忠义之烈也！"。有这样一位领头表率，梁山好汉从体制外努力匡正朝纲的奋斗史理应得到同情与歌颂。

李贽在序文最后甚至不无夸张地表示：国君、宰相、兵部、督府不可不读《水浒传》。因为如果他们不读，那么大力大贤有忠有义之人便会"不在朝廷，不在君侧，不在干城腹心"，而"在水浒"了。李贽认为，这才是"此传之所为发愤矣"。应该说，李贽柔和了发愤著书说和"义固生于心"（《序笃义》）的阳明学思想，创造性地阐释了梁山"忠义"的根源。随后，明末清初的金圣叹虽然删节《水浒传》，否定"忠义"说，但仍将梁山起义的根源视作"乱自上作"，实质上部分地接受了李贽的论述。后世无论有清一代，还是新文化运动时期，直到当代学者，谈论《水浒传》命意，虽然立场南辕北辙，表述千差万别，但思考的逻辑出发点往往还是"礼失而求诸野"（《汉书·艺文志》）。

主题解读与历史、时代的互动

如果我们将《水浒传》的文本看作一个有生命的躯体，那么明末清初金圣叹评改《水浒传》就是它生命历程中的高光时刻。金圣叹以他的聪明才智解开了不少直到今天仍为人们耳熟能详的《水浒传》的文学密码。但他对于《水浒传》主题的理解，却并没有李贽那样雄辩。他对小说的评点的主要价值还在于揭示文本细读之下的文本鉴赏之趣和文章作法之得。金圣叹对小说主旨的把握要从对小说主要人物的评价说起。众所周知，金圣叹称赞鲁智深、武松、李逵等英雄人物，但单单讨厌梁山泊的领导者宋江。甚至可以说，金圣叹以鲜明的厌恶宋江的立场而驰名。他在《读第五才子书法》中说："盖作者只是痛恨宋江奸诈，故处处紧接出一段李逵朴诚来，做个形击。其意思自在显宋江之恶，却不料反成李逵之妙也。"金圣叹厌恶宋江的伪善，很重要的一个原因可能是他所处的明清之际的纷乱时代背景使他产生出对梁山好汉造反者身份的焦虑。他对于这样一部精彩得令人难以割舍的小说的加工策略是"腰斩":删除了忠义堂排座次以后的情节,以原书第七十一回卢俊义一梦作结,再将小说第一回变为楔子,这样就有了有清一代最为流行的七十回本《水浒传》。金批本保留了水浒故事的精华部分,但也使得故事失去了原本结局浓烈的悲剧意味。

有清一代的士人阶层对《水浒传》主旨的认识,基本上受金圣叹影响较深。最典型的代表是晚清俞万春的《荡寇志》,它秉承"既是忠义,必不做强盗;既是强盗,必不算忠义"的理念。安排同样被高俅陷害的东京告休提辖陈希真、陈丽卿父女,与云天彪等英雄一起,协助朝廷将一百单八将一网打尽,一个不留,因此也叫《结水浒传》。

到了近代中国,启蒙与救亡运动迭起,各种社会思潮风起云涌,学界自然也不会落下《水浒传》这部经典。新文化运动以来,鲁迅、胡适等学者用现代学术方法考证、研究《水浒传》。他们从创作心理角度为小说主旨提供了一些新的解读。例如鲁迅认为《水浒传》的创作背景是"宋代外敌凭陵,国政废弛,转思草泽,盖亦人情,故或造野语以自慰"[1]。胡适也提出:"南宋偏安,中原失陷在异族手里,故当时人有想望英雄的心理;南宋政治腐败,奸臣暴政使百姓怨恨,北方在异族统治之下受的痛苦更深,故南北民间都养成一种痛恨恶政治恶官吏的心理,由这种心理上生出崇拜草泽英雄的心理。"[2] 抗战时期,

---

1 鲁迅:《中国小说史略》,北京:北京理工大学出版社,2020年。
2 胡适:《〈水浒传〉考证》,《水浒传》,上海:亚东图书馆,1920年。

《水浒传》的主题又与救亡图存联系在一起，国统区和解放区都产生过一批对《水浒传》小说和戏剧的模仿与翻新之作，主旨大多结合当时救亡时事，有讽刺奸邪、鼓舞士气的作用。

20世纪50年代以来，研究者或着眼于水浒史料生成与故事传播，提出诸如"市民"说、"游民文化"说、"强盗写给强盗看的书"假说（孙述宇）、"乱世忠义的悲歌"说（张锦池）、"逼上梁山""反贪官不反皇帝"（石昌渝）、"上忠下义"情节结构说（刘勇强）、"以江湖道义融合王权秩序"（李庆西）等，基本上代表了现代学术的一些基本看法。

当然，关于《水浒传》造反主题的讨论，显然早已越出学术之外，在特定历史条件下，成为全社会广泛讨论的话题，举凡"农民起义"说、"投降主义"说等，甚至还反过来对社会生活尤其是民间社会的伦理、秩序产生了广泛而深刻的影响。这也是我们今天仍讨论这样一部经典小说主题的重要意义。关于《水浒传》主题问题的讨论，这里是挂一漏万式的介绍，如果想要进行更进一步的了解，可以参看张同胜的《〈水浒传〉诠释史论》，有更为清晰明确的梳理。

前面的论述，较为详细地回应了关于《水浒传》小说较有争议的三个点：暴力描写、女性问题和造反主题。未必能廓清读者的全部疑惑，不过是提供一种解读的可能。所谓"诗无达诂"，经典文学作品的解读，本就是有边界的自由阐释和有方法的抽丝剥茧。我更倾向于您如果喝着药引子还不错，不如也尝尝后面的这些补药吧。

四
以"祈禳瘟疫"开篇

有关瘟疫的集体记忆

通行本《水浒传》第一回的回目是"张天师祈禳瘟疫,洪太尉误走妖魔"。这是一个常识。可是这段历史发生在宋仁宗嘉祐三年(1058),距离小说故事主线发生还有近五十年。"瘟疫"与《水浒传》小说主旨有什么关联?换句话说,这部大书以"祈禳瘟疫"开篇有何寓意?"龙虎山"这个小说开篇处的"楔子"和百回本结尾处的"蓼儿洼"是否有所照应?这些问题都加重了我们对小说开篇"祈禳瘟疫"的兴趣,让我们不禁探究其中蕴含的知识背景和它的隐喻意义。

我们知道,有些关于《水浒传》祈禳瘟疫开篇的讨论,纯粹走向了探轶学的路子,例如有人认为"嘉祐三年三月三日五更三点"的时间节点有什么特殊寓意,或者提到迎请张天师主意的提出者范仲淹,他的姓名中暗藏玄机。实际上,如果古代小说阅读经验丰富就会发现,这些探索很难自圆其说。要想知道《水浒传》瘟疫寓意,还得从古代瘟疫知识谈起。

古代社会,瘟疫频仍。热病、时疫、疟疾等疫病,不时夺走人们的性命,改写历史的进程。即使是在远离瘟疫的时候,民众心理上的那份恐惧记忆依然挥之不去。这些记忆像文化基因一样很自然地进入了通俗小说,尤其是《水浒传》这样的名著里。在水浒故事世代累积的过程中,诸多关于瘟疫的知识、思想与信仰成了小说文本的构成要素。有的涉及小说的整体结构，例如第一回的"张天师祈禳瘟疫，洪太尉误走妖魔"；也有的在情节里被捎带脚地提到，比如武松在柴进的庄上患疟疾，因一场误会结识宋江等；当然，还有一些疫病知识存在于话语层面，在人物对话乃至绰号之中，这些《水浒传》中的瘟疫有的是生活常识的自然流露，有的则词简意丰，背后蕴含着源远流长的古代防疫文化。

　　了解了古人的瘟疫知识，还要知道古人如何规避瘟疫。《水浒传》给出的方案是祈禳。所谓祈禳，即祈祷和禳解的省称，是有道教特色的一种法术，在小说叙述中指的是以国家名义，邀请道教真人设坛作法，祈祷神灵，消除瘟疫。以我们今天的防疫知识看，祈禳瘟疫的实际效果只能是心理慰藉式的。不过，在造成惨重死伤的大疫面前，祈求神灵降福，驱逐疫病，在提高政府威信、凝聚民心方面还是有积极作用的。小说中讲得明白，除了祈禳之外，宋仁宗还在宰相赵哲、参政文彦博的建议下，做了如下几件事："一面降赦天下罪囚，应有民间税赋，悉皆赦免；一面命在京宫观寺院，修设好事禳灾。"这些措施细说起来是三件事，一是赦免罪囚，二是减免税赋，三是烧香祈祷，再加上官方出资办药，医治百姓。小说中提到的防疫方法大致如此。虽然小说是虚构的，据史书记载，北宋嘉祐三年并不存在这样一场京师大疫，但是面对瘟疫，古代社会在集体层面的疫情防控手段其实很有限，基本就停留在这个水平上了。换言之，小说的叙述虽然是简略而虚构的，但在一般民众的社会记忆里，面对频繁出现的疠疫之灾，人们只能等待疾病传染性的自然减弱，直至消失。更可怕的是，由于城市人口的聚集和流动，以及卫生防疫知识的欠缺，瘟疫每隔一段时间就会卷土重来。

对现实秩序的质疑和挑战

以下接着梳理《水浒传》为什么会以"祈禳瘟疫"开篇的话题。关键是瘟疫在《水浒传》所描绘时代的普通民众心中，究竟意味着什么？是生命安全受到威胁的恐惧与焦虑吗？这是古今无别的。今天的我们也一样恐惧。此外，瘟疫对于古人还有独特的隐喻义，它象征着皇帝失政所导致的上天惩罚。在儒家天人感应的叙述逻辑之中，瘟疫与水旱灾害一起，都是对现实政治的一种终极批判。这当然是没有科学依据的。在那个蒙昧的时代，人们对瘟疫的致病机理所知甚少，故而会产生一系列不科学的揣测，因而谣言四起。疫病流行，民不聊生，潜在地动摇着江山的根基，预示着天下将变。这也是为什么祈禳会被《水浒传》标举出来成为击退瘟疫的终极手段。禳退瘟疫，对于大宋江山的重要意义，使得贵为太尉的洪信必须亲往江西龙虎山礼请张天师，而且必须布衣麻鞋，涉险登山。洪信在龙虎山伏魔殿任性而为、误走天罡地煞的情节安排，也因前日登山过程中他所受的"委屈"而显得更具有合理性。小说在"祈禳瘟疫"和"误走妖魔"之间设置了足够的波折，蓄足了势能，让故事自然由瘟疫爆发过渡到英雄传奇。

更重要的是，小说在瘟疫和"妖魔"之间建立起因果联系，读者很容易联想到"哄动宋国乾坤，闹遍赵家社稷"的天罡地煞们，与骤然发生的瘟疫一样，是对封建统治合法性的一种质疑和挑战，而它们的发生机理也是一样的，即乱自上作。这可能是古典小说习惯性地采用灾异叙事开篇的思维基础。

瘟疫开篇最典型的范例就是最早出现的两部通俗小说《三国演义》与《水浒传》。有趣的是，《三国演义》开篇利用瘟疫发动黄巾起义的张角与《水浒传》里通过祈禳消灭瘟疫的真人都被称作"张天师"，而且两者似乎还存在某种若即若离的宗教承继关系。当然，无论《三国演义》还是《水浒传》，他们都将瘟疫乃至战乱的发生归因于"数"。《水浒传》引首所谓"细推治乱兴亡数，尽属阴阳造化功"。这就反映了古人尚不能够在整体上对瘟疫的发生演变规律做出理性的判断，只能在一次次惨痛的大疫之后感慨"阴阳造化"的鬼斧神工。

如果熟悉古代防疫史，也许您会发现，《水浒传》中对于具体的疫情防控，其实描写得比较粗糙。例如引首中所写"开封府主包待制亲将惠民和剂局方，自出俸资合药，救治万民"，以及第八十四回写道："即目炎天，军士多病，……遣萧让、宋清前往东京收买药料，就向太医院关支暑药。"这些描写都缺乏具体场景作为支撑，基本上是一笔带过。在小说中，备办药物防治疫情的效果似乎不怎么突出，包待制"义举"的治疗效果似乎也不怎么突出，用小说里的话叫"那里医治得住"。这在某种程度上反映了古代防疫水平的不足。当然，《水浒传》所反映出的古人集体层面防疫水平的低下，并不代表个人对于疫病的应对是全然失措的。事实上，小说中的一些梁山好汉，对于疫病还是有较为清晰的认识的。而小说《水浒传》以"祈禳瘟疫"开篇，本身隐喻着"乱自上作"，为洪太尉误走妖魔创造了必要条件。

最后，与祈禳瘟疫相关，《水浒传》第十回的一首"恨雪词"也颇能体现小说叙述者对待瘟疫的态度：

广莫严风刮地，这雪儿下的正好。扯絮挦绵，裁几片大如栲栳。见林间竹屋茅茨，争些儿被他压倒。富室豪家，却言道压瘴犹嫌少。向的是兽炭红炉，穿的是绵衣絮袄。手捻梅花，唱道国家祥瑞，不念贫民些小。高卧有幽人，吟咏多诗草。

这首词是林冲风雪山神庙之前叙述者歌咏雪景的，乍一看与瘟疫风马牛不相及。然而细读该词还是会发现，词中的雪却隐含着两个世界的诉求。对于贫寒之家，雪带来的是严冬难挨；而对于富室豪家，雪是祥瑞，是用来弹压"瘴疠"的。所谓"瘴"，是古代瘟疫的一种类型。古人所谓"瑞雪兆丰年"，所谓"国家祥瑞"，只不过是人们处于未知瘟疫恐惧之下能够想到的一种自我安慰之辞。同时，更深一层地讲，古代的上流社会由于财富地位的缘故，早已远离了饥寒交迫，所以他们希望雪下得更大，以此来扑灭瘟疫。这就说明对于可怕的瘟疫，他们一样手足无措！在瘟疫面前，他们的金钱与权势似乎瞬间归零，与贫民一样地受到生命威胁。所以，无论何种阶层地位的人们，恐怕都必须勠力同心，百倍努力，才有可能战胜瘟疫这个全人类的公敌。这一点，恐怕是古今攸同的。所谓疫病改变历史进程，被改变的不仅仅是宏大叙述中的结局，也是每一个个体与自然相处的模式和看待世界的方法。

五
梁山好汉的社会理想

理想演变的三阶段

《水浒传》中的梁山好汉聚义江湖与一般的强盗有什么不同？他们竖起"替天行道"的大旗的根源是什么？凭什么他们能够被颂扬为"忠义"？归根结底，梁山好汉的社会理想是什么？细读小说，水泊梁山是如何从"大碗吃酒，大块吃肉"逐步过渡到"愿天王降诏，早招安"的，它们之间又存在着哪些必然逻辑关系？有研究者将"乱自上作"与"官逼民反"、"啸聚山林"与"廊庙之思"、"顺天护国"与"颂圣"之愿这三个范畴称作构成江湖豪杰聚义的三重范畴（张锦池）。实际上，小说中梁山好汉的理想是对千年传统社会江湖政治理想的一种概括与浓缩。读懂《水浒传》，也就了解了传统社会灰暗地带反抗群体的基本逻辑。我们这一讲就要聚焦梁山好汉的社会理想，由此观察水泊梁山的三重目标、三个阶段、三种理想，以至于三种命运。

梁山泊理想在第一阶段的代表性主张是"大秤分金银，大碗吃酒肉，同做好汉"（第十二回），对应的是以王伦为首领的水泊山寨阶段。这一时期的梁山众人其实称不上什么真正意义上的好汉。虽然在柴进眼中，"多有做下迷天大罪的人，都投奔那里躲灾避难，他都收留在彼"，还是有些义气在的；但以阮小二的视角看，不过是"打家劫舍，抢掳来往客人"的"强人"

罢了，实在谈不上什么社会理想。再参考朱贵在李家道口开酒店，专一探听消息，"有财帛的来到这里，轻则蒙汗药麻翻，重则登时结果，将精肉片为靶子，肥肉煎油点灯"（第十一回）。多么恐怖的江湖强盗，与燕顺、王英等山大王无异。这一阶段随着晁盖等人的上山而改变。经过第十九回"林冲水寨大并火，晁盖梁山小夺泊"的血腥一幕，完成了梁山泊的易主，好汉们的社会理想也实现了从无到有的跨越。

梁山泊理想在第二阶段的代表性主张是"竭力同心，共聚大义"，"交情浑似股肱，义气如同骨肉"（第二十回）。对应的是以晁盖为领袖的聚义厅阶段。这一时期对应小说的第二十回到六十回晁天王归天。这一时期晁盖确立了以"大义"为号召的社会理想，不仅招揽豪杰，而且有组织地劫富济贫，扩张势力范围，是梁山好汉扩张最快的时期。到晁天王去世，梁山已经聚齐了88位好汉，从社会身份上看，三教九流，无所不包。与第三阶段主要招揽归降军官迥然不同。可以说，这一阶段的梁山主张对于落拓江湖郁郁不得志的好汉们最具号召力，甚至隐含着李逵口中嚷道的"杀去东京，夺了鸟位，在那里快活，却不好！不强似这个鸟水泊里"（第四十一回）这类战略目标的可能性。只是小说没有明写新上山的李逵这样表态后，晁盖等人的反应。我想大概是认同偏多的。然而，这种可能性终究还是被该阶段后期的实控者宋江从根本上否决了。他有能力也有手腕将梁山好汉带向另一个迥然不同的方向。

晁盖死后，梁山泊的社会理想正式进入第三阶段。代表性的主张是宋江说的："为被官司所逼，不得已啸聚山林，权借梁山水泊避难，专等朝廷招安，与国家出力。"（第五十九回）以及第七十一回忠义堂菊花会上乐和演唱的宋江作词的那首《满江红》："中心愿，平虏保民安国。日月常悬忠烈胆，风尘障却奸邪目。望天王降诏，早招安，心方足。"由于梁山泊社会理想的最终版本基本上是梁山后期统领宋江的理想，因此我们有必要梳理这一社会理想的生成史。应该说，这一理想迥异于当时以及历史上的大多数造反者的主张，然而它的诞生却经历了漫长的酝酿阶段。早在宋江流配江州期间的诗作中，他就已说得很直白："他时若遂凌云志，敢笑黄巢不丈夫。"告发他的黄文炳说读后认为："他却要赛过黄巢，不谋反待怎地！"（第三十九回）其实，黄文炳错了。从小说后来的发展看，宋江的"敢笑黄巢不丈夫"，指的是不认可黄巢造反自立为王、最终败亡的人生路径。他的确表达了"报冤仇"和"血染浔阳江口"的清晰意愿，但这只是一时牢骚，或者说，眼下初步的小目标。他真正的长远理想目标那时候尚处于朦胧中。至少小说尚未交代给读者。到了小说第四十二回九天玄女授天书时，为宋江确立的人生理想就非常明确了："汝可替天行道，为主全忠仗义，为臣辅国安民。"这一理想就框定了梁山后续的发展路径：宋江为主，秉持忠义，回归朝廷，辅国安民。应该说，九天玄女的梦中叮嘱可以理解为宋江理想成熟的标志。从此以后，"敢笑黄巢不丈夫"的朦胧宋江，逐渐变成了"专等朝廷招安，与国家出力"的造反理想的坚定执行者。小说第六十回晁盖死后有一处细节描写，宋江命"聚义厅今改为忠义堂"。容与堂本《水浒传》在此处评点道："改聚义厅为忠义堂，是梁山泊第一关节，不可草草看过。"所谓关节，也就是标志着梁山社会理想和造反目标的根本性转折。这既成就了梁山壮大的根基，又注定了宋江等人不得善终的悲惨下场。

梁山风光暗喻理想演变

梁山好汉的社会理想的演变史已然清晰，然而梁山好汉的社会理想是怎么生成的？写小说、讲故事的人又是怎么看待这些理想的？

我们知道，在传统社会，"专等朝廷招安，与国家出力"这类看似拧巴的造反理想可能是梁山故事能够被主流读者所接受的重要原因。当然，民间秘密会社也从忠义这些表达间寻找到了组织号召的力量。上"忠"下"义"的理想结构在撕裂的读者群之间达成了一种微妙的平衡。因此，梁山泊理想的最终版本成了《水浒传》阅读史上最具争议的话题。

不过，如果跳出单纯的社会理想话题，我们会发现小说在描写好汉们理想诞生的空间——梁山风光时，也做了相应的奇妙暗示。《水浒传》第十一回写林冲风雪山神庙后投奔梁山，看到"那八百里梁山水泊，果然是个陷人去处"：

山排巨浪，水接摇天。乱芦攒万万队刀枪，怪树列千千层剑戟。濠边鹿角，俱将骸骨攒成；寨内碗瓢，尽使骷髅做就。剥下人皮蒙战鼓，截来头发做缰绳。阻当官军，有无限断头港陌；遮拦盗贼，是许多绝径林峦。鹅卵石叠叠如山，苦竹枪森森如雨。战船来往，一周回埋伏有芦花；深港停藏，四壁下窝盘多草木。断金亭上愁云起，聚义厅前杀气生。

骸骨、骷髅、人皮、头发，这些恐怖骇人的意象显然是夸张的笔法。断金亭上的"愁云"和聚义厅前的"杀气"，更是用互文的手法写出了彼时梁山居住的就是一群躲避官军追捕的"盗贼"，亡命天涯，朝不虑夕。与"义"不沾边，更不用说到"忠"了。

到了第十九回，晁盖等人上山，受到王伦排挤，在吴用已经与林冲达成默契后，小说颇有深意地描写了火并王伦前的梁山景致：

> 四面水帘高卷，周回花压朱阑。满目香风，万朵芙蓉铺绿水；迎眸翠色，千枝荷叶绕芳塘。画檐外阴阴柳影，琐窗前细细松声。一行野鹭立滩头，数点沙鸥浮水面。盆中水浸，无非是沉李浮瓜；壶内馨香，盛贮着琼浆玉液。江山秀气聚亭台，明月清风自无价。

表面上看，这是一首纯粹描写盛夏景致的诗作，然而林冲上山之际还是"愁云起"和"杀气生"的梁山亭台，转眼间就变成了"江山秀气"汇聚之地。如果我们认为小说家不是故意卖弄自家诗词水平，每一首诗词的描写都有其确定的情节铺排渲染意义。这首梁山即将易主前的夏景诗词，正是预兆了梁山事业由严冬走向盛夏、由弱小走向鼎盛的前景。

顺着这个思路，我们再看小说第七十一回"忠义堂石碣受天文，梁山泊英雄排座次"之后，"有篇言语单道梁山泊的好处"：

> 山分八寨，旗列五方。交情浑似股肱，义气真同骨肉。断金亭上，高悬石绿之碑；忠义堂前，特扁金书之额。总兵主将，山东豪杰宋公明；协赞军权，河北英雄卢俊义。施谋运计，吴加亮号智多星；唤雨呼风，入云龙是公孙胜。五虎将英雄猛烈，八骠骑悍勇当先。马步将军，弓箭枪刀遮路；水军将校，艨艟战舰相连。八寨军兵，守护山头港泊；四方酒肆，招邀远路来宾。掌管钱粮，廉干李应柴进；总驰飞报，太保神行戴宗。飞符走檄，萧让是圣手书生；定赏行刑，裴宣为铁面孔目。神算须还蒋敬，造船原有孟康。金大坚置印信兵符，通臂猿造衣袍铠甲。皇甫端专攻医兽，安道全惟务救人。打军器须是汤隆，造炮石全凭凌振。修缉房舍，李云善布碧瓦朱甍；屠宰猪羊，曹正惯习挑筋剔骨。宋清安排筵宴，朱富酝造香醪。陶宗旺筑补城垣，郁保四护持旌节。人人戮力，个个同心。休言啸聚山林，真可图王伯业。列两副仗义疏财金字障，竖一面替天行道杏黄旗。

这篇"言语"可以看作梁山事业顶点的一篇宣言书。所谓"交情浑似股肱，义气真同骨肉"，"人人戮力，个个同心。休言啸聚山林，真可图王伯业"……耐人寻味的是，这篇诗词再次提到了断金亭和已经完成改名的忠义堂。此时此刻，代表梁山泊清晰社会理想的"仗义疏财金字障"和"替天行道杏黄旗"不仅已经悬挂在水泊山寨里，也早已深入好汉们的心中。

六
好汉的市井人际关系

浮浪子弟高俅的发家史

梁山好汉聚义除去"官逼民反"的压迫、"交情浑似股肱,义气真同骨肉"的英雄理想,还有一个重要先决条件:市井与市民文化土壤。高俅、镇关西(郑屠)、高衙内、潘金莲、西门庆、阎婆惜、白秀英、潘巧云、贾氏、李固等市井人物对于林冲、鲁智深、武松、宋江、雷横、杨雄、石秀、卢俊义等英雄好汉的最终聚义梁山起到了决定性因素。同时,一些善良市井小人物的人性光辉也照亮了小说的篇章;市井也是复杂的场域,酒店、客栈、楚馆、书场等都为英雄好汉施展抱负、发挥个性提供了不可或缺的空间。可以说,市井为《水浒传》提供了情节铺展的必要人物、时空与逻辑,是起义的必然背景。

限于篇幅,我们选取市井人物中混得最风生水起的高俅和遭遇市井人物陷害最倒霉的好汉杨志来作为例证,分析市井生活中好汉的人际关系究竟怎样。先来看看高俅吧。根据史料记载,高俅属于奸臣是没的说的。但他早年履历确实并不大清晰,这方面小说做了非常好的发挥。正所谓历史学家停笔之处,小说家方才起笔。王明清的《挥麈后录》卷七记载了"高俅者,本东坡先生小史,笔札颇工",因蹴鞠事"遂惬王之意"。他虽"恩幸无比,极其富贵。然不忘苏氏。每其子弟入都,则给养问恤甚勤"。还算是个厚道的奸臣。他的最终结局与当时擅权宵小之辈相比,也是非常好的,算得上善终了:"俅从驾至临淮,以疾为解，辞归京师。当时侍行如童贯、梁师成辈，皆坐诛，而俅独死于牖下。"据《宋史·李若水传》记载，高俅死于靖康元年（1126），死后，被要求以"败坏军政"的罪名褫夺荣誉，也算是另一种罪有应得了。

这样一位史书上的奸臣在《水浒传》中却是大放异彩。金圣叹在评《水浒传》时说："盖不写高俅，便写一百八人，则是乱自下生也；不写一百八人，先写高俅，则是乱自上作也。"此后，"乱自上作"成为读者理解《水浒传》造反逻辑的一把钥匙。然而，如果我们仔细揣摩，成为上位者之前的高俅是如何实现自我的，也许会对"乱自上作"的主题产生别样的理解。

按照《水浒传》的描写，高俅是开封人，"浮浪破落户子弟"。这里的破落户不是指他曾经阔过，后来落魄了，而是指浪荡无赖、游手好闲之徒。《水浒传》乃至古代小说对于此类"破落户"都怀有深深的恶意，例如泼皮牛二，以及《红楼梦》中贾母调侃王熙凤是"泼皮破落户"。高俅应该就是游民中的代表性人物。他多才多艺，"吹弹歌舞，刺枪使棒，相扑顽耍"，甚至"颇能"作为当时上流社会交际工具的"诗书辞赋"；然而却是毫无"仁义礼智，信行忠良"。用我们今天的话说，就是有才有艺，无品无德。这样的人混迹底层社会，熟稔人际规则，一旦机缘巧合，往往破坏力惊人。

然而，《水浒传》描写深刻之处在于，属于高俅的"机缘"，并不是那么一蹴而就的，甚至可以说几经波折，他才等来了真正赏识他的那个贵人。这里我们有必要回顾高俅的前半生之路。小说第二回写到他先是给生铁王员外之子充当帮闲篾片，被王员外告发，吃了官司，"府尹把高俅断了四十脊杖，迭配出界发放"。无奈之下，他只得投奔淮西临淮州的柳世权（柳大郎），这人"平生专好惜客养闲人，招纳四方干隔涝汉子"。三年之后，遇赦还乡。被推荐到东京城里金梁桥下开生药铺的董将仕家。董将仕担心教坏了自家"孩儿们"，于是推荐给小苏学士，小苏学士也因为同样原因，荐他去了驸马王晋卿府里"做个亲随"。小苏学士的理由非常有深意："人都唤他做'小王都太尉'，便喜欢这样的人。"可见物以类聚，人以群分。最终，属于高俅的机缘出现在一次偶然的球技展示上，这样一个小苏学士和董将仕都看不上的"帮闲浮浪的人"，最终在"小王都太尉"小舅端王手里得到了重用。后来端王登基为帝，欲要抬举高俅，"但有边功，方可升迁。先教枢密院与你入名，只是做随驾迁转的人"，"没半年之间，直抬举高俅做到殿帅府太尉职事"。回顾高俅的发家史，令人唏嘘。这样一个浮浪子弟，却能得到道君皇帝的信任赏识，一方面是高俅很善于逢迎巴结，另一方面，也可见"乱"已萌发，不可收拾。当然，这层窗户纸，直到现代读者面前才会点破。

旧家子弟杨志被打入另册

聊完高俅的人际关系，再聊聊梁山好汉中的一位著名的倒运汉。所谓倒运也是相对而言的，能被逼上梁山，倒霉的杨志真的倒霉吗？杨志是个"旧家子弟"，按照他的自述是"三代将门之后，五侯杨令公之孙"。那么他"旧家子弟"的身份如何塑造了他的处事态度与性格特征？他的人际关系处理得如何呢？

我们先说结论，杨志旧家子弟的身份很大程度上塑造了他的自信与骄傲，也为他处理人际关系埋下了祸根。他自小练就十八般武艺，立志"边庭上一枪一刀，博个封妻荫子，也与祖宗争口气"。正所谓"学成文武艺，货与帝王家"，杨志非常自信，他自信于一切遭遇和不公正都来自时运不济，来自倒霉，他对水浒社会官场的潜规则十分熟悉。无论是初次亮相就宣称要将"收的一担儿钱物，待回东京去枢密院使用"，还是杀死泼皮牛二后，他没有逃走，反而向诸位邻人表白说："洒家杀死这个泼皮，怎肯连累你们！"这些细节都说明杨志可以生存于主流社会，不同于小说中参与智劫生辰纲的刘唐、三阮和白胜等底层游民。

自信的杨志，不仅在梁山泊前能够坚决婉拒首领王伦的劝阻，而且能够在被发配到北京大名府之后，适时发挥出自己的潜能，在东郭比武中轻取周谨、力敌索超，获得梁中书的赏识与青睐，颇有一种是金子总要发光的感觉。《水浒传》第十三回用一整回的篇幅详细描摹了杨志先后与周谨、索超比武的精彩场景。在与周谨比武的过程中，他体现出了游刃有余的自信和事事深思熟虑的推己及人，可以说情商很高。例如，在和周谨比赛射箭的过程中，他就事先考虑到"射中他后心窝，必至伤了他性命。他和我又没冤仇。洒家只射他不致命处便了"。武艺高强又善于做人的杨志，在北京大名府留守司顺风顺水，似乎眼见得就要走上人生巅峰了。然而事情的发展出乎所有人的预料。杨志被器重他的梁中书，更准确地说是被梁中书的夫人、蔡太师的女儿赋予了新的重要任务——押运生辰纲上东京汴梁。

押运生辰纲可以说是杨志生命历程中最重要的转折点，因为生辰纲的失窃，他百口莫辩，彻底为主流社会所不容，被打入另册。然而，究其原因，除了智取一方晁盖、吴用等人的谋划，也有押运一方团队内部不合的因素。更进一步说，正是押运过程中杨志的不得人心，间接导致了生辰纲的被劫。但这里可能会有一个疑问：明明刚说过杨志的性格特征中有自信和高情商的一面，为什么这会儿又说杨志不得人心呢？在我看来，杨志性格中的自信与骄傲是一体两面的关系。作为立志报效国家的"旧家子弟"，杨志有他心思缜密的场合，面对身份地位比自己高又十分重要的露脸机会，他当然会不遗余力地展现才能，同时顾及同僚性命乃至脸面。但另一方面，面对押运生辰纲这样的重任，尤其是争取到独当一面的权力之时，无论是面对身份地位较低的军汉，还是出身蔡太师府的老都管和两个虞候，他个性中骄傲的一面也就显露出来，也必然会不得人心，导致任务的最终失败。

其实，杨志丢失生辰纲的结局从杨志与梁中书几番对话中就已露出端倪。用金圣叹的话说，"杨志忽然肯去，忽然不肯去，忽然又肯去，忽然又不肯去"的描写是"笔势夭矫，不可捉搦"。在我看来，杨志反复向梁中书提要求，不仅是小说写法上求奇的追求，更重要的是塑造了杨志既思虑周全，又渴望掌握权力的性格特质。与梁中书的反复争取，目的无非要梁中书按照自己的方案办，并赋予绝对事权。要知道，杨志选择的是一种激进冒险，甚至孤注一掷的方案。梁中书给岳父送生辰纲，天下好汉皆知，无论是十万贯的数额，还是搜刮民脂的不义之名，绿林豪杰都不可能不惦记这笔钱财。无论选择哪一种方式押运，被劫的风险都很高，上一年梁中书送的生辰纲也被劫走就是明证。所以押运生辰纲并非美差，是实打实的苦差事。如果按照梁中书的安排办，就算生辰纲再被劫走，杨志也不过是失职，大概率被骂几句，几乎不会有遭到质疑的风险。然而他一定要提出一套"打扮做客人，悄悄连夜送上东京交付"的秘密押运方案，还立下了军令状："倘有疏失，甘当重罪。"这就不仅是把所有"锅"自己背，而且无形中顶了一个合伙劫走生辰纲的隐形大"雷"。梁中书夫妇可能也对杨志并不十分信任，以"怕你不知路头"为名，派出"奶公谢都管，并两个虞候，和你一同去"，这就更增添了团队不能一心的风险。反观杨志，他只知道反抗这种不合理安排，选择性忽视了提出秘密押运方案之人需要承担所有失败风险这个关键性问题。

　　果不其然，按照小说第十六回的描写，杨志在上路以后，心理压力随着人烟渐稀而与日俱增，他的日常操作是："杨志赶着，催促要行。如若停住，轻则痛骂，重则藤条便打，逼赶要行。"不仅打骂军汉，甚至对虞候乃至老都管都逐渐不再尊重。例如，因为天气炎热，在是否趁早凉赶路的问题上，两个虞候对杨志的决定表示不解，杨志并不耐心解释，只是吓骂虞候道"你这般说话，却似放屁！"发泄完情绪才象征性地解释道："前日行的须是好地面，如今正是尴尬去处，若不日里赶过去，谁敢五更半夜走？"两个虞候在这种情境下，已经不能听从杨志的解释，只记得吓骂，抱怨道："这厮不直得便骂人。"矛盾的积累，使得在行进过程中，押运生辰纲的团队就已俨然分成了两个派系，杨志自己和其他人严重对立。终于，矛盾在赤日炎炎的黄泥冈上爆发了。爆发的标志就是一项隐忍的老都管与杨志发生了正面冲突。细看杨志的表达，非常不高明，遭到老都管的呵斥后，转而攻击老都管的出身："你须是城市里人，生长在相府里,那里知道途路上千难万难。"最后以杨志抱怨世道不太平,老都管反唇相讥:"你说这话,该剜口割舌!今日天下怎地不太平?"作为结束。可以说,在智取团队尚未出场之时,杨志的押运团队就已经分崩离析。换句话说,杨志的傲慢和缺乏沟通是导致生辰纲被劫、自己彻底被打入另册的重要原因。这也是我们理解杨志一类失意武人的人际关系的一个不太受重视的角度。更深一步想,人在江湖,免不了身处各种关系罗网之中。一个健康的社会,理应能为德才兼备者提供足够精彩的舞台。反观《水浒传》的市井世界,反而是浮浪子弟高俅官运亨通,"旧家子弟"杨志无处容身。两相对照,其中意味不言自明。

七
不同身份,聚义梁山

身份不同,诉求各异

在《水浒传》第七十一回"梁山泊英雄排座次"的场景中,众好汉"人人戮力,个个同心",统摄于"替天行道"的大旗之下,"休言啸聚山林,真可图王伯业"。然而,梁山好汉的身份却绝非也不可能是铁板一块。最初智劫生辰纲的晁盖阵营、江州聚义班底的宋江阵营,还有逼上梁山的林冲等人、二龙山一伙、桃花山落草的鲁智深和杨志等人,先后赚上梁山的关胜、秦明等前军官。由于出身不同,上梁山的理由不同,他们的诉求自然不可能完全一致。单从身份上说，下层吏员、江湖游士、落魄王孙、失意军官、庄田大户、山野猎手……这份名单还可以拉得很长。"反抗"与"招安"这一对理念与实践的复合矛盾体伴随梁山事业始终，角色身份也可以成为观察梁山好汉关系与梁山起义走向的一个重要视角。以下我们主要分析不同身份的好汉为何能够聚义梁山泊，又最终为何必然走向风流云散。

英雄好汉们按照上梁山的方式大致可以分为四种类型，即：林冲、杨志、鲁智深、武松等英雄，他们属于典型的"逼上梁山"型；晁盖、吴用、公孙胜、刘唐、阮氏兄弟等，还有后来三山聚义、主动入伙的好汉，他们是自己造反，为取一套"富贵"，属于"逃上梁山"型；宋江、花荣、李逵、戴宗、柴进、史进等，他们多少与梁山有些瓜葛，获罪陷于官府，被好汉们搭救，属于"救上梁山"型；卢俊义、呼延灼、关胜、秦明、朱仝、徐宁、索超、水火二将等，他们大多是参与征剿的军官或地主，以及萧让、金大坚、安道全等各类技术人才，或形势所迫，或被计谋所骗，或被裹挟，万般无奈，降顺梁山，可以称之为"赚上梁山"型。当然，第三类中的宋江比较特殊，他是初时不肯，屡次拒绝入伙邀请，最终反客为主，利用威望占据梁山，带领兄弟们走上招安之路。

如果细心观察，就会发现，这四种类型的好汉，利益诉求天然存在很大不同。"逼上梁山"与"逃上梁山"型好汉，与朝廷或具体某个贪官污吏结下了血海深仇，不得不落草为寇，他们的反抗意志最为坚决。也更趋近于晁盖所提倡的梁山泊社会理想的第二阶段——"竭力同心，共聚大义"，"交情浑似股肱，义气如同骨肉"（第二十回）。相对而言，第三类"救上梁山"

的群体就比较复杂了。其中既有宋江这样主导梁山下一阶段社会理想的领袖人物，也有李逵这样直接主张"杀去东京，夺了鸟位"的激进反抗者。更有张力的是，宋江与李逵，可以说是主张与诉求最为南辕北辙的两极，然而他们却是梁山好汉中关系最紧密的，共同构成梁山泊宋江集团的两员骨干。这种小说设定显然是有意为之。金圣叹从人物描写角度指出"写李逵，岂不段段都是妙绝文字。却不知正为段段都在宋江事后，故便妙不可言"。如果从梁山泊主张角度考虑，这种人物关系是否也暗含着招安与造反是一体两面，招安是造反的高级阶段的设计呢？第四类"赚上梁山"者占梁山好汉的比例并不大，但分量确实足。梁山军之所以能够在后期朝廷一波又一波的大规模围剿中不断取胜，主要原因是卢俊义、呼延灼、关胜、徐宁等人组成的梁山军有了与正规军对抗的武器装备、战术训练与列阵方法。他们之中虽然也有利益诉求的不同，但整体上是拥护招安、回归主流社会的。这样就与第一、第二类英雄的诉求产生了不可避免的尖锐矛盾。而且，随着梁山集团征战规模的扩大，第四类降将群体的作用在不断扩大。与之不相匹配的是，他们的话语权和存在感，仍然十分有限。每次聚义厅或忠义堂上开会，叫嚷最凶的总是李逵、武松、鲁智深等人，我们在小说中何曾听到过呼延灼、关胜的发声？

凝聚内部的基本策略

《水浒传》中好汉的不同身份是天然存在的客观事实，怎样将他们聚义于水泊梁山并带着他们向既定目标前进是一个大问题。应该说,任何团体内部都存在利益冲突与博弈。问题是梁山集团时时刻刻处于生死存亡的激烈斗争中。在这种危急情境下,将好汉们凝聚在一起、带好队伍是梁山集团面临的比对外征战更为重要的头等大事。梁山领导层采取的基本策略是晁盖、宋江作为领袖的号召力、再加上吴用军师的日常调和力。前者主要依靠塑造"忠义"人设来增强凝聚力与向心力,后者则在日常管理中,主要发挥协调平衡各方诉求的调和作用。日常时刻,后者的作用似乎更大,但到了关键性的方向选择阶段,还是需要梁山之主晁盖、宋江的决断力了。显然,晁盖对招安方案十分不感冒,但对于梁山向何处去,似乎又没有清晰的未来规划。矛盾只可能在迁延日久中不断积累,团体仅仅依靠领导者威望得以存续。最终,宋江替天行道、招安报国的主张被付诸实施,很大程度上也是梁山集团内部矛盾驱使下的必然选择。

我们先来看一下梁山集团发展壮大过程中,军师吴用作为黏合剂发挥了怎样的作用。他非常注重团队建设,在梁山军不断攻伐的过程中,确立了梁山聚义的总目标,使得梁山军内部晁盖阵营、宋江阵营、卢俊义阵营、降将阵营、二龙山阵营以及桃花山阵营等群体之间的利益分歧逐步统摄于宋江"忠义"的大旗之下,这就显然超越了王伦在位时期提出的"大秤分金银,大碗吃酒肉,同做好汉"的小目标;同时,吴用也能够在梁山征伐过程中,不断参赞军机,屡出妙计,不仅扩大了梁山的威名,充实了梁山的经济和军事实力,也不断壮大了梁山集团的人才队伍。

接着,我们还应该了解一下梁山好汉的第一位大哥晁盖的心胸眼光。结论是晁盖的眼界远不如宋江,也不如吴用。如前所述,他主要是依靠威望团结队伍,对于梁山内部矛盾并不敏感,也缺乏解决办法。最明显的一例是《水浒传》第四十七回,火烧祝家庄、时迁被擒后,杨雄与石秀来梁山投奔,晁盖就因"这厮两个,把梁山泊好汉的名目去偷鸡吃,因此连累我等受辱",要"今日先斩了这两个,……不要输了锐气!"。平心而论,晁盖前面的说辞还是有一定的说服力的,他回顾了梁山好汉的光辉过去:"俺梁山泊好汉,自从火并王伦之后,便以忠义为主,全施恩德于民。一个个兄弟下山去,不曾折了锐气。新旧上山的弟兄们,各各都有豪杰的光彩。"但是却因为太看重锐气,而完全不爱惜人才,要杀掉前来投奔的杨雄、石秀两位好汉。这就属于目光短浅,也缺乏长远规划了。面对晁盖的昏着儿,宋江、吴用,甚至戴宗都有一番劝阻,正可见四人识人之能与容人之量。

宋江对晁盖的劝阻主要围绕祝家庄是主动与梁山为敌的这个核心展开,并就此出谋划策道:"正好乘势去拿那厮。若打得此庄,倒有三五年粮食。非是我们生事害他,其实那厮无礼。哥哥权且息怒,小可不才,亲领一支军马,启请几位贤弟们下山去打祝家庄。若不洗荡得那个村坊,誓不还山。一是与山寨报仇,不折了锐气;二乃免此小辈,被他耻辱;三则得许多粮食,以供山寨之用;四者就请李应上山入伙。"考虑得不可谓不周密翔实。吴用作为军师,只从"岂可山寨自斩手足之人"这一点入手,承认了杨雄、石秀是手足的身份。戴宗也现身说法劝谏道:"宁可斩了小弟,不可绝了贤路。"在晁盖免去二人之罪后,宋江又抚谕道:"贤弟休生异心!此是山寨号令,不得不如此。便是宋江,倘有过失,也须斩首,不敢容情。如今新近又立了铁面孔目裴宣做军政司,赏功罚罪,已有定例。贤弟只得恕罪，恕罪。"于情于理，都不由得杨雄、石秀不心悦诚服。应该说，慧眼识英雄是有容人之量的根本前提。这方面宋江的本领绝对胜过晁盖。当然，这也是他后期几乎架空了晁盖的重要法宝。晁盖死后，招安已经不可避免，也成了统摄众多好汉、使山寨不致分崩离析的一种妥协之选。

八
梁山的征战手法

"斗"主"征"辅的战争笔墨

《水浒传》中梁山实现社会理想不是靠说出来的，而是靠打出来的。军事攻伐是小说重要的组成部分。但对于梁山征战的描写，历来评价偏低。明代无名氏的《水浒传一百回文字优劣》认为《水浒传》的征战描写不足一观，他的原话是："其中照应谨密，曲尽苦心，亦觉琐碎，反为可厌。至于披挂战斗，阵法兵机，都剩技耳，传神处不在此也。"所谓"剩技"，是与"世上先有是事"相对的。

对于《水浒传》战事描写的评价，似乎从来有不及《三国演义》之说。当代研究者中也有不少人认为《水浒传》征战描写存在类型化、程式化的缺点。然而，不可否认的是，梁山集团从萌芽走向鼎盛，再由鼎盛转向招安、覆灭，战争始终是其核心手段。宋元俗语中也有"欲得官，杀人放火受招安"一说。

这句话揭示出的是《水浒传》时代江湖势力获得庙堂认可的一种主要途径。杀人放火是扩大影响，是招安的先决条件。由此，我们来分析梁山集团通过"杀人放火"来扩大影响力的基本操作——征战。

我们先说结论：首先，《水浒传》描摹英雄传奇，因而形成了以"斗"为主，兼顾及"征"的艺术特色；其次，《水浒传》中脍炙人口的三打祝家庄、两打曾头市、夜袭大名府、两赢童贯、三败高太尉等战争场景具有多重叙事功能，并非像研究者所说的千篇一律，了无新意，尤其是夜战叙事是非常有特色的场景描写手法之一。最后，我们将更进一步归纳，《水浒传》征战描写与《三国演义》为人称道的战争描写相比，最大的特色是什么，以及为何会产生这种差异。

在前人关于《水浒传》征战的论说中，马幼垣先生将《水浒传》中大型战事按性质分为五类：第一，支流汇海式插曲；第二，梁山阵容扩充过程中采取的行动；第三，后发制人的反应性行动；第四，借以解决内部问题的对外寻衅；第五，反守为攻的大会战。并以战事对梁山泊事业的影响为标志，将《水浒传》中的战事划分为三部曲：首先，一打祝家庄之前是扎根时期；其次，祝家庄诸役到攻破高唐州，是以战争为扩张手段时期；最后，呼延灼奉旨征讨到全伙受招安，山寨由成熟转归沉寂。他认为梁山的征战"和宋江个人的意图以及他对梁山集团的操制力是分不开的"。[1]

这种分类方式虽然对梁山集团征战特点进行了有效概括，

---

[1] 出自《〈水浒传〉战争场面的类别和内涵》，收于马幼垣：《水浒论衡》，北京：生活·读书·新知三联书店，2007年。

但问题是将一打祝家庄之前的四十六回内容中的小规模征战都归纳为"支流汇海式插曲",窃以为恰恰忽略了《水浒传》征战描写的突出特色,即以"斗"为主,兼顾及"征"。实际上,阅读《水浒传》,最激动人心的情节多是各位英雄上梁山过程中发生的战斗,例如林冲与杨志、杨志与索超等好汉的战斗,武松醉打蒋门神、血溅飞云浦、夜走蜈蚣岭,花荣大闹清风寨、霹雳火夜走瓦砾场、众英雄江州劫法场等著名战斗场面。谈论《水浒传》征战描写如果不涉及这些场景,会大失公允。学者们质疑三打祝家庄等场景程式化、不够精彩,也是与前面这些战斗场面相对比而得出的。

梁山战阵的"夜"化叙事

除了以"斗"为主,兼顾及"征"的特色外,小说《水浒传》描写梁山征战时还有怎样的特色呢?还是先亮明观点,我认为小说的战争描写有不少精妙可取之处。即便谈论一打祝家庄以后梁山集团的正规战,也并非乏善可陈。最突出的艺术特色应该是对夜战模式的充分书写与呈现。所谓"夜战",指的是夜间战斗场景。林庚先生就曾对《三国演义》中著名的"赤壁之战"的夜战场景做过一番精辟分析:"写曹营,八十三万大军都放在明处,一目了然。写江东人马则一鳞半爪,不见全貌,都放在暗处。这在章法上也是一种巧妙的安排,在军事上正说明了隐蔽自己的主动性。由于联军的部署都在暗中进行,因此夜间的活动也显得格外频繁,几处夜景如阚泽渡江、庞统夜读等都点染得很有气氛,交织成矛盾在暗中转化的丰富多变的旋律。"[1]《水浒传》与《三国演义》相比,更加丰富和发展了夜战叙事。李桂奎先生曾讨论过《水浒传》中"夜行""夜走""夜闹""夜战"这四种"夜化"叙事的基本特点。他认为"《水浒传》的各种形态的'夜化'叙事包含着挑战伦理秩序的寓意,特别有利于英雄好汉的'壮心'打造。"[2]

我们回忆一下《水浒传》征战的成功战例,往往与"夜袭""夜闹"有关。小说作者尤其擅长写小股部队扮作百姓潜入敌城,然后里应外合"夜闹"。小说第六十六回和第七十二回分别写了两场元宵夜闹。细分起来,这两场夜闹的目的与参与者又有不同:前者攻打大名府是为了营救卢俊义、石秀,后者则是宋江本意在求招安,但被李逵从中作乱,殴打了杨太尉,夜闹了汴梁城。然而两者的共同之处在于都将极繁华的城市变作血腥厮杀的战场。我们以攻打大名府为例,叙述者先是极写大名府的繁华:

> 这北京大名府是河北头一个大郡,冲要去处。却有诸路买卖,云屯雾集,只听放灯,都来赶趁。在城坊隅巷陌,该管厢官每日点视,只得装扮社火。豪富之家,各自去赛花灯。远者三二百里买,近者也过百十里之外,便有客商年年将灯到城货卖。家家门前扎起灯栅,都要赛挂好灯,巧样烟火。户内缚起山棚,摆放五色屏风炮灯,四边都挂名人画片并奇异古董玩器之物。在城大街小巷,家家都要

---

[1] 林庚:《中国文学简史》,北京:清华大学出版社,2007年。
[2] 李桂奎:《〈水浒传〉的"夜化"叙事形态及其文化意蕴》,《南开学报(哲学社会科学版)》2009年第1期。

点灯。大名府留守司州桥边搭起一座鳌山,上面盘红黄纸龙两条,每片鳞甲上点灯一盏,口喷净水。去州桥河内周围上下,点灯不计其数。铜佛寺前扎起一座鳌山,上面盘青龙一条,周回也有千百盏花灯。翠云楼前也扎起一座鳌山,上面盘着一条白龙,四面灯火不计其数。原来这座酒楼,名贯河北,号为第一,上有三檐滴水,雕梁绣柱,极是造得好。楼上楼下,有百十处阁子,终朝鼓乐喧天,每日笙歌聒耳。城中各处宫观寺院、佛殿法堂中,各设灯火,庆赏丰年。三瓦两舍,更不必说。

然后反复描摹、渲染大名府元宵节扎鳌山放灯的盛况,官民人等、三教九流都沉浸在一片欢乐气氛之中,宛然一幅元宵夜赏灯的风俗画。然而正如袁无涯本的眉批道:"将胜地胜事大提掇、大铺排一番,不独有光焰,正为扮诸色人入路张本。"叙述者不厌其烦地铺陈大名府胜地与元宵夜放灯盛事,意在突出梁山好汉马上便要扮作各色人等趁乱混入城中,里应外合夺取大名府。然而这条评点未能说出的是:此处的极尽铺排之能事,凸显元宵不禁夜的风俗,也恰是为了与城中火起之后的纷乱与屠杀相对比,正如小说第六十六回一段韵文描写城中百姓被"伤损一半"时说道:"可惜千年歌舞地,翻成一片战争场。""翻成"与"翻作"一样,也是对夜战时空特性的一种标识。

最后,与《三国演义》相比,《水浒传》的征战表现手法除了前面提到的以写"斗"为主、写"征"为辅,偏爱夜战叙事之外,还有一个核心变化是征战的叙事目的不再是表现王朝或政权的兴衰,而是转而以塑造英雄形象为主。因而谋士与用间在征战描写中的地位有所下降，更多的是呈现小股部队"奇袭"的战果。同时，需要说明的是，《水浒传》偏爱夜战叙事，与传统社会对"夜聚晓散，非奸即盗"的刻板认知有关。[1] "月黑风高夜，杀人放火天"，梁山好汉正好趁此夜色偷袭以取得成功。

九
招安——好汉的归宿

造反者如何被接纳

"招安"是宋江代表梁山好汉做出的最终选择。作为读者，我们知道梁山好汉的结局是十分悲惨的。自《水浒传》成书以来，一直有读者反感甚至反对"招安"式的憋屈结局。然而，除去"招安"一途，梁山好汉是否还存在其他的归宿呢？从文本层面说，这涉及一部描写造反的小说叙事如何收束、怎样结尾的问题；从社会思想层面说，这是一个古典小说叙事伦理问题，也就是一个怎样的造反故事能够被民间社会的最大多数所接受。它关涉到从宋至清传统社会中的灰暗群体是否能够为主流所接纳，以及如何被接纳的复杂思想博弈；从文化影响而言，《水浒传》所塑造的"招安"结局既掩盖了一部分江湖归正的可能路径，同时也揭示了不同身份的造反者必然命运殊途的残酷

---

1 参见葛兆光：《严昏晓之节——古代中国关于白天与夜晚观念的思想史分析》，《台大历史学报》2003 年第 32 期。

现实。这可能体现的是《水浒传》"招安"描写所带来的深刻认识价值。

小说中的"招安"描写,最为突出的一个场景是小说第七十一回忠义堂前的"菊花之会"。那天"但有下山的兄弟们,不拘远近,都要招回寨来赴筵。至日,肉山酒海,先行给散马、步、水三军,一应小头目人等,各令自去打团儿吃酒"。这说明人来得非常齐整。话说这日"忠义堂上遍插菊花,各依次坐,分头把盏。堂前两边筛锣击鼓,大吹大擂,笑语喧哗,觥筹交错,众头领开怀痛饮"。如此良辰美景,怎可无管弦伴奏呢?于是"马麟品箫唱曲,燕青弹筝,不觉日暮"。宋江哥哥喝得酩酊大醉,"叫取纸笔来,一时乘着酒兴",作了一首《满江红》词。写完以后,他令乐和演唱这首词作,道是:

喜遇重阳,更佳酿今朝新熟。见碧水丹山,黄芦苦竹。头上尽教添白发,鬓边不可无黄菊。愿樽前长叙弟兄情,如金玉。

统豺虎,御边幅。号令明,军威肃。中心愿,平虏保民安国。日月常悬忠烈胆,风尘障却奸邪目。望天王降诏,早招安,心方足。

我们通过小说描写,从"上帝视角"看,完全能够体会宋江从刺配江州开始构思并实现自己的"凌云志",到九天玄女授天书时的嘱托,再到晁天王归天后的悄然将聚义厅改名忠义堂,以及每一次见到宿太尉等官员、招降呼延灼和关胜等军官时的说辞,可以清晰地看到宋江招安思想的发展脉络,如何一步步由隐到显的过程。然而这些内容在梁山众好汉的限制视角中是不能完全了解的。除了军师吴用是宋江招安计划的坚定支持者和同谋以外，也只有在梁山扩大地盘、对抗官军征剿过程中不断壮大的降将们支持招安。问题是，有不少早期上山的原始好汉并不真的了解、理解并领会宋头领的"无奈"选择。

悲剧性的归宿

果不其然，乐和还没唱完这支曲子，刚唱到"望天王降诏，早招安"，只见武松叫道："今日也要招安，明日也要招安去，冷了弟兄们的心！"黑旋风也跟着睁圆怪眼，大叫道："招安，招安！招甚鸟安！"只一脚，把桌子踢起，摔得粉碎。两位最亲近兄弟的反对意见对于宋头领而言，是极为刺耳的。他因此而狂怒："这黑厮怎敢如此无礼！左右与我推去，斩讫报来！"在众人讨饶中将李逵暂时下监。而此刻李逵的反应体现出了梁山集团内部矛盾的烈度："你怕我敢挣扎？哥哥剐我也不怨，杀我也不恨。除了他，天也不怕！"宋江听到李逵言语后，也悲从中来，说道："我在江州醉后误吟了反诗，得他气力来。今日又作《满江红》词，险些儿坏了他性命。早是得众弟兄谏救了！他与我身上情分最重，如骨肉一般，因此潸然泪下。"

这时，宋江也想到了要安抚武松一番。平心而论，他的劝慰是没有多少底气的："兄弟，你也是个晓事的人。我主张招安，要改邪归正，为国家臣子，如何便冷了众人的心？"这时候，另一位梁山泊重量级头领，代表二龙山阵营的鲁智深发言说："只今满朝文武，俱是奸邪，蒙蔽圣聪，就比俺的直裰染做皂了，洗杀怎得干净？招安不济事！便拜辞了，明日一个个各去寻趁罢。"宋江听完，只得用大哥的权威压服反对意见，他的一句"众弟兄听说"，标志着以下的话不再是平等的讨论与意见交流，而是他作为梁山泊主的命令："今皇上至圣至明，只被奸臣闭塞，暂时昏昧。有日云开见日，知我等替天行道，不扰良民，赦罪招安，同心报国，竭力施功，有何不美？因此只愿早早招安，别无他意。"众人虽然仍不能被说服，但碍于情面和法度，也只能"称谢不已"。小说在此处很传神地写道"当日饮酒，终不畅怀"。为什么众好汉能够勠力同心，抵抗围剿，却不能一起"畅怀"地接收招安呢？正如鲁智深所说："满朝文武，俱是奸邪。""招安不济事！"

如果我们以后以先见之明重读这篇菊花会上的言语，会觉得鲁智深是众人皆醉我独醒。其实，不过是不在其位不谋其政罢了。鲁智深可以拜辞下山，飘然而去。宋江呢？吴用呢？花荣、李逵呢？这些与朝廷贪官结下了血海深仇的好汉们又将何去何从？为了笼络最多数的兄弟，为了给兄弟们找到至少看似光明的前途，也为了实现"保民安国"的人生理想；同时，跳出来看，小说家也为了作品能获得主流社会认可："招安"虽可能是最臭的一着棋，但不"招安"，梁山好汉可能面临无棋可下的局面。

揭示了梁山"招安"的无奈和必然性，作者是否就是认同"招安"呢？显然不是！应该说，《水浒传》的好处正在于描写了"招安"后梁山好汉悲惨的结局。这也是为何虽然金圣叹删节的七十回本文字更洗练，然而还是百回本更能反映梁山好汉完整而恢宏的悲剧历程。宋江等人立下不世之功，平定了气势汹汹的方腊起事，活下来的众人也都得到了封赏。那么，他们为什么必须去死呢？这一点要到小说第一百回去寻找答案，在卢俊义和宋江先后被奸臣害死后，分别任职武胜军的吴用和应天府的花荣同时得到宋江的托梦，先后来到了宋江生前任职的楚州（今江苏淮安）南门外蓼儿洼宋江墓前凭吊。两人在宋江和李逵墓前的一番诉衷肠最能表明他们的死因——吴用说："吴某心中想念宋公明恩义难报，交情难舍，正欲就此处自缢一死，魂魄与仁兄同聚一处，以表忠义之心。"这番内心剖白情深义重，正如小说里的"有诗为证"说的那样："红蓼洼中客梦长，花荣吴用苦悲伤。一腔义烈原相契，封树高悬两命亡。"然而，这还只是吴用必须死的情感因素，真正导致吴用和花荣之死的现实因素是通过花荣之口说出来的："朝廷既已生疑，必然来寻风流罪过。倘若被他奸谋所施，误受刑戮，那时悔之无及。如今随仁兄同死于黄泉，也留得个清名于世，尸必归坟矣。""尸必归坟"本是传统社会再正常不过的一种人道尊严的诉求，普通人都应该被满足，然而此刻却成了吴用等为国家立功的英雄们最体面的退场方式。相信说到这里，如果我们说吴用和花荣是被逼自尽的，恐怕也多了几分合理性。虽然梁山好汉中，关胜、呼延灼、朱仝等前任军官，以及燕青、阮小七等江湖人士都得到了善终的结局，但总体上，梁山集团健在的核心决策层，至此几乎都已湮灭。这可能也是《水浒传》这部小说在"招安"结局描写上，当然也包括人物归宿上笔力深沉老辣之所在。

十
《水浒传》与民间文化

游民意识：秘密会社的思想资源

《水浒传》作为一部文化经典，究竟对我们的民间文化产生了怎样的影响呢？这是一个极为丰富的话题。至少从政治、伦理、语言、社会组织文化等层面都可以找到证据。

请允许我举一个有趣的例子吧！记得电视剧《大明王朝1566》中嘉靖帝有句台词："让英雄去查英雄，好汉去查好汉。"演员演得非常传神，也一时成了流行"网梗"。其中的"英雄"与"好汉"，显然指的不是水浒英雄和梁山好汉，但在特定情境中，看剧的观众能懂，从一个侧面显示出作为文化经典的《水浒传》，其实早已渗透到我们中国人的思维习惯与日常行为中。

五六百年前的小说家在创作之时可能不会想到，一部通俗小说竟能对民间文化产生如此大的影响，真正做到了小说来源于生活，又反哺、塑造了生活。因此，将《水浒传》对民间文化的影响作为最后叙述是合适的。

由于这个问题涉及面非常宽广，我简要将其归纳为三个层面，希望给读者鸟瞰式地呈现一下：从思想文化层面，《水浒传》用艺术化的方式全景式呈现了"起义"的宗旨、困境与归宿，将中国古代政治与社会思想通俗化，成为影响至今的一种文化符号；从实际影响层面，在明清秘密会社的组织原则、职务配置、绰号习惯、结社宗旨等方面，《水浒传》都作为很重要的思想资源出现；从日常话语层面，通过"英雄""好汉""义气""聚义""及时雨""逼上梁山""仗义疏财"乃至于语义发生演化的"山寨"等表达，《水浒传》俨然选择性地镌刻进了社会生活深细处。三个层面凑在一起，构成了所谈的《水浒传》对民间文化的深细作用与影响。

先来看看思想文化层面。这方面《水浒传》最鲜明的关键词是"游民文化"。这个概念是王学泰先生在20世纪八九十年代发现并提出的。他对于游民的思考很大一部分来自《水浒传》，但早已超越艺术形象层面，进入到对中国古代社会描摹的深细阶段。他认为凡是脱离当时社会秩序约束与庇护的，游荡于城镇之间，缺乏固定谋生手段，被迫出卖脑力或体力者都是游民。他归纳出游民意识的四个特征：一是强烈的反社会性；二是在社会斗争中最有主动进击精神；三是注重拉帮结派和团体利益，不重是非；四是表现出中国传统思想意识中最黑暗、最野蛮的一面。[1] 用游民意识来观察《水浒传》中的英雄，分析其诸如暴力、血腥等问题，都能得到跟表象不大一致的观感。

接着，我们来看《水浒传》在明清社会造反活动中的实际影响。这也是小说《水浒传》被认为"诲盗"的主要罪证。王利器先生在《元明清三代禁毁小说戏曲史料》中辑录了大量明清秘密"社"与"会"利用水浒人物为号召组织反抗队伍的材料。明末的刑科右给事中左懋第曾上书要求"焚贼书、易贼地名、正其必不肯作贼之心"。所谓"贼书"，指的就是《水浒传》。当然，左懋第也并非空穴来风，他针对的是《水浒传》的

---

[1] 王学泰：《游民文化与中国社会》增修版，太原：山西人民出版社，2014年。

忠实模仿者，明清之际啸聚梁山的李青山。

关于李青山，历史记载比较零散，主要见于《明史》列传和各种明清之际的笔记小说中。他出生在明末乱世，山东东平府人，啸聚数万人，占领梁山，"屡寇兖州，山左骚动"（《明季北略》）。按照正常造反的步骤，他的理想应当是推翻腐朽的明朝统治，至少也是割据一方吧。然而，这位李青山并不愿如此。他在队伍逐渐壮大、劫持漕运之后，选择了与宋江一样的道路：招安。只不过他的宿太尉恰好是由宜兴家乡北返的大学士周延儒。由明入清的宋起凤对于李青山见周延儒有一段精彩的记述，李青山表示自己并非劫漕，而是愿"为天子捍山左臂"。然而非常遗憾，周延儒虽然满口应承，拿一套"上悬赏破寇亟，若曹果革心归命，脱得成功，封侯之爵可坐致"一类鬼话忽悠李青山等人。等回到京城，周延儒立刻转变立场，向皇帝表示不能"养痈待溃"，必须诱降而剿灭之。（《稗说》）当然，关于李青山起义结局，也有说法是战败被俘（《东平州志》《寄园寄所寄》）和兵败投降（《明史》）。最令人唏嘘的是，崇祯十五年（1642）正月，当李青山被押赴京师之后，明廷安排了一场御门受降仪式。匪首李青山被判磔刑，其余斩首，众人大呼："许我做官，乃缚我耶？"（《三垣笔记》）可以说，李青山等造反者至死都没有从梁山好汉的迷梦中清醒过来，只留下了"一腔血徒泼法场耳"的忧愤与哀伤。（《稗说》）其实，李青山只不过是历史上万千痴迷水浒故事的"英雄""好汉"之一，他的特别之处在于他用自己的"一腔血"证明了"招安"故事只是文学表达中一个美好的梦幻罢了。

文化符号和流传后世的话语

上文提到明末清初,山东有一位《水浒传》迷李青山,进行了一场令人啼笑皆非的水浒模仿秀。有趣的是,在他之后,清代的秘密会社仍然延续着使用水浒人物与忠义精神来号召的民俗。例如民国时期,朱琳编撰的《洪门志》就清晰地记载了"大哥"传唤"新官人"(又称"新贵人",进香堂者),"新官人"须回答"有"或"到"。"新官人"上香时,走到"月宫门"前,"把守人"与他要有一番对话:

问:你来做什么?
答:投奔梁山。
问:投奔梁山做什么?
答:结仁结义。

只有回答出这个标准答案的"新官人",才算获得了洪门的认可。一部以造反为主题的人物鲜活、寓意深厚的古典小说被民间文化凝定出了"结仁结义"四个字的抽象主题,既符合一般文化记忆规律,又向读者传递了什么样的文化符号会从一部经典的符号丛中脱颖而出,进入、影响,进而有可能左右我们的社会生活。

最后,从日常话语层面,我们再谈谈《水浒传》如何深刻地影响了我们日常语汇的表意系统。这又是一个庞杂而深奥的话题,我们仅以"好汉"为例加以说明。王学泰先生认为:"话语不仅形成物质力量,影响着此后的社会运动,实际上它也是一种思想,《水浒传》的独特话语表达的是敢于通过武装力量争取自己利益的游民的思想。这种思想也应该在思想史上有它的一席之地。"[1]我们应该了解,传统以至而今的主流社会,对于《水浒传》这一整套话语的接受程度是不同的。"好汉""义气""江湖"等被各个阶层的人们所使用,甚至忘记了其原本意义;而"不义之财,取之何碍""论称分金银,异样穿绸缎"则大体在绿林人士中流传;其他如"聚义""梁山""逼上梁山""替天行道""招安"等,社会接受程度则介于两者之间。如果我们细致地对"好汉"进行概念史梳理与知识考掘的话,会发现我们今天习以为常的《水浒传》中的"好汉",他们作为"敢于与主流社会对抗的秘密组织的成员、打家劫舍的绿林豪强、闯荡江湖的各类人士,乃至称霸一方、为人所惧的痞棍"[2],今天是广为全社会接受的。

然而,在唐宋时代的正史与笔记中,"好汉"一词还完全看不出在《水浒传》中的意思。例如《旧唐书》中有一则关于好汉的材料:"则天尝问仁杰曰:'朕要一好汉任使,有乎?'仁杰曰:'陛下作何任使?'则天曰:'朕欲待以将相。'"后续狄仁杰举例的李峤、苏味道、张柬之等,都是具备治国理政才能的文人,与梁山好汉的孔武粗豪形象相去甚远。更为极致化的一个例证出自南宋王铚的《默记》。韩琦帅定州时,要惩处总管狄青手下将领焦用:"(狄青)恳魏公曰:'焦用有军功,好儿。'魏

---

[1] 出自《〈水浒传〉流传后世的话语》,收于王学泰:《"水浒"识小录》,桂林:广西师范大学出版社,2019年。
[2] 王学泰:《〈水浒传〉思想本质新论——评"农民起义说"等》,《文史哲》2004年第4期。

公曰:'东华门外以状元唱出者乃好儿,此岂得为好儿耶?'立青而面诛之,青甚战灼。"此处"好儿"也即"好汉",指的是那些通过科举考试选拔出来的文官,与《水浒传》好汉南辕北辙,亦相映成趣。体现出同一词语在大传统与小传统之间的参差离合与流变迁转。

总体而言,《水浒传》是一部活泼的,仍然在生长着的文化经典,它除了能给人们奉献源源不断而又历久弥新的审美愉悦之外,还能够在思想文化的各个方面为今天的人们提供一套解码中国社会深层肌理与运行机制的微缩版密钥。这套密钥可能有漏洞,也可能不完善,但它是浓缩着智慧的,是值得我们博学审问之,慎思明辨之,最终还要笃行之。

刘彦彦 西安交通大学人文社会科学学院

主要研究方向为美学、文学与文化研究、明清小说理论研究等。主持多项国家社科基金重点项目和青年项目。代表作《〈封神演义〉道教文化与文学阐释》等。

《封神演义》：历史与虚构

透过《封神演义》诸多神名,可见民间对神仙信仰的需求、依赖和想象

引 言
《武王伐纣平话》到《封神演义》：
从讲史到神魔

《武王伐纣平话》(以下简称《平话》)与《封神演义》之间有明确的脐带关系，但是《平话》属于"讲史"，叙姜太公灭纣兴周，不逞想象，不涉夸张，叙事极简，虽然仅具故事轮廓但较接近史实。《封神演义》则是汪洋恣肆，侈谈神异，将武王伐纣的历史演绎成了神魔斗法的奇幻故事，这段历史在作者的想象力下成了"任人化妆的小姑娘"，俨然面目全非了。

善恶二元的封神论

《平话》就是简单的二元逻辑，即商、周之间就是善与恶的关系。其中代表正义的是周文王与周武王，他们在吊民伐罪、征讨商纣问题上始终态度鲜明，积极主动，与商纣王不共戴天，是坚定的正义领袖形象。因此，扬善除恶是《平话》独一无二的主旋律。纣王无道，故而应该讨伐；武王有父兄之仇，故而应该报复：一切取决于道义。而《封神演义》中的是非、善恶态度似乎并非泾渭分明，比如周文王、周武王对伐纣之举的态度不仅是回避的，甚至是否定的。殷商阵营中也是如此，比如悲剧英雄人物闻仲：一方面恪守君臣大义，在伐周的斗争中，骁勇善战，视死如归，义薄云天；另一方面他又不辨是非，誓死保卫荼毒生民、罪恶贯盈的商纣王；作者的态度也是模棱两可的，尤其是最后封闻仲为"九天应元雷声普化天尊"的正神。

由此可见，《平话》的价值标准统一，因此叙述的形式也就自然而然地高度统一，人物形象也与他们的立场完全契合，比如姜子牙一出场就是孝子、智者的形象，然后垂钓磻溪、邀王三顾，更是一副诸葛卧龙的气派。伐纣过程中，他奇计迭出，名副其实地担负起统率六军的责任，可以说是伐纣胜利的第一功臣。然而在《封神演义》中这个人物就不是如此单一，作者专门把他描写成一个带几分滑稽的人物。在昆仑山上学道四十载，只学得"挑水、浇松、种桃、烧火、扇炉、炼丹"等仆佣之役；到了凡间，百无一用，卖笊篱"一个也卖不得，到把肩头压肿了"，卖面"泼了一地""浑身俱是面裹了"（第十五回）——纯然是一个滑稽的丑角形象。[1] 在时来运转，做了统帅之后，形象仍没有多大改善，先是被申公豹轻易欺骗，再是接二连三地吃败仗，被敌方赶得上天无路入地无门，多次命丧黄泉，然而就是这样的无能者却担当着仙凡两界的重任。

还有殷郊，在《平话》中，母亲被害死，本人又被迫害，他当即逃走。一旦获得复仇的本领，就毫不犹豫地加入伐纣大军，而且勇猛善战，功勋卓著，直至亲手斩杀自己的父亲——

---

[1] 本篇《封神演义》文本皆出自［明］许仲琳：《封神演义》，北京：中华书局，2009年。

无道暴君。显然，《平话》讲述的立场只有一个，就是反暴政。但凡站在这一立场的，都无条件予以歌颂；反之也是无条件予以诅咒——即使对于古人称颂的伯夷、叔齐也决不留情。

实际上，《平话》带有浓厚的民间色彩，表现的是民间立场，而民间立场向来秉持简单的标准，即以对待民众的态度为向背，而这也与孟子以民为本的政治主张相合。孟子关于武王伐纣的评论，是古代政治思想中最具民本意识的观点，而且产生很大的影响。孟子反复强调桀、纣失去民心，所以汤放桀、武王伐纣，就是"救民于水火之中"的正义之举。他还多次从不同角度批评暴虐的君主，指出对暴虐的君主，臣民不必再服从，所谓"君之视臣如土芥，则臣视君如寇仇"。孟子的这一主张令明太祖朱元璋震怒，后者于洪武二十七年（1394）下令对《孟子》大加删节。全文一下腰斩了一半，"自今八十五条之内，课试不以命题，科举不以取士"，由此可见统治者对孟子吊民伐罪的政治思想之仇恨。

"狂欢式"的神谱

明代文字狱令文人在文学创作上有所顾忌，因此《封神演义》的作者也不可能在书中触碰红线，因此，作者通过两个"契约"的相互作用，使其在与"伐纣"义举的价值冲突中产生出浓厚的"复调"色彩。这两个"契约"，一则是"三教共佥封神榜"，另一则是"成汤无道，气数当终；周室仁明，应运当兴"，都带有浓厚的"宿命"和"天命"色彩，在"履约"的过程中，每个人物的顺逆皆天定，这就有了正义与非正义之别，于是分出了邪正。但是，这两个契约在性质上还有明显的差别，即上榜之人的"根行"有深浅之分，若从"根行"的角度看，阐截二教本身又是无差别的，因此，这就为最终阐截二教无差皆封神登榜埋下了伏笔。如此一来，抨击暴政、吊民伐罪的内容，只是作者为故事借来的一个"壳"，他的书写兴奋点并不在于此，由是淡化了原作鲜明的反抗暴君倾向。如此一来，不管是伐纣的还是保纣的，最终都被封神，且"封神榜"中的排序也并非以正邪划分，比如助周的黄飞虎与保纣的闻太师都被置于神榜最前列，而且他们的"终极待遇"也完全均等。再如瘟部主神是穷凶极恶的"瘟神"吕岳，而其部下则有支持"正义"、反对吕岳的李平。太岁主星是维护殷商的殷郊，部下却是反抗殷商的韩毒龙、薛恶虎、方弼、方相等，可见，神榜之上价值追求和道德评判的意义被彻底消解。

《封神演义》中的封神榜犹如一个"狂欢式"的神谱，众神是商周之战积极的"参加者"，派别、阵营、等级、善恶等不可逾越的屏障和对峙在神谱上得以消除和解构，相互间的任何距离、隔膜、差异都不复存在。"狂欢式"的封神使神圣与粗俗、崇高与卑下、伟大与渺小、明智与愚蠢、忠义与叛逆等相互矛盾的色调融合在一起，交织成一个不问善恶、冰炭同炉的众神世界，这样的描写与《平话》单旋律的写作比起来是一种创作手法的进步，产生了特异的阅读效果，这也就是《封神演义》吸引人的地方。

一
历史上的武王伐纣

　　三千年前，在广阔无垠的牧野之上，发生了一场地动山摇、气势磅礴的战争，这就是周武王的联合部队与商朝军队在牧野进行的决战，历史上称牧野之战，牧野在哪呢？就是我们今天河南新乡市。当时的周只是殷商的一个封国，力量远远不敌已经有近六百年文明的强大的商王朝，但是这个小邦国宁愿背负"以臣弑君"的罪名也要推翻商王朝，其原因呢？在武王召开的誓师大会上确立了这场战争的性质，就是"替天行道"。历史上这场战争的性质也被认为是"革旧鼎新"的一场变革，仿佛商周易代之后就是一个全新的时代，其实当今已经有很多学者对这场所谓的"变革"提出质疑，认为西周的政治和文化在本质上相较殷商并没有太大的变化，比如天命信仰、祭祀仪式，还有礼仪制度，等等，仍然延续和继承了殷商。由此而论，武王伐纣也不过是一场取而代之的征服战争，那么正义、道德的色彩是如何穿透历史的年轮被一层一层晕染在这场战争之上的呢？

商周之间的恩怨

　　三千多年以前的遥远时代，是一个"重祭祀""事鬼神"，充满神秘色彩的年代。当时殷商文明靠着祭祀通神的文化已经延绵了五百多年，随着人类对客观世界越来越多的认识和了解，那种靠天命和上帝建立起来的权威和秩序逐渐受到了挑战，并在人们心中动摇起来。

而此时，在关中平原的西部有个族群正在逐渐发展壮大——这就是古公亶父创立的周族。当时古公亶父带领周族在岐山脚下发展农业，毕竟周族始祖后稷是农神，所以周族非常擅长种庄稼。周族百姓安居乐业，生活富庶，而且族群内部笃行仁义，渐渐就吸引了周边的一些部落前来依附和归顺，所以周族在当时是比较有实力的族群。古公亶父死后，他最贤能仁德的三子季历继位，也就是后来周文王的父亲。当时，商王朝为了征讨和管控东南和西部的部落，就授予周部族征伐的权利，让其去平定那些不断侵扰的西北游牧部落，而季历因屡立战功而成为西方诸侯之长，他的威望越来越大，国力也越来越强，当时的商王文丁，也就是商纣王的祖父深感不安，就将季历扣押做人质，直到死。为了躲避舆论谴责，商王就给季历冠以谋杀先王武乙的罪名。武乙是文丁的父亲，季历谋杀武乙显然是莫须有的罪名，由此商周之间就结下了冤仇。其实对于周族来说，殷商的罪恶还不止于此。

季历死后，其子姬昌继位，继续辅佐商王朝去攻打周边来侵扰的部族，因战功被封为"西伯侯"，也就是后来的周文王。当时姬昌效法祖先仁政，在西岐一带德高望重，已经非常有影响力，虽然其势力并不能与商抗衡，但是，商纣王已经深感西伯侯带给自己的政治威胁，所以效法祖先，也把西伯侯囚禁在羑里，羑里就在今天的河南安阳汤阴县。于是西伯侯手下的闳夭、散宜生等人筹集奇珍异宝、美女骏马投纣王所好，以求放西伯侯还岐山，最后商纣王不仅赦免了西伯侯，还赐给他弓箭、斧钺，使西伯侯有权征讨邻近诸侯。

但是根据对甲骨文内容的考证，有学者认为，周文王并非像后世所说的那样是病死的，而是被纣王以祭祀为由而杀害，甚至通过文字训诂推导出是被以剖膛破肚的方式杀害了。史书上确实对周文王的死语焉不详，只有一句"文王崩"，令人疑惑。

姬昌死后，继承其位的是姬发，也就是后来的周武王，姬发在周文王的十个儿子中排行第二，长子是伯邑考，为什么周文王未立嫡长子而立次子为太子呢？根据《史记·管蔡世家》记载，次子姬发最有才华，所以周文王舍弃长子伯邑考而立姬发为太子。这种说法同样受到很多专家学者的质疑，有学者提出其实伯邑考这时已经离世，所以不得不立次子为太子，那么，伯邑考的死因是什么呢？宋代文献中就已经有了伯邑考被质于殷而无故被烹杀、文王啜其羹的记载，到了小说《封神演义》中更是增添了较为详尽的情节，描述伯邑考怎么被纣王煮成肉酱制成肉饼，让被关押在羑里的周文王吞食，以此来验证周文王贤愚。这种说法最早从宋代流出，那么这究竟是民间传说还是历史真实呢？如果是历史真相的话，那么西周确实与殷商有着不共戴天的血海深仇。

后世很多学者对武王伐纣进行评价，都强调这是一场革旧鼎新的变革，但从以上分析来看，更确切地说，这是一场酝酿已久的复仇，牧野之战就是一场复仇之战。但是殷商时代笃信"天命"主宰一切，所有人都相信殷商的权威是上天授予的，因而就算商王昏乱暴虐、罪恶彰明昭著，臣民们宁可逆来顺受也不敢逆天犯上而反抗，那么武王伐纣时是采用何种方法赢得了天下人的支持？如何与其他方国和族群建立统一战线？在与强大的商王朝的战争中又如何取得了绝对的胜利？看起来，周的复仇并非一件轻而易举的事情，它需要周密的计划、长远的规划，更离不开谋略智慧。

盟津观兵

历史中周文王效法古公亶父、季历传承下来的成规和道德，推行仁义，实施德政，以德服人，不仅岐山百姓在其影响下具有向善的精神面貌，其他诸侯也纷纷投靠岐山归附于他，一些贤达之人诸如太颠、闳夭、散宜生、鬻子、辛甲等更是鼎力支持，愿意为他出生入死，尤其是他还得到了日后对武王伐纣起重要作用的姜子牙。在姜子牙的运筹帷幄下，当时天下三分之二归顺周，由此可见，权谋和计策是取得最终胜利的关键。

正因为对抗强大的殷商王朝并非轻而易举之事，所以直到周文王离世，复仇大业也未有进展，只好落到下一任武王姬发的身上了。姬发自继位两年期间，一方面继续推行德政以倾覆商纣政权，另一方面策划"盟津观兵"。因为此时西周已经成为可以与殷商相抗衡的强大部落，所以这场"观兵"不仅是观天下之人心向背，也是一次会师演习，主要目的是试探西周在诸侯国中的号召力到底如何。当时武王将文王的木像立于车上，声称"奉文王以伐，不敢自专"，这是什么意思呢？实际上是依托于当时浓厚的鬼神文化抛出的舆论烟幕弹，为"弑君"找一个合情合理的理由，告知天下人：父亲惨死于纣王之手，在天之灵要求我找仇人报仇，我只是奉文王之命，并不是擅自专权要叛乱弑君。其实，这也就合情合理地旁证了之前我们讲过的文王被纣王杀害的说法。总之，"盟津观兵"的背后实际上有着非常厉害的权谋手段，首先是展示军威，震慑敌人。其次，是试试水，摸摸底，并探探诸侯们的心思。而最主要的则是制造"天佑有德"的舆论，分化对手，扩展联盟。

殷商是一个"尊神事鬼"的时代，人们非常信奉鬼神，认为鬼神不仅能够主宰和控制人类世界，还会通过异象来暗示神谕，因此殷商时期的巫祝、祭祀文化非常发达，当时的人常常通过对异象所蕴含的天意做出解释来判断吉凶。

在"盟津观兵"的路上，出现了很多异象，第一件事，是武王渡河、船驶入的时候，突然一条白鱼一下子跃进武王的船里，古人认为鱼是介鳞之物，身上的鱼鳞就像士兵身上穿的铠甲，所以象征战争用兵之事。第二件事，是渡过河之后，突然有个大火团从天而降，恰巧落到武王住的房子的屋顶之上，然后变成一只火红的大鸟，还发出隆隆巨响。武王这一路上遇到的任何怪异现象，通过占卜都被解释成大吉大利之兆，这实际上是后来古代政治最常用的政治策略——谶纬的发端。什么是谶纬呢，简单说就是为了某种政治目的，利用对所谓"异象"的解释让人们心甘情愿地顺服。武王所见异象，占卜的结果都被解释成用兵必胜的征兆，这很难说不是姜子牙为了稳定军心、鼓舞士气所用的政治策略。

到了孟津，八百诸侯不期而至，并且都振臂高呼：纣可伐矣！但是武王和姜子牙却做出了令大家匪夷所思的决定，那就是让大家打道回府，班师回朝。这也为历史留下了"盟津疑云"。眼看天下归心于周武王，一声号令就能杀入朝歌完成复仇大业，为什么偏偏放弃这次机会呢？显然，这次行动真正的意图并非伐纣，而在"观兵"。

牧野之战

　　两年之后，商纣王罪恶滔天，杀死叔父比干，囚禁弟弟箕子，灭绝人伦与道德，完全丧失了民心，这时武王认为征伐殷商的时机成熟了。武王的军队到了牧野，但是又发生了一件"异事"，当军队正在排队列，突然之间，狂风骤雨，电闪雷鸣，天象大变，一时间天昏地暗，前后之间都彼此看不见，战车上的架子被大风刮断，旗杆被雷电劈成三段。骑在马上的武王也被如此大的风雨雷电吓了一跳，整个队伍都紧张慌乱起来，想打退堂鼓，此时姜子牙坚定地告诉大家："这是好兆头！大雨是在给我们清洗武器，雷电是上天对我们军队的感应，说明我们是应天命而战，此战势必成功！"坚定的立场，果断的口气，沉稳冷静的大将风范，仿佛给大家注射了一剂强心针，吃了一颗定心丸。

　　在《诗经·大雅·大明》中有一段描写牧野之战的著名诗句：

　　　　牧野洋洋，檀车煌煌，驷騵彭彭。维师尚父，时维鹰扬。凉彼武王，肆伐大商，会朝清明。

　　这段写的是牧野之战的情景，大家可以想象电影镜头，从空中拍摄地面，广阔无垠的牧野之上，战车、战马如排山倒海般奔涌着，千军万马铺天盖地、所向披靡，摄像摇臂由高向低，镜头逐渐拉近，两个人物交错出现在画面里，这就是姜子牙和周武王。另据《史记·周本纪》载，牧野之上，"武王使师尚父与百夫致师"，历史上很多名人对这个细节进行解释，认为是姜子牙率领一个小分队做先头部队冲锋陷阵。

历史上，如果没有姜子牙的谋略智慧、周文王与周武王两代的伐纣决心，就不可能成就周室之主的霸业。在周文王时期，周室面临的主要任务是积蓄能量，增强势力，扩大影响。当时周文王被纣王拘于羑里七年之久，姜子牙因为曾在殷商做过官，对纣王的秉性比较了解，于是出谋划策，与周室的其他贤臣以美女和奇珍异宝献于商纣王。营救出周文王姬昌后，姜子牙出谋让周文王表面上对纣王臣服，暗地里韬光养晦，修行仁义，树立德君、仁政的形象，以取得诸侯的拥护，虽是权术，不过只要真的有利于民，就算是权术又何妨呢？对那些不归顺周室的方国，姜子牙则果断地为周文王出谋划策，将其讨伐，通过各种战争积累军事实力，因此最终武王伐纣的胜利，靠的就是谋略、胆识和残酷的战争。

战争的血腥

根据《史记·周本纪》中的记载，周武王兵临朝歌城下，"纣师皆倒兵以战，以开武王。武王驰之，纣兵皆崩畔纣"。还有《逸周书》《竹书纪年》《国语》《史记》很多的历史记载，似乎"武王伐纣"是"代天以彰天讨""行天之罚""恭行天之罚"，因此是以德制暴、不费一兵一卒、"兵不血刃"的一场革命。

实际上在史书零星碎片的记载中，可以发现在那场决定胜负的牧野之战中，充满了"黑云压城城欲摧，甲光向日金鳞开""野战格斗死，败马号鸣向天悲"的惊心动魄和悲壮惨烈。

《尚书·武成》，就用了一个词对这场战争一语带过，"血流漂杵"，很多学者去考证这个"杵"，有的说是木盾，有的说是一种兵器，还有的说是捣东西的木棒。对"漂"的解释，有的说是"漂浮"，有的说是"飘溅"，无论哪一种解释，都足以令人感到惊心，能在我们眼前展现出血腥恐怖的战场。

根据《逸周书·世俘解》中的记述：武王杀进朝歌，"咸刘商王纣，执矢恶臣百人"并断手断脚，之后又继续命令征讨"戏""方""靡""陈""卫""宣方""蜀"等地方和部落，每讨伐一处都要汇报杀敌数以及俘虏的人数，然后斩首俘虏。根据记载，武王攻占殷都后，又派重兵追杀依附于纣王的各国诸侯，"武王遂征四方，凡憝国九十有九国，馘磿亿有十万七千七百七十有九，俘人三亿万有二百三十。凡服国六百五十有二"。这组数字记录了武王攻下朝歌之后所杀敌、俘虏以及所灭之国的数量。这当然是夸大之词，《逸周书》如此记载为的是夸耀周军的辉煌战果，显扬武王威烈。殊不知却暴露了牧野之战杀人如麻、血腥残酷的真相。

甚至伐纣结束后，武王携胜利果实祭祖的时候，也无例外地暴露了战争的野蛮和残忍。《逸周书》告诉我们："武王在祀，太师负商王纣，悬首白旂，妻二首赤旂，乃以先馘入，燎于周庙。"就是说武王伐纣取得胜利后要祭祖，姜太公背着纣王尸首，砍下首级挂在白旗杆上，然后先于那些用来祭祀的敌人的首级放入周庙，再把祭品放在火里烧。就是说用纣王和战死的敌人的尸首祭祖。《史记》也有类似记载："武王自射之，三发而后下车，以轻剑击之，以黄钺斩纣头，县大白之旗。"武王对着纣王的尸体射了三箭，再用宝剑刺纣尸，然后用大斧砍下纣的头，悬挂在大白旗上。这跟我们在小说中看到的那个"悲悯仁德"的武王形象是多么不同啊！

由此可见，这场"以至仁伐不仁"的正义之战也不过是一场舆论的渲染，后世的儒家为了美武王之德，增其声誉，极尽能事地去掩盖战争的血腥和残忍。像孟子、王充等很多儒家大师就《尚书·武成》中所谓牧野之战"血流漂杵"的惨烈真相进行极力的辩护，认为是不实之虚言，孟子甚至提出"尽信书，则不如无书"，意思是看了书，你就百分之百地不加分析全信了，那还不如不看了。书应该看，但是应该思考和分析着来看。如果史料中的记载未必客观和全面，史书中描写的历史不能全看成是真实的历史，那么根据历史记载、神话传说，以及平话和民间的说唱艺术等素材世代累积而成的小说，就更不能当成历史真相去看待。不过后者却能反映出人们对仁君贤主的拥护和赞颂，对无道昏君的不满和批判。

二
千古第一帝王师——姜子牙

《封神演义》里的姜子牙，并非真实历史中的姜子牙，完全是作者依靠想象力创造出来的。小说中姜子牙不仅能统领大名鼎鼎的十二上仙作战，还手握打神鞭，掌有生杀大权。但小说中的姜子牙是天命的傀儡，他离开昆仑山后，其命运都在元始天尊的预设安排之中。代天尊封神、助商周易代、享人间富贵，在这些看似神圣而隆重的命运安排背后，实际上淡化和消解了姜子牙足智多谋且勇武豪迈的真实人生。那么历史中的姜子牙究竟是怎样的呢？

历史中的姜子牙

史书上记载的姜子牙有很多不同的称谓，如姜太公、姜尚、"师尚父"[1]，《史记》里还称"齐太公世家"，也就是说姜子牙也被称为齐太公，有时还载为吕尚。这么多称谓，令人眼花缭乱。这究竟是怎么回事呢？

这源于古代的姓氏文化。古代的姓氏和今天是有区别的：一般一个人的姓是指整个家族系统的称号；氏，则是一个大家族中各个小家族的称号，代表的是一个大家族中的某个支派。姜子牙是炎帝的后裔，炎帝神农氏因住在姜水边，所以姓姜。姜太公是这个族群的后裔，故沿用了此姓。姓一般是比较固定的，而氏则会随着历史的变化而变化。姜太公因祖先辅佐大禹治水有功，被分封到"吕"这个地方，也就是今天的河南南阳以西，所以以"吕"为氏，称为"吕尚"。武王灭纣之后，姜太公被封于"齐"，成为齐国始祖，所以被称为齐太公。后世姓氏的概念不再那么明确，但是从姜子牙不同的姓氏称谓中，我们大致了解了早期姓氏文化的渊源。

《史记·齐太公世家》里用很简洁的一句话叙述姜子牙的早

---

[1] 我们一般说"师父"，这里中间加了一个"尚"，是姜子牙的名字——姜尚。"父"也有不同的理解，有师父的意思，即所谓一日为师，终身为父。也有说，在古代"父"读作"甫"，是对有才有德的男子的美称。周文王死后，周武王推尊德才兼备的姜尚为自己的老师，所以称他"师尚父"。——作者注

期经历，"吕尚盖尝穷困，年老矣，以渔钓奸（音为"干"）周西伯"，这就为后世留下了很大的想象空间。根据零星的文献记载，有的人说他在辅佐周王之前，是朝歌杀牛卖肉的屠夫；也有人说他是在孟津卖浆水的贩夫走卒；还有人说他是以种地、捕鱼为生。但是"田不足以偿种，渔不足以偿网"，可见姜子牙生活相对穷困，不善于治业。

关于年老的姜子牙，有人说姜子牙在殷商任职，如《孙子兵法》中载"周之兴也，吕牙在殷"，也就是说周之所以能够灭商，是因为姜子牙在殷商做间谍，收集情报给周。也有人说姜子牙垂钓是为了躲避商纣乱世，这就渲染上了淡泊名利、追求自由生活的道家色彩。尽管说法各有差异，我们还是能够从中感受到姜子牙在成功之前生活困顿窘迫，但事实证明，他的坚持和隐忍最终会苦尽甘来。

姜子牙七十二岁出山，先辅佐周文王对内整治国政，对外剪除构成威胁的诸侯国，使周增强了国力，并在方国之间不断提升威望。八十岁辅佐周武王，亲自统率军队作战灭纣，建立了大周王朝。姜子牙这位伐纣的最大功臣被分封在齐地，成为齐国的创始者，后来齐国追称其为"太公"。在姜太公的治理下，齐国国富民强，到齐桓公时，齐国成为整个春秋时期最强大的国家。齐国的强大与这位开国始祖勤政务实奠定的基业有必然的关系。

姜子牙垂钓遇文王

历史中周文王被放还岐山之后，就开始一步步积极地准备自己的复仇计划，其中最重要的就是寻找能够帮助自己完成复仇大计的人才，姜子牙垂钓遇文王，就是我们非常熟悉的故事，从此，姜子牙不仅是西周的太师，也是周文王、周武王的首席智囊、精神导师。

姜子牙是个非常厉害的谋略家，因此也就有人将姜子牙垂钓的行为归为他吸引周文王注意的一种谋略，其实也可以这么说，这总比怀才不遇只会发牢骚要有智慧吧。不管是因为不为商纣王所用，还是说为躲避商纣乱世，他的隐居既不是消沉的回避，也并非消极等待，而是韬光养晦，靠着谋略为自己创造机会。那么都靠了哪些谋略呢？

当然，小说里的描写更加精彩一些：首先，寻找合伙人，即一个打柴的樵夫，因为救了樵夫一命，樵夫拜他为师；其次，传播名声，树立形象，虽然救的是一个樵夫，但他实际上获得了樵夫这整个行业的认可，所以他就靠着四处奔走打柴的樵夫们把他自己编的歌谣传唱出去；再次，就是利用法术入梦给周文王暗示一些预兆，使周文王产生寻求高人的强烈想法；最后，就是等待着周文王被这些樵夫的歌谣一步一步引到身边，亲眼看到自己，并且知道这位垂钓者就是梦中预言的"飞熊"。

其实，姜太公所做的一切准备并不仅仅是为了让周文王发现自己的存在，更主要的目的是让周文王确信自己不仅是高手，还是神人，要想灭商兴周，非他不可，这样他才能够真正在伐纣的事业中游刃有余，如鱼得水。

君臣关系——帝王师

我们知道上下级的关系是非常复杂的，更不要说君王和臣子之间的关系，常言道：伴君如伴虎。如果不能真正得到君王的信任和尊重，不仅很难实现理想抱负，甚至还会危及性命。

从很多资料，尤其是小说中的描写，我们可以感受到姜子牙与周文王的遇合并非偶然，而是谋划出来的结果。姜子牙所做的一切准备不仅仅是为了"学成文武艺，货与帝王家"，更重要的是要收获周文王的尊重和信赖。因此，在渭水河边的遇合与交谈之后，周文王用车载着姜子牙返回周，并立为"太师"；周文王死后，其子周武王又拜姜子牙为"帝王师"，"帝王师"就是帝王的老师，这是中国古代知识分子的最高理想和奋斗目标。但是这个目标基本上很难实现，因为中国古代社会等级制度要求十分严格，尊卑贵贱分明，君臣关系是尊卑关系、主奴关系，根本没有平等性可言。臣子对高高在上的君王只能无条件地服从，岂敢妄想做君王的师长。

但是最早提出"做君王的老师"这个观念的是孟子。孟子对待君臣的关系与孔子不太一样，孔子的最大理想就是恢复周礼，而周礼的本质就是稳固君臣父子等级关系，从而保证整个社会秩序的稳定。所以，孔子特别重视和强调君臣之间的等级关系，做臣的必须谦卑谨慎，对待统治者要"事君如父"、讲忠孝，不仅要尽礼甚至还要献身。孔子更加注重的是臣子的素养，对于君主的素养似乎并没有那么强调。哪怕是个昏君，孔子强调的也是做臣子的应该尽忠职守，君主做坏事那是做臣子的没尽到补缺拾遗的义务，所以只有乱臣贼子，没有不是的君王，这也是中国古代社会"只反贪官不反皇帝"传统思想的根源所在。

而孟子跟孔子的观点不太一样，首先他认为君王应该"为民父母"，"忧民之忧，乐民之乐"，只有"得其民有道，得其心"，才能得天下，君王只有关心民生、赢得民心，才能做得长久，才值得人们拥护，所以他提出"民贵君轻"，实际上这就打破了等级制度中的贵贱关系。在民本思想的基础上，孟子才提出"君有大过则谏，反覆之而不听则易位"，就是说如果君王犯了大错又不听劝，且屡劝不改，那么就连臣子也可以推翻君王而改朝换代，这话说得很大胆！这又打破了君臣之间的屈从关系。孟子讲君臣之间的相处之道在于"义"，也就是"君臣有义"，那么，什么是"君臣有义"呢？就是"君之视臣如手足，则臣视君如腹心；君之视臣如犬马，则臣视君如国人；君之视臣如土芥，则臣视君如寇仇"。君臣关系在孟子看来不应该是尊卑、屈顺的关系，而应是平等的，臣子也是有尊严的，甚至君王还应该虚心求教，礼待贤臣，他讲了一句"有王者起，必来取法，是为王者师也"，就是说：王者为了兴业肯定会来求取方法，这样臣子就是君王的老师。只有君王向老师虚心求教，真诚相待，做臣的自然就会鞠躬尽瘁，为君王肝脑涂地，否则，"臣视君如寇仇"。所以他评价残害忠良的商纣王之死，是："贼仁者，谓之贼；贼义者，谓之残。残贼之人，谓之一夫。"这种暴君非君的观点跟孔子的温和态度比起来要激烈得多。在《孟子》的篇章中还有很多这样的言论，其在心胸不够宽广、专制跋扈的封建帝王眼中，是很难容忍的，明代的皇帝朱元璋就是看了《孟子》中的言论勃然大怒，立刻命令删除掉《孟子》中所有的不当言论，还在孔庙中罢免了孟子的配享资格，这就是历史上有名的"删孟"事件。这种简单粗暴的行为就好像是捣毁了天下知识分子的精神家园，所以不久之后朱元璋冷静下来，又恢复了孟子配享孔庙的资格。

孟子"王者师"的观念，实际上就是中国所有知识分子的集体白日梦，哪个知识分子不愿意梦想成真呢？但是在封建社会君主专制的政治环境下是很难实现的。历史上周王都用最高的礼遇对待姜子牙，尤其是武王、成王对待姜子牙恭而有礼，尊其位"师尚父"，成就了千古第一"帝王师"的美誉，所以"帝王师"姜子牙，就成为天下文人以及臣子的政治追求和人生理想范式。

历史上还有一位堪称"帝王师"的人，这就是诸葛亮，刘备曾说过："孤之有孔明，犹鱼之有水也。"刘备将自己和诸葛亮的感情比作鱼水之情，可见感情的深厚。尤其是小说《三国演义》中诸葛亮"帝王师"的形象给人留下很深刻的印象，其实，这部小说中"三顾茅庐"——诸葛亮与刘备的遇合，在很大程度上有效仿姜子牙的地方，中国文学史上之所以热衷于"帝王师"这种完美君臣关系的塑造，不仅说明了天下文臣士子渴望遇到明主实现抱负的理想，也说明了这种理想从未在文人知识分子心中泯灭过，仍然是他们梦寐以求的最高理想。

刘备三顾茅庐请诸葛亮出山跟这个故事的情节有些相似，其实历史中根本就没有"三顾茅庐"一事，因此有小说家效仿姜子牙故事的嫌疑。

姜子牙被周文王尊为"太师"，姜子牙以谋略辅佐周文王，比如：对内制订治国兴邦的良策，增强国内实力；对外给他出谋划策，暗中争取同盟国，扩大自己的政治影响。他还随同文王一起对东部和西部不归顺的部落和方国展开征伐，扩张西周的势力范围，增强军事力量。姜子牙施展文韬武略，尽全力辅佐文王实施灭商的准备工作。

尽管如此，当时已是耄耋之年的老国师，还要亲自披挂上阵指挥队伍，这个年纪的老人本应安享晚年，但是他仍然敢于承担国家重任，不负文王嘱托，为伐纣的事业身先士卒，鞠躬尽瘁。在"盟津观兵"的一路上，无论面对何种艰难处境，他都能够凭借勇敢和智慧化危为机，他见缝插针为武王伐纣做舆论铺垫，树立"天将降大任于周"的社会舆论导向。他不仅是整个军队的主心骨，也是周武王的精神导师。

此时已经八十岁的老人，却身先士卒，无所畏惧。这时的姜子牙，是战场上的雄鹰，呼啸长空，气势威武，是周国的英雄，为周室的利益和荣誉而战，这既是他对文王知遇之恩的报答，更是他对扶助明主实现自身价值的追求。

"谋圣"姜子牙

姜太公对于西周的建立，功不可没，他辅佐了文王、武王和成王，周室三代。作为西周第一功臣，他不仅是因为勇武善战，更主要的功绩在于他的谋略和智慧。司马迁在《史记·齐太公世家》中写道，文王"与吕尚阴谋修德以倾商政，其事多兵权与奇计，故后世之言兵及周之阴权，皆宗太公为本谋"。姜子牙帮文王出谋划策，有很多的奇计良策流传到后世，因此后来的兵法智谋实际上都源于姜子牙的谋略，也就是说姜子牙是天下第一谋圣。

这句话中还提到"阴谋"和"阴权"。汉语中的词语是带有感情色彩的，形容人的词语中但凡带"阴"字，一定都是贬义词，比如"阴险""阴冷""阴沉""阴森""阴毒"等，所以"阴谋""阴招""阴权"一般也用来指害人的诡计或权术，带有贬义的色彩。但是，其在这里并非贬义，而是指姜子牙的谋略和智慧。

文献中记载，姜太公的谋计使得"天下三分，其二归周"，在《诗经·大雅·皇矣》中，就讲述了太公阴谋伐密须的这段历史。密须在今天的甘肃灵台，在当时是西部的一个氏族部落，侵扰了周的属国，周认为密须狂妄自大，对周国不敬就要受到惩罚，因此准备对密须发起战争。当然主动开战需要合理的理由，要站在道义的制高点上，姜子牙特别擅长做舆论宣传工作，以天命的口吻再三地宣称是奉天命讨伐密须，强调战争的正义性。但是，周文王就觉得打这个小部落有欺负弱小的嫌疑，而且有战争就有死亡，就会有无辜者家破人亡，哪有什么战争是正义的呢？！所以犹豫不决，拿不定主意。武王的弟弟管叔也反对开战，觉得这是不义之战，不是明君之所为。而姜太公果断地认为：密须已经对我们有疑心了，一旦有了芥蒂，关系就很难修复，如果不灭了密须，迟早有后顾之忧；既然如此，我们就来个先声夺人，趁早动手。为了说服周室，他用周的祖先打仗的策略来加以说明：周的祖先打仗的时候，是"伐逆不伐顺，伐险不伐易"。其实，这何尝不是姜子牙的谋略思想，从中我们可以看到其谋略的逆向思维，就是出其不意、攻其不备。

姜子牙谋略的最大特点就是攻心。比如在武王伐纣前夕，西周派间谍去打探商纣王的情报，间谍报告过三次纣王的情况，第一次回来报告：殷商出乱子了，邪恶的人胜过了忠良的人，也就是说"地狱空荡荡，魔鬼在人间"。第二次回来报告：越来越乱了。乱到什么程度呢？纣王杀比干囚箕子，贤德之人都对殷商的政治失去了信心，纷纷逃走了，也就是说纣王已经众叛亲离，朝歌快变成"孤家寡国"了。第三次回来禀告说：现在乱得更厉害了。怎么呢？老百姓都不敢发牢骚了。前两次，武王听了汇报，都认为伐纣的时机不成熟，第三次武王把这个情报告诉了姜太公，姜太公怎么说呢？他分析说：邪恶的人胜过了忠良的人，叫作暴乱；贤德的人出逃，叫作崩溃；老百姓不敢讲怨恨不满的话，叫作刑法太苛刻。现在殷商已经乱到了极点，乱到可以兵不血刃就能推翻纣王，我们伐纣的时机成熟了。于是只精选出三百辆兵车，三千名勇士直取朝歌，最终取得了战争的胜利。这在《吕氏春秋》中有详细记载，我们可以看出来，武王一直按兵不动，派间谍打探殷商的状况，通过观察舆论和民心来决定下一步的计划。在姜太公看来，民心为上，不得民心，君王就会失道，失道者寡助，故而对伐纣充满信心。

因为殷商崇信天命，社会舆论倾向于有德之君，因此，在伐纣的路上，遇到了种种异象，当时武王，还有周公旦都认为这是天不佑周，是凶险的征兆，要停止征伐、打道回府，但在姜太公看来，这不过是心理作祟。心病还需心药医，为说服大家放下思想负担，他依据"天命无常，惟有德者居之"的理论把异象统统解释为大吉大利之兆，鼓舞了士气。

伐纣这场战争，姜太公无论在筹备还是发动时，所施展的谋略都显示出了超凡的智慧和胆识。首先是在舆论导向上，站位高，使战争的理由合情、合理、合法，从而争取了天下人的支持；其次在指导思想上，不骄不躁，耐心等待有利时机，以小的代价换取大的胜利；最后在行动上，始终保持谨慎、冷静、理智、务实的态度，思维缜密，心态沉稳，最终取得了伟大的胜利。正所谓"智与众同，非国师也"。

作为西周国师，姜太公的谋略虽然是兵法、权谋之术，但体现了很高的智慧和境界，历史中的姜子牙不愧是千古第一谋圣。在很长一段时间里，"英武善战"的姜子牙是民间认可的"战神"，是官方祭祀的"武神"，与孔老夫子的"文神"相提并论。直到关云长义勇双全的盖世形象在社会中的影响越来越大，最终取代姜子牙的地位而成为天下人皆知的武圣。

太公谋略的流传

据说，姜子牙有《太公阴符》《太公金匮》《太公兵法》三部谋略之书，合称为《太公》，但是目前仅存世的只有其中六卷，即《六韬》。这是一部兵家权谋之书，其内容表现了姜子牙的用兵之道以及军事谋略思想。"后世之言兵及周之阴权，皆宗太公为本谋"，本谋，就是"以谋为本"，所以姜太公最大的成就就是他的智谋。

姜子牙的谋略智慧，几乎成了取得政治与军事成功的秘籍、法宝，常被人们用来揣摩和研究。比如春秋时的孙武，被称为兵圣，我们都知道他有《孙子兵法》，其实他就是受太公谋略的启发，在他的兵法中多处提到姜太公用兵之谋略；春秋末期，辅助越王勾践灭吴的范蠡，自称以太公为师，学的也是太公之谋；战国时期的鬼谷子是精通兵法权谋的神奇人物，他也曾提到过姜子牙的权谋之术；战国的纵横家苏秦，他靠合纵之策，达到佩六国相印衣锦还乡的人生最高光时刻，其实他成功的关键就是因为掌握了姜子牙的另一部权谋之书——《太公阴符》。

还有汉初三杰之一的张良，实际上他年轻的时候是个非常莽撞无谋的人，在博浪沙（今河南原阳县东郊）贸然刺杀秦始皇，那当然不可能成功啊！后来他就像变了个人似的，一方面以非常出色的智谋协助刘邦在楚汉之争中取得胜利并辅佐其一统天下，另一方面又能够在事业巅峰时期全身而退，保住身家性命，论文韬武略堪称历史上数一数二的人物。据说是因为他在刺杀失败的逃亡路上遇到了黄石公，黄石公送了他一本秘籍，就是《太公兵法》。

姜子牙的谋略思想几乎是古代谋臣武将必修的内容，《太公阴符》并非不可告人的阴谋诡计，而是王霸之略，是建功立业之谋略。

小说中的姜子牙

小说中的姜子牙擅长的是法术，并没有在谋略上有特别突出的表现，他之所以能够辅佐武王伐纣成功，主要依靠的是元始天尊门下的十二个弟子——也就是十二上仙，以及上仙的徒弟们。而神仙打架，各显神通，比的是谁法术高强，所以，小说着重写的是斗法而非斗智，这样，尽管小说依托历史，但是历史被神魔所取代，虚幻掩盖了真实。虽然小说中塑造的姜太公形象与历史真实形象有很大差别，但是这一文学形象也蕴含着深刻的人生哲理。

《封神演义》中，作者比较详细地描述了姜子牙出山为相之前的经历，在这些经历中他吃了一般人吃不了的苦头。比如在昆仑山上苦修四十年，这四十年，师父元始天尊从未教他修仙养道的技能，而是让他干一些仆人干的苦力活，要是一般人早就放弃了，上山是来学本领的，谁愿意花那么多时间和精力去干看起来完全没用的事情呢？但是姜子牙毫无怨言，兢兢业业干了四十年的杂役。尤其当师父让他下山去成就功名富贵时，他竟然还苦苦哀求师父，想要继续留在山上服侍他，如此淡泊名利，不慕功禄富贵，很符合清修者的心境。

又写他下山之后，在俗世吃各种苦头：做生意总是赔本；婚姻失败，最终被妻子抛弃，成了孤家寡人。不论山上的苦还是山下的难，姜子牙都不骄不躁，不疾不徐，仿佛事不关己。但事事都离不开人间烟火，姜子牙就像不食人间烟火之人，哪个女人能忍受嫁给这样的丈夫呢？但是，不同世俗之人必有可观之处，无欲者看似寡淡无所求，实际上不知不觉中修的是内功，内核稳定的人必能成大器。

看似不合历史真实的杜撰情节里蕴藏着亘古不变的人生智慧，这就是古人对欲望和修性的思考。从这些情节中可以看出，在古人看来，要想成功，关键是心态上的训练，那就是清心寡欲、心平气和地面对任何事情，无论好事还是不好之事，内心都不生波澜，摒除杂心不起贪念，这样才能有随遇而安，从容淡然。姜子牙吃得了别人吃不了的苦，不在于他憨厚老实或无能为力，实则是他有强大的内心托底，因此，强大有时并非指那种积极奋进、一定要出人头地的决心和进取心，有时恰恰是指吃得了苦的从容不迫的平淡心。

三
高德者与叛逆者

《封神演义》将历史中的商周之战神魔化，站在舞台中央的是一群被虚构出来的法力高强的神仙，而真实的历史人物则退到了舞台的两侧，成了神魔之战中的陪衬。不仅如此，所有的人物都成了"天数"下的提线木偶，正所谓"天数已定，自难逃躲"。《封神演义》之前有一部讲史的《武王伐纣平话》，其中涉及少许神异，总体与史实较为接近，但是这部《封神演义》则用了三分之二的篇幅渲染神魔，给历史披上神魔怪幻的外衣，强调武王伐纣是"天数""天命"而致，"一则成汤气数已尽；二则西岐真主降临；三则吾阐教犯了杀戒；四则姜子牙该享西地福禄，身膺将相之权；五则与玉虚宫代理封神"（第三十八回）。"天数"决定了纣亡是"顺天应人"，而伐纣并非大逆不道的"人臣弑君"而是"替天行道"。

周阵营的高德者

小说用神魔斗法既规避了伐纣的政治伦理难题，同时也赋予了德政天佑的神秘感，为武王伐纣这场"以暴制暴"的弑君之战编织了正义的理由。为了表现周王仁君德政，作者不仅渲染周文王与周武王以道治国、以德治民、爱民如子的仁政，而且写他们就算面对家族的血海深仇，也谨守为臣之道，绝不犯上，完全将其塑造成将愚忠愚孝进行到底的腐臣形象。

比如小说写周文王明知儿子伯邑考被纣王剁成肉馅、做成肉饼,但他仍然忍痛吃了肉饼,之后脱身回到西岐,闻言众人要为他惨死的儿子报仇,文王说:

> 天子乃万国之元首,纵有过,臣且不敢言,尚敢正君之过?纵有失,子亦不敢语,况敢正父之失?所以"君叫臣死,不敢不死;父叫子亡,不敢不亡"。为人臣子,先以忠孝为首,而敢直忤于君父哉!(第二十二回)

这种唯"忠孝"是从的冷静和理智,简直令人怀疑他是否有人性!他不仅毫无犯上的念头,临死之际,还担心次子姬发复仇伐纣,再三叮咛不许以臣伐君,托孤时又再次叮嘱姜子牙:看好姬发安守本分,绝不可造次妄为,以臣弑君。小说作者就是要以此来刻画周文王的"忠",那么这个形象里蕴含的是作者的揶揄、讽刺还是赞美和歌颂呢?

再看小说里塑造的周武王形象,更是充满了悲悯仁厚,小说中写他是在姜子牙等一班文武的哄骗欺瞒下走上了伐纣的道路,直到出兵征伐之际,他还抬出"忠孝"的大帽子来阻止,说道:

> 昔日先王曾有遗言:"切不可以臣伐君。"今日之事,天下后世以孤为口实。况孤有辜先王之言,谓之不孝。总纣王无道,君也。孤若伐之,谓之不忠。孤与相父共守臣节,以俟纣王改过迁善,不亦善乎?(第六十七回)

直到八百路诸侯会师朝歌,这支大军的领袖——周武王却仍在逍遥马上叹道："不分君臣，互相争战，冠履倒置，成何体统！真是天翻地覆之时！"并命姜子牙退兵，又搬出一套君臣之礼：

> 如何与天子抗礼？甚无君臣体面！
> ……吾等莫非臣子，岂有君臣相对敌之理！元帅可解此危。（第九十五回）

当八百诸侯要拥立周武王为天子的时候，周武王再三推脱道：

> 孤位轻德薄，名誉未著，惟日兢兢，求为寡过以嗣先王之业而未遑，安敢妄觊天位哉！况天位惟艰，惟仁德者居之，乞众位贤侯共择一有德者以嗣大位，毋令有忝厥职，遗天下羞。孤与相父早归故土，以守臣节而已。（第九十八回）

周武王这种谦逊、辞让、恭敬、有礼都是圣贤之德，我们看是不是跟小说中的刘备、宋江如出一辙，《三国演义》中的刘备、《水浒传》中的宋江也都被刻画成亲民、明德、仁厚、忠孝的道德领袖，但是他们才智平庸，根本谈不上有智谋权术。还有《西游记》取经队伍中的领袖唐玄奘，只有满脑子慈悲仁厚的宗教道德，也完全看不出来有任何才能和智识。这些历史人物身上的"英雄"气、"霸王"气、卓越的才能和胆识在小说中都完全消失了，取而代之的就是"内圣外王"的道德领袖改造。

周文王和周武王也是被塑造成了类似的高德领袖，完全与历史上雄才大略、天下争雄、舍我其谁的形象不同。这样的"高德低能"的形象塑造，似乎也为了印证"天命无常，敬德保民"的天道，因此即使他们低能，甚至无能，但是"高德"就是他们战胜强敌、成就伟业最强大的法宝。

还有姜子牙也是类似的形象。在他加入周营之前，作者为他塑造出不争、处下、纯朴、忍让、宽容、真诚等品性。尤其为了突出他的仁义，主要体现在两个方面：

一方面，是对待一心嫉妒自己、想置自己于死地的师弟申公豹的态度。小说中写申公豹一心想要害姜子牙，姜子牙并没有以牙还牙。当南极仙翁要惩罚申公豹的时候，姜子牙反而替申公豹求情，说：可怜这师弟多年的道行，好不容易练成这个境界，咱们还是饶了他吧。南极仙翁曰："你饶了他，他不饶你。那时三十六路兵来伐你，莫要懊悔！"子牙就说："就是后面有兵来伐我，我怎肯忘了慈悲，先行不仁不义？"（第三十七回）这对于一般人来说很不容易，人家要害他，他不仅不恨，还为对方着想，显示出高贵的品质。另一方面，对待殷商伐周的部下也是"仁义先行"，对于那些尽忠职守的殷商将领，他都是在阵前耐心地宣讲一通"仁政"之道，历数纣王罪恶贯盈的暴君行径，给对方灌输"天命无常，惟有德者居之"的观念，尤其是强调"天下者，非一人之天下，乃天下人之天下也"，为武王伐纣披上了民本而正义的外衣。为了以德服人，面对宁死不屈的殷商将领，姜子牙一样恭敬有礼，比如殷商大将殷破败尽忠职守，坚决不降，结果被西周的大将一怒之下砍死，而姜子牙不仅责怪手下鲁莽,还以隆重的葬礼安葬殷破败的尸首,可谓仁至义尽,俨然成了道德的化身。

正所谓德盛者,守之以谦;威强者,守之以恭,这种不以强制人的方式看似柔弱,但恰能以弱胜强。因此作者极力描写姜子牙的"弱",反映的就是道家守弱的思想,道家推崇弱德,即根行。著名的学者叶嘉莹创造了一个名词叫作"弱德之美",她说:"弱德就是你承受,你坚持,你还要有你自己的一种操守,你要完成你自己,这种品格才是弱德。"姜子牙就具有这种品格,因此元始天尊将封神的重任交付给他,并非因其有"智勇双全"的能力,恰恰因为其"弱"之美德。实际上,姜子牙自身之所以未入神榜,除了因为被封神的都是死后封神之外,还有一个主要的原因,即他没有贪嗔痴怒,仍然保持全真之性,因道德全备而成为封神之主。

另外,在商周大战中,小说作者也没有凸显姜子牙的勇武与谋略,有时还要给他渲染几笔无能的色彩,比如,他见了截教闻太师的助阵团队都骑着古怪的异兽,竟然吓得从战马上跌了下来,帽子歪了,衣袍也扯坏了,完全一副狼狈相。在他指挥的三次顶级神魔大战中,面对截教的十绝阵、诛仙阵、万仙阵,他主要依靠周营的一批猛将和阐教十二上仙的战斗力才破阵获胜,而他自己则在神魔大战中难逃七死三灾,最终也都是依靠元始天尊、老子这些仙界大神才一次次脱离险境。他既无智谋,法术也不怎么高明,再看他的师父元始天尊赐予他的法宝,便是封神用的"打神鞭"和"杏黄旗",送他的坐骑"四不相",主要就是在危急时做逃跑保命的交通工具。

商阵营的高德者

不仅周阵营有高德形象，商的阵营中也不乏高德之辈。比如很典型的一位就是黄飞虎的父亲黄滚，黄飞虎因家仇弃商归周，遇到守关的老父亲黄滚坚守关口。尽管明知纣王是昏君、暴君，知道纣王害死他的儿媳和女儿，但黄滚仍然阻拦儿子叛商，对黄飞虎的痛苦无动于衷，反而以大义凛然的姿态说出一番毫无人性的"正确"的言论：

> 黄滚大喝一声："我家受天子七世恩荣，为商汤之股肱，忠孝贤良者有，叛逆奸佞者无。况我黄门无犯法之男，无再嫁之女。你今为一妇人，而背君亲之大恩，弃七代之簪缨，绝腰间之宝玉，失人伦之大体，忘国家之遗荫，背主求荣，无端造反，杀朝廷命官，闯天子关隘，乘机抢掳，百姓遭殃，辱祖宗于九泉，愧父颜于人世，忠不能于天子，孝不尽于父前。畜生！你空为王位，累父餐刀。你生有愧于天下，死有辱于先人。你再有何颜见我？"（第三十三回）

黄滚斥责儿子为一女人"而背君亲之大恩，弃七代之簪缨，绝腰间之宝玉，失人伦之大体，忘国家之遗荫"，在他眼中功名利禄都比女人的一条命重要，功名利禄是君王的恩赐，所以对君主要绝对顺从和忠诚，为了一个女人而舍弃功名利禄就是不忠不孝，这就是黄滚们的政治伦理逻辑。不仅将女人视作牺牲品，而且就算这个女人是为了贞操和气节而视死如归，也无法得到老黄滚的丝毫赞赏和尊重，恐怕在他看来惹怒君王就是女人不可饶恕的罪过，同理，儿子造反复仇就是不忠不孝。无视昏君暴政而振振有词地大谈忠孝之德，这种虚伪无情的"高德"显得既荒诞又无耻。而且殷商的朝臣几乎都一致认为：就算天子失政，君欺臣妻，天子负臣，不顾恩爱，摔死黄娘娘，黄飞虎也不应声言天子之罪，叛逆纣王，否则就是臣节全无，就是罪不可赦。

实际上，在黄滚身上体现出的"忠"，与周文王并无二致，小说中所塑造的这类满口忠孝节义的"高德"形象，与当时盛行的理学思想有很大的关系。明代程朱理学发展到了巅峰时期，已经凸显出陈腐僵化的弊端，对天理的追求已经到了泯灭人欲的极端地步，从而引发出道德沦丧和腐败的问题。因此，小说中对"高德"形象的塑造包含一定的批判态度，尤其在"高德低能"的领袖形象塑造中，可以看出自宋至明对"王霸义利之辨"的思考。

高德低能与理学

儒道文化都强调修心与修性，把清心寡欲作为理想人格中的一个方面，所以儒家强调的是"内圣外王"，道家追求的是"大智若愚"，在古人看来，谋略离不开心术和手段，故而与道德相对立。只有以德取天下、治天下，才是"王道"，而以军事智谋取天下、治天下那是"霸道"，关于王道和霸道之间，孰优孰劣的问题，自古就有辩论，南宋时朱熹和当时一个很有思想的主战派陈亮（陈亮是主战派，辛弃疾的好友）进行了一场很有影响力的"王霸义利之辨"。在这场辩论中，朱熹强调的是"内圣外王",认为不积累内圣工夫只想着立大功名、取大富贵的人是为利欲而争,且不合天理,就算成功也不会长久,只有尽去人欲,复全天理,才能成圣为王,因此要"穷理修身,学取圣贤事业"。而陈亮据理力争,以汉唐为例,说明汉唐之所以能够一统天下,就在于有贤相善谋善断,以智力把持天下,实行霸道,所以汉唐的帝王就是因为有"洪大开廓"的本领,才能建国兴业。

由此可见,两个人争论的焦点在于朱熹强调内圣,而陈亮强调的是本领,本领当然就包括谋略、权术、手段、机智等。两个人的辩论虽然最终也没什么结果,但是影响很大,直到明代,仍然是心学讨论的主要焦点之一。但是平心而论,朱熹的观点虽然听起来很高尚,可若用此标准衡量历史人物,恐怕两千年间没有一个人能符合"内圣外王"的标准。成王败寇的历史发展,实际上已经证明了只讲"内圣"而没有谋略、战争,仅靠道德折服对手,几乎就是不能实现的理想。历史上的姜子牙,还有周文王、周武王,都是些有本领、有能力、有智谋、有手段的人物,但如果按照朱熹的标准,像这类能够争霸群雄的人物,自然不符合"内圣"之学。

基于理学观念,小说的作者便刻意塑造出"高德低能"的姜子牙、周文王、周武王的形象,这充分地说明了理学观念在文学中的反映。实际上,明代出现的几部经典小说都存在这种现象,比如《三国演义》中的刘备、《水浒传》中的宋江、《西游记》中的唐僧,几乎都是能力低却因高德被团队拥护推崇的领袖。

历史中,刘备是"有王霸之略""有雄才"的"天下枭雄",宋江则是纵横千里、威震江湖的江洋大盗,甚至数万官兵都不敢与之抗衡，他们都是争霸图王者。唐僧则是一代高僧，为弘扬佛法不畏艰难险阻，只身远赴印度取经，因取经的壮举和坚韧不拔的精神，赢得举国惊叹和敬佩，堪称集智、勇、忠、义于一身的圣贤。但是在小说中，他们的形象全部被改写，刘备和宋江都成了只会哭的忠孝仁义之士，而《西游记》中唐僧在面对妖魔鬼怪以及艰难困苦时屡弱无能，几乎成了取经队伍中的累赘，但是他的大慈大悲以及坚定虔诚的信仰则使他成为取经队伍中的灵魂人物。这与《封神演义》中塑造的姜子牙、周文王、周武王高德低能形象几乎是一样的，从此类如此密集地出现在明代中期的文学形象中就可以判断出当时理学的社会影响。

叛逆者与进步思潮

《封神演义》中也存在一批叛逆者的形象，最经典的除了黄飞虎，还有哪吒，尤其是哪吒的形象，在《西游记》中也有描述，但在《封神演义》中变得更细腻和生动，不仅被赋予了一种石破天惊的反骨，而且充满了"赤手缚龙蛇"的真性情，从中不难看出明中期泰州学派狂禅的思想痕迹。这说明明中期思想界的进步思潮也在这部小说中有所体现，而这种相互矛盾的思想冲突同样也能够在小说人物形象中找到镜像。

《封神演义》中太岁神殷郊是殷商东宫太子，因祸起宫闱，不仅母亲被其父王和妲己迫害致死，而且自身难保，危难时刻，殷郊被九仙山桃园洞广成子救下并收为徒弟，后者不仅传授道术，而且将其变成三头六臂、三只眼、面蓝发朱、上下獠牙的神将模样，传给他方天画戟以及番天印、落魂钟、雌雄剑等法器，令其援助姜子牙，征伐无道的纣王，但是殷郊在弑父叛君的道路上并未做出坚定的抉择。他在下山归西岐的半道上被申公豹拦住，受到一番愚忠愚孝的蛊惑后，殷郊陷入了左右为难、非常矛盾的境地，且看申公豹劝说道：

> 世间那有子助外人而伐父之理！此乃乱伦忤逆之说。你父不久龙归沧海，你原是东宫，自当接成汤之胤，位九五之尊，承帝王之统，岂有反助他人，灭自己社稷，毁自己宗庙？此亘古所未闻者也。且你异日百年之后，将何面目见成汤诸君于在天之灵哉！（第六十三回）

申公豹的一番"孝理"最终还是令心乱如麻的殷郊放弃了悖逆父王的想法而倒戈。尽管殷郊最初心存正义，要与恶贯满盈的父王为仇，助周伐纣，然而他身为纣王之子还是难以割舍与生俱来的血缘亲情，也割舍不了与同胞兄弟殷洪的手足之情，所以当他听信申公豹的谎言以为胞弟殷洪下山助周反被化成飞灰，不禁怒从胆边生，倒戈伐周。殷郊最终在亲情和恩情、生父和师父、忠孝和信义之间做出了与血亲相关联的抉择。

实际上在一切社会关系中，血亲关系往往被认定为是人生命中最重要的、牢不可破而坚不可摧的关系，若绝情地斩断血亲关系，就会被人们斥为无情、没有人性，对于殷郊来说，他既为人子又为人臣，而这个君父又是个十恶不赦的人，面对这种尴尬的身份，他最终还是保留了自己的底线，成了"背信弃义"之人。

《封神演义》中强调殷郊身份的特殊性和心理的矛盾性，当他二选一做抉择时，一边是跟他有血缘关系的亲生父亲，一边是在他走投无路时搭救并培养他成才的阐教广成子，而广成子又是助周伐纣的上仙之一，无论他选择哪边，都会令他背负来自伦理与道德的谴责，因此殷郊是非常值得同情的人物形象。

殷郊与哪吒既有相似处又有很大的不同，同为人子，哪吒也曾为行孝甘愿剖腹刳肠，但他对父亲李靖忤逆追杀时已是莲花化身而非本体骨肉，所以他不能忍受李靖鞭打金身，便火烧行宫，大开杀戒，当木吒呵斥哪吒杀父忤逆乱伦，哪吒理直气壮地回应："已将骨肉还他了，我与他无干，还有甚么父母之情？"（第十四回）由此可见，有无亲情关系，成了对二者弑父行径定性的标准。殷郊的妥协、哪吒的剖腹刳肠都说明封建伦理纲常的桎梏仍然在当时社会中禁锢着人们的精神和思想，但是殷郊遭犁锄的悲惨结局，以及哪吒莲花化身的问罪于父，则无不透露出当时社会进步思想对保守的道学思想的冲击和质疑。

四
黄龙真人的尴尬及背后的玄机

尽管《封神演义》是一部神魔小说，但不能否认的是，这部小说带有浓厚的宗教色彩，这与创作于同时期的《西游记》中蕴含的宗教色彩相类似，只不过《封神演义》中蕴藏着浓厚的道教文化内涵。明代宗教的主要特点是提倡"三教合一"，无论《西游记》还是《封神演义》，也都明显打着"三教合一"的旗帜，然而当时社会中宗教生存的真实状态并非如此，三教之间的争衡由显到隐，由明到暗，在《封神演义》看似热闹、荒诞的神魔斗法中实则星星点点地散布着崇道抑佛的细节，释道争衡的宗教生态就隐藏在小说的字缝之间。

小说与佛道争衡

小说中将很多佛教之神，都追述成具有道教的根底，把道教写成是佛教的"源"。比如原本出自佛教中的燃灯、文殊、普贤、观音、惧留孙、韦护等在小说归于阐教，而阐教的大掌门却是玄都大法师"老子"。尤其是燃灯，原型是佛教中的燃灯古佛，即过去佛，在小说中却比元始天尊稍逊，小说写三霄娘娘设下"九曲黄河阵"，燃灯无力应对只能向元始天尊求助，当元始天尊现身的时候，燃灯"秉香轵道伏地曰：'弟子不知大驾来临，有失远迎，望乞恕罪。'"（第五十回）。这里的"轵道伏地"将燃灯见元始天尊时的恭敬谦卑写得非常形象，其中道尊于佛的意味非常明显。

还有截教通天教主的弟子们很多都与佛教有渊源，其中"龟灵圣母"竟然是一只乌龟精，随侍七仙中的毗芦仙最终归西方教主，后成为毗芦佛，"此是千年后才见佛光"。乌云仙、灵牙仙、虬首仙、长耳定光仙都是在与阐教交战中，被西方教主接引到了西方，但是乌云仙乃金须鳌鱼，虬首仙乃青毛狮子，灵牙仙乃白象，金光仙则是金毛犼，作者在诸神名中不仅暗含佛门"披毛带角之人，湿生卵化之辈"，而且对佛门所谓的杀人放火者皆能成佛，不分品类、一概滥收的荒谬也带有明显的贬损态度。

尤其是通天教主四大弟子居于首位的多宝道人，被写成是"截教门中根行差"，被西方教主收走是"从今弃邪归正道"，又说他是"多宝西方拜释迦"，尤其写他与广成子交战时，称"广成不老神仙体"，叙述口气，云泥自现。将佛教中的诸佛来处描写得如此尴尬不堪，竟然都是"弃邪归正"，如此出言不逊，把佛教的清净庄严解构得支离破碎。

小说不仅直接引佛教中为人熟悉的原型为创作所用，甚至随意点染丑化佛教诸神。比如佛教中的护法神——四大天王，被描写成纣营中驻守佳梦关的魔家四将。此魔家四将实际上乃佛教中大名鼎鼎的四大天王，俗称"四大金刚"，又称"护世四天王"，但在《封神演义》中，四大天王助纣为虐，成了抗阻武王大军的顽凶。四弟兄战死后，被姜子牙"敕封尔为四大天王之职，辅弼西方教典，立地水火风之相，护国安民，掌风调雨顺之权"（第九十九回）。勇猛威武的佛教护法被描写得如此凶恶不堪，不知悔改，死后被姜子牙封四大天王之职，这种游戏笔法的背后明显蕴藏贬低佛教的意味。

狼狈的黄龙真人

最有意思的是黄龙真人这个形象，在阐教玉虚门下的十二大弟子中是个很有意味的形象。阐教玉虚门下十二大弟子是助周伐纣的核心力量，不仅在仙班中地位尊崇，而且个个法力无边、法宝神奇，他们是阐截之战中的先锋和主将，但是其中的二仙山麻姑洞黄龙真人则不太一样，在十二上仙中数他最狼狈、最尴尬，实际上，这个形象的背后隐藏着佛道之间长期存在的矛盾冲突，可以说他在这部小说中就是佛道争衡的符号，而这个符号所传达的宗教情绪以及宗教内涵也能被当时的读者读懂且感知。

《封神演义》的作者对黄龙真人极尽讽刺羞辱之笔，这主要体现在其与截教作战中。黄龙真人第一次出阵是在十绝阵上，他出师不利被赵公明用缚龙索凭空拿去，而且被高高地吊在幡旗杆子上，泥丸宫上还被符印压住元神。"泥丸宫"是道教对头顶穴位的叫法，有的说在头顶正中央处，又叫"百会穴"，就是百脉交会处，被贴上符印就犹如被道教施法镇住的妖一样动弹不得，在十二上仙中除了"黄龙真人"没人受过如此欺辱。阐教师徒们想法解救，未果，最终竟被师侄杨戬救出脱身，上仙竟被小辈解救，暗示了黄龙真人不仅低能而且还很窝囊。

接着在万仙阵上，黄龙真人打先锋，与截教中一个叫马遂的对阵，马遂是通天教主随侍七仙之一，有意思的是，另外六仙最后都被西方教主所收，也就是归于佛教，唯独这个马遂是封神榜上无名，仅与黄龙真人短暂对阵便再无踪迹，而他出场时自称"人笑马遂是痴仙，痴仙腹内有真玄"，似乎与道教有某种联系。而马遂仅用了一个金箍，就把黄龙真人的头箍住了，真人头痛难忍，众仙七手八脚帮他，却怎么也卸不下来，箍得真人眼中冒出三昧真火，把他折磨得丢尽颜面，最终元始天尊轻易替他除去金箍。其实这个情节可有可无，类似闲笔插科打诨，但作者似乎专门添一笔让黄龙真人受马遂欺辱，旨在令黄龙真人狼狈不堪。

还有第五十九回中，写瘟部吕岳与黄龙真人的一场战斗，也颇具意味。吕岳一见黄龙真人便嘲笑道："你有何能，敢出此大言？"而且吕岳战黄龙真人，真人不能敌，不仅被打败，还被追赶得狼狈不堪，多亏哪吒和杨戬助战。另外吕岳在败逃九龙岛的路上与韦护交战，两人对决不分胜负，其中多处描写与《醒世恒言》中《吕洞宾飞剑斩黄龙》的情节非常相似。《封神演义》中还有一处非常明显地证明作者熟悉"黄龙故事"的来龙去脉。

小说第五回，纣王与云中子的对话中就引用了道教将黄龙故事改写后的话语系统中的情节，先看小说中写道：

> 纣王曰："那道者从何处来？"道人答曰："贫道从云水而至。"王曰："何为云水？"道人曰："心似白云常自在，意如流水任东西。"纣王乃聪明智慧天子，便问曰："云散水枯，汝归何处？"道人曰："云散皓月当空，水枯明珠出现。"纣王闻言，转怒为喜……

此段中的对话几乎原封不动来自《吕真人神碑记》，此碑记出自万历年间的李梦熊等撰修的《沧州志》，碑记中黄龙禅师被塑造成了一个虚心向学的求道者，吕洞宾则向禅师宣讲道家事理，两人有这样一段对话：

> 黄龙曰："汝乃何人？"答曰："云水道人。"黄龙曰："何为云水？"答曰："身似白云常自在，意如流水任东西。"黄龙曰："假若云散水枯，还归何处？"曰："云散则皓月当空，水枯则明珠自现。"

碑文最后有"黄龙禅师首座悟禅、悟性、悟忱等，于大宋咸淳七年三月三日，千余众僧发心共立石"的表述，碑文内容完全是扬道贬佛的道教立场。这也说明自宋代起"黄龙故事"就已经成为佛道争衡的载体，此碑记显然是道教反击佛教之语。

吕洞宾飞剑斩禅师

"黄龙故事"中有一位非常著名的道教人物，即八仙之一吕洞宾。早在北宋时期，宗镜禅师，即永明延寿（904—975），在《销释金刚科仪》中留下"吕公既作神仙，尚勤参请"一语，引发了之后激烈的佛道论衡。这句话给佛教门徒提供了吕洞宾勤向佛门参请佛法的话头，南宋的佛教史书、灯录中出现了不同版本的故事，强化了吕洞宾与佛门之间的联系。

宋代释昙秀撰写的佛教史书《人天宝鉴》，其中记述吕洞宾过黄龙山遇海机禅师升堂说法，于是二人有一段机锋参法，海机禅师讥讽吕洞宾为"守尸鬼"，嘲笑道教肉体长生，以佛教的无常空论辩驳道教金丹之术。吕洞宾斗机锋失败，于是"至夜飞剑胁之"，禅师以法衣蒙头躲过，破了吕洞宾的剑术，于是吕洞宾前往悔罪，禅师以一句"半升铛内即不问，如何是一粒粟中藏世界"诘问，便令吕洞宾幡然醒悟。尤其结尾点出引文出自《仙苑遗事》，从题目来看，应该是道教内容，显然，作者暗示吕洞宾在佛门所出的糗事不是佛教瞎编乱造，而是出自道教的记载。随后佛教各种史书、灯录几乎都是从此段记述中转载或发挥这个故事，其中的海机禅师也衍变成了黄龙禅师。

"吕洞宾飞剑斩禅师"的故事在宗教领域已经成了佛道争衡的共同话题，影响之大已经波及文学创作，尤其是明代的小说和戏曲,最早见于元明之际无名氏所撰的戏曲《吕纯阳点化度黄龙》,这部戏抑佛扬道的戏,内容几乎与《吕真人神碑记》如出一辙,作者不仅了解佛道之间借此故事发挥的恩怨,甚至在这出戏中变本加厉地贬低黄龙禅师的形象。

但是在小说中,"黄龙故事"往往带有明显的扬佛抑道的倾向,比如罗懋登的《三宝太监下西洋记》第十一回中就穿插了一段吕洞宾飞剑斩黄龙故事,带有明显的抑道倾向。还有冯梦龙《醒世恒言》的《吕纯阳飞剑斩黄龙》,同样也贬道扬佛。邓志谟《飞剑记》全称《锲唐代吕纯阳得道飞剑记》,其内容与佛教徒的编撰大体一致。这些小说的作者都是站在佛教立场贬斥道教,这与嘉靖、万历时期道教的恶劣社会影响有密切关系,因此小说作者也顺势借"黄龙故事"揶揄道教。

作者与释道的关系

然而,《封神演义》是一部典型的道教小说,对于作者的身份,目前很多学者认为应该是一位全真道士,因此小说中看似不起眼的黄龙真人形象也就有了较为曲折的隐喻。南开大学陈洪教授就曾提出这部小说"把宋元以来佛道两家争执不休的黄龙禅师与吕祖洞宾的恩怨带到小说里,塑造出一个屡屡出乖丢丑的黄龙真人形象",认为小说作者极有可能借黄龙真人暗示黄龙禅师。

《封神演义》的作者非常了解佛道之间关乎"黄龙故事"的恩怨与纠缠。既然在佛教徒编撰的吕洞宾飞剑斩黄龙的故事系统中,吕洞宾参禅和斗法均败于黄龙禅师,最终黄龙禅师将道教真人吕洞宾改造成了佛教禅宗的法嗣，那么作为道士的作者当然不能容忍佛教徒对全真道教祖师吕洞宾的羞辱，因此作者在作品中塑造颇堪玩味的黄龙真人，旨在为全真道教出口恶气，这也不是不可能的。

玉虚门下十二大弟子中佛道人物参半，而作者偏偏让这个黄龙真人狼狈不堪。这一方面说明黄龙故事中所蕴含的佛道争衡的内涵已广为宗教界心领神会，尽管明代思想界强调"三教合一"，但释道之间仍在暗中较量，宗教冲突并未偃旗息鼓；另一方面也为旁证作者的全真道士身份提供了线索，其出于道士的宗教情感自然是借羞辱黄龙真人这一形象来宣泄对佛教的损抑以自尊道教。实际上通过戏曲、小说的传播，具有释道争衡内涵的"黄龙故事"在社会上颇具影响，因此，释道任意借助"黄龙故事"传达宗教态度，这似乎成了当时的一种风气，甚至民间宗教也接受了"黄龙故事"，无为教即罗教的《五部六册》就持吕洞宾"自从一见黄龙后，始觉从前错用心"的原话，由此可见无为教带有鲜明的佛教色彩。

五
封神榜：从神名看封神

虽然《封神演义》的文学地位不及《西游记》，但这部小说整合并编织的庞大神谱，在民间产生了深远的影响。作者巧妙地将商周之战与"三教佥押封神榜"相结合，道教、佛教偶像以及民间诸神被置于应运劫数之中,将这场征伐之战渲染出了"成汤合灭,周室当兴"的"天命"色彩。小说中姜子牙奉元始天尊之命,将商周阵亡之士无论善恶一并封神,所封八部之神旨在对世间"分掌各司,按布周天,纠察人间善恶,检举三界功行",诸神不仅要履行满足世俗需求及祈愿的职能,同时也承担对人间社会监督惩赏的职责,诸神的职能和职责都直接体现在神名之上。从"封神榜"所列的三百六十五位令人眼花缭乱的正神的神名神职,不仅可以解读出宗教、习俗以及世人普遍具有的祈禳驱邪的文化心理,而且能了解神谱构建的开放性和变更性特点。

封神的规范

《封神演义》中"八部正神"指所封之神的八个主管部门,这八个部门除了三山五岳部、雷部、火部、瘟部、太岁部、斗部这些道教神祇中主要的神仙体系之外,还有赵公明部下四位主财正神,痘部碧霞元君部下的五方主痘正神。此"八部"之说以道教神仙信仰为基础,同时吸纳了民间神祇扩充部众,可谓集神谱之大成。另外,姜子牙封神,除了以上八部正神,还敕封了感应随世仙姑正神、四大天王、灵霄宝殿四圣大元帅等,既包含民间信仰之神又吸纳佛教神祇,甚至还有自创之神,无论其中神还是神职,很多在不同时期都有不同程度的变更,但是很明显,《封神演义》中的神榜对于神谱的确立以及民间社会对神谱的接纳肯定产生很大的影响。

神榜上都是商周之战的亡魂,既有阐教也有截教,无论善恶都一死封神,既有心存仁义、明辨是非善恶的"道德之士",

也有助纣为虐、"全无道德"之辈。用小说中话，即"根行深者，成其仙道；根行稍次，成其神道；根行浅薄，成其人道，仍随轮回之劫"，根行是决定神仙等级高下的唯一标准。根行，这个词实际上源自佛教，佛教有"六根"，即眼耳鼻舌身意。所谓六根清净，心无杂念，保持初心者根行就深厚；而根行稍次，自然心存杂念，难从贪痴嗔怒中解脱，从而卷入世俗的是非、伤生害命。故根行特别深厚的就是仙，能够超脱三界，永生不死，比如以元始天尊为首的十二大弟子，还有十二上仙的徒弟们，诸如李靖父子四人、杨戬、韦护、雷震子都成仙道，根行稍次就会渡劫历练。神榜中的善恶几乎均以有无"道德"来区分，由于截教中人绝大多数道德浅薄者行邪道，故死后为邪神，且多登上榜单，而助周的战亡者几乎均为正神。

神名多源于道教

从小说众多神名来看，道教神祇占据重要地位而且数量居多，但是作者并未完全照搬道教神谱，而是做了很多改变。如碧霞元君、三清尊神、鸿钧道人等，下文将进行具体阐释。

三清尊神

道教并驾齐驱的三清尊神分别是玉清元始天尊、上清灵宝天尊和太清道德天尊，在小说中元始天尊仍然保持道教尊神的地位，是封神计划的首席执行官之一，而灵宝天尊和道德天尊似乎就成了阐教十二上仙中的灵宝大法师和道德真君，这就直接从道教尊神的地位降格为元始天尊的弟子。但是此"道德真君"显然又并非道教三清中的"道德天尊"老子,因为小说中的老子也是"佥押封神榜"的首席执行官,与元始天尊不仅同门且不相伯仲,可见作者有意保留老子道教教祖的地位。而且这位老子一气化三清,此三清恰恰是玉清、上清和太清三清尊神,由此可见,小说中元始天尊的两位弟子灵宝大法师和道德真君又并非指三清中的两位尊神,但是作者却含混其词,肆意发挥,简直就是以"裂变"的方式造神。

至尊神鸿钧道人

《封神演义》中的造神方式也充满朴素的"道法自然"的道家思想,尤其是"三教共议封神"真正的幕后主持者"鸿钧道人",就是作者自创的一位比道教尊神更高级别的至尊神,他直接取代了元始天尊和老子的道教尊神地位,似乎有以一神崇拜取代多神崇拜的造神倾向。

鸿钧道人仅见于《封神演义》编织的神谱中,除此而外既不见其神祠也不见诸记载。实际上,"鸿钧"又可称为"洪钧""大钧",往往指"道"和"气"这些抽象的含义,比如"鸿钧造物,其道大夷""鸿钧大气力,日夜转范模。赋予有定形,不与万变俱""有生咸赖于洪钧""大钧播物,物类纷错"等都表达了"鸿钧"孕育化生万物之意,与道家所谓天地万物生、道生万物同理。因为在古人的观念中,气乃宇宙生命之本源,天地之始乃一气之化,所以"鸿钧"就成了产生天地万象之本源,故而有"鸿钧一气转混茫""鸿钧运转,气象更新"之说。鸿钧的运转衍生出具象的万物,就犹如陶泥随着快速旋转的圆轮在巧匠手中递变成"器",鸿钧就如同这"造化之器"的造物主，小说作者由"鸿钧造化"而产生丰富的想象，创造出了御群灵、秉万神图的创世之神——鸿钧道人。

最初，道教奉老子为道的化身，后来又创造出了元始天尊取代了老子至尊神的地位，而小说作者偏偏摆脱人们熟悉之神，在其之上又另造新神，虽然神名更新，但鸿钧道人与"道"合一的性质并未变化。与元始天尊类似，鸿钧也从无形到有形，从抽象的"道"或"气"转变为形象的神，如果说元始天尊是正统道教的至尊神，那么，这个鸿钧道人可谓民间对道教至尊神的自创，在民间信仰中获得了世俗大众的青睐，被称为鸿钧老祖。

神名与民间信仰

《封神演义》的受众主要为世俗人群，因此封神榜不仅要在民间信仰中有很大影响，而且要非常契合民间信仰心理，小说作者为了达到这一目的，强化了世俗化的神职以迎合世俗趋利的心态。

财神赵公明

财神赵公明，封神榜上他是"金龙如意正一龙虎玄坛真君之神"，部下四位正神分别是"招宝""纳珍""招财""利市"神，俨然赵公明乃统领财神们的财神爷，迄今在陕西周至县集贤镇赵代村还建有赵公明财神庙，每天吸引全国游客前去求福求财，香火鼎盛。

其实最初作为道教神祇的赵公明并非财神，从唐宋至元代，道书中他常常是被神将、神兵们收摄收斩的凶神恶煞，不是领万鬼行瘟下痢的瘟毒疫鬼，就是作为鬼帅领鬼兵周行人间追魂作祟的"五方袄魅"。但是由于赵宋王朝，宋真宗赵恒编造了神仙赵玄朗为赵家始祖的故事，符箓派正一道自此备受帝王宠幸，许是受此影响，赵公明在道教中的地位也随之发生微妙变化。在宋代道书中，赵公明有时也会以猛吏、神将的身份听命于上帝或正一祖师法旨捉鬼役怪，被称为"玄冥内司将吏"的冥神。尤其宋徽宗推崇正一神霄派，自号"教主道君皇帝"，因此正一道为了洗白赵公明，精心编造教义，声称五瘟使者张元伯、赵公明等被正一祖师收摄归心正道，不复为妖，且赵公明迁官玄坛大将，终于迁升为正一道教的正神。直至元末明初，赵公明基本上从邪神鬼王演变成了驱鬼斩巫的元帅神将，但其神名众多，诸如"龙虎玄坛将""扶天广圣赵真君""天医火云擒龙都统""神霄都督金轮执法赵元帅"等。很显然其神性由邪转正，其神职由作祟而驱祟，其外在形貌也逐渐定型为赤面、美髯、金甲、仗剑、执鞭、黑虎从之的威武刚正之相。赵公明除了跻身帝王所尊崇的正一道神祇，他威武刚正的执法形象也促进了民众选择他作为祈祷和寻求庇佑的神灵，随着民众祈祷内容的扩增，赵公明也被赋予了越来越多的神职。

根据明代流传的《三教源流搜神大全》，赵公明的神职包括"驱雷、役电、唤雨、呼风、除瘟、剪疟、保病、禳灾，元帅之功莫大焉。至如讼冤伸抑，公能使之解释公平；买卖求财，公能使之宜利和合"[1]，诸多神职显示出赵公明崇拜在民间信仰中充满了世俗性的功利目的，可是其中"求财招财"的神职并不

---

[1] [明]佚名：《三教源流搜神大全》，北京：中华书局，2019年。

突出，因为明代民间普遍有五路财神之祀。随着明代资本主义萌芽的迅速发展，人们对积累财富的欲望越来越强烈，财神信仰也越来越受到人们的普遍关注，而赵公明招财进宝的神职随之凸显且逐渐取代了五路财神。《封神演义》的神榜中，虽然赵公明所封"金龙如意正一龙虎玄坛真君之神"基本按照道教神谱冠名，并未彰显"财神"身份，但其部下四位正神，说明了明代"致祭财神"的习俗已经跟赵公明信仰联系起来。道书中的"五瘟使者"变身成以赵公明为首的"五财神"，《封神演义》的助推愈加强化了赵公明财神信仰，直到清代，财神赵公明已深入人心，在商贾居民心中确立了华夏第一正财神地位，由此可见，赵公明由道教瘟神衍变为民间家喻户晓的财神，《封神演义》功不可没。

炳灵公

《封神演义》几乎将民间最受欢迎的神都纳入了小说中，展示出他们由人而神的历程。炳灵公是民间信仰中影响很大的神祇，在民间最初被称作"泰山三郎"，传说是泰山神之子，生性好色，专以掳掠人妇为祟，唐五代时，泰山三郎由邪神逐渐转化为正神，宋真宗封禅泰山时，泰山三郎因其父之威名被加封为"威雄将军炳灵公"。因皇帝加封神号，炳灵公名声大震，不仅被纳入道教神谱，更被道教追加神号，尊为"东岳上殿太子威雄炳灵仁惠王尊神"，并编撰诞辰之日以供信徒烧香朝拜。自此炳灵公信仰在民间的香火更加兴旺，直至明代，炳灵公信仰在民间仍然非常兴旺。《封神演义》中黄飞虎的长子黄天化骁勇善战，是姜子牙座下四大先锋之一，死后被封为管理三山正神炳灵公之职，至今遍布各地的炳灵公庙殿供奉三山正神，应该是受《封神演义》的影响。

痘神碧霞元君

小说作者对"痘神碧霞元君"的改造很刻意，因为道教神谱体系中她是"大圣大慈至仁至孝天仙玉女广灵慈惠恭顺普济保生真人护国庇民宏德碧霞元君"，其神职无所不能、无愿不全，且是护国庇民的尊神，带有很强的政治功利性色彩。但是小说中，作者将其神职缩小为驱瘟摄毒的主痘之神，而且还改变了性别，由女神变为男神，安在商朝潼关守将余化龙身上，这就与正统道教中的神圣职司迥隔霄壤。

碧霞元君的原型实为泰山之女，泰山神不仅有儿子，还有女儿，关于泰山之女的传说，大概西晋时就有了，根据张华《博物志》的记载：周文王梦见自称东海泰山女的妇人，嫁为西海妇欲回娘家，但灌坛令姜太公挡其东归之道而不敢以暴风骤雨擅过。这个志怪故事中提及的泰山女在干宝《搜神记》中也有涉及，其中有后汉胡母班为泰山府君致书于女婿河伯的情节，可见泰山神有女在民间乃流行之说。泰山神女信仰跟泰山三郎信仰一样，最初都属于私祀，即非官方认可的正祀，但因依附于东岳大帝泰山神，故而也在宋真宗封禅泰山时受到推崇。不过宋元时泰山神女并不叫"碧霞"，直到嘉靖时才被皇家赐神号"碧霞元君"。由此也可旁证《封神演义》这部小说创作时间不会早于嘉靖时期。随之正统道教为其迅速造作道书《碧霞元君护国庇民普济保生妙经》，大为宣扬碧霞元君御灾捍患、护国佑民之神威，因此其深受统治阶层的青睐和崇信，在明代上层统治阶层产生很大的影响，受到狂热崇拜。至明末，碧霞元君信仰甚至赶超了泰山神信仰，而民间妄祀者不明就里干脆将泰山神之女升格为泰山夫人，称其为"泰山娘娘"，与泰山神平起平坐，因而社会自上而下对碧霞元君祷祀极虔，香火极盛，四方谒款祈祷者慕名而至，乃至摩肩接踵，尤其妇人、闺阁女子祈祀岱祠必祷于碧霞元君，其地位与观音菩萨不相上下。但是《封神演义》中的碧霞元君显然没有如此惠慈和神威，她不仅与东岳大帝和炳灵公没有任何关系，甚至也非女性，姜子牙敕封殷商潼关主将余化龙为碧霞元君之神，率领的是五方痘神，而一般情况下痘神属于淫祀，也就是没有被纳入官方祀典的民间社会私自祀之的神祇，这就与正统道教信仰中碧霞元君的神圣职司迥隔霄壤。《封神演义》中的碧霞元君被如此改写，也许正体现出了民间碧霞元君信仰的主要功能。

太岁神殷郊

从《封神演义》中还可以看到当时民间广为流行的信仰，比如太岁信仰。太岁在中国民间信仰中是有名的凶神，在天为星宿，在地为"肉芝"，民间的太岁禁忌，即不能在"太岁头上动土"，古人认为凡有动土之事，一旦遇上大小灾厄，即谓之"犯土"，也就是冒犯了太岁。《封神演义》将纣王的儿子殷郊与太岁神结合在一起，这种联系应该是受道教的影响，最早在宋代的道教典籍《无上黄箓大斋立成仪》中就有"都天太岁至德殷元帅"，在元末明初的《法海遗珠》中则有"地司太岁殷郊将军"一说，明初的道教典籍《道法会元》中多次出现"地司猛吏太岁殷元帅法""地司起煞太岁殷元帅郊"等说法。关于殷商太子殷郊的记载在元以前未有，最早在宋元讲史话本《武王伐纣平话》中出现殷郊，但并未提及封神之名，反而有"戍庚，此人封为太岁神"。随后在明代编定的《三教源流搜神大全》之《太岁殷元帅》中，较为详细地描述了殷郊的身世与事迹。不过据清代叶德辉考证，此刊本即元版《画像搜神广记》之翻刻，那么殷郊太岁神信仰应该是从元代开始出现并在民间流传开来的。但从《太岁殷元帅》中的描述来看，其出身杂糅了古代诸多传说，人为的粗糙拼凑显而易见，折射出当时民俗中造神的随意性。

民间赋予的殷郊身世明显受周始祖后稷出世传说的影响，也是其母看见地上有巨人的脚印，出于好奇用脚践踏之而受孕。因踩在脚印上而受孕是原始思维对人类领袖受孕方式的一种质朴想象，古人认为特别杰出的人与普通人的受孕方式不同，往往是女性与异物的灵感接触而受孕，神秘的受孕暗示了领袖与众不同的身份。因此原始的神话传说中，帝喾的妃子简狄因吞食了燕子的卵而怀孕生下了商始祖契，帝喾的元妃姜嫄则是在野外踩上巨人的脚印而怀上了周始祖后稷，而他们的父亲帝喾同样是握袁踩到了一只巨大的脚印而产生感应后受孕而生。由此可见，在原始思维中，"感生"是附会帝王降世的一种常见模式，只有感天而生子才称之为"天子"。

这种带有明显原始色彩的身世被嫁接在殷郊身上，显然是为了凸显其殷商太子的尊贵身份。更有趣的是，连他的名字也附会了后稷的事迹，文中记述殷郊因奇异出世遭到家人的嫌弃，于是被弃置于"狭巷"和"郊"，同样牛马见之不敢践踏其体，"乌鸦蔽日，白鹿供乳"，与后稷遭弃被自然界灵物佑护如出一辙，甚至连名字也与后稷遭弃故名"弃"相仿，"缘其弃郊之故，而乳名'殷郊'"。

除此之外，有意思的还有文中记述殷郊出世时是"肉球"包裹的形态，被抛弃时也是此形态，直到申真人经过，但见"祥云霭霭，紫气腾腾，毫光四起"，由此显示其"仙胎"的神异性。真人用剑剖球而出婴儿，这一细节与《封神演义》中"灵珠子"哪吒的出世如出一辙，应该是《封神演义》的作者受此启发，将殷郊出世移植到哪吒身上，才有了哪吒"肉球"化身的情节。

《三教源流搜神大全》中的殷郊被真人收留，为报杀母之仇执意征商，表现出"孝思"，并且在摘星楼擒拿妲己，最终将其劈斧诛之，其助周伐纣的坚定的复仇者形象与《武王伐纣平话》中的殷郊形象相同，可见《搜神大全》直接受平话的影响。《搜神大全》中殷郊最终被玉帝敕封为"地司九天游奕使至德太岁杀伐威权殷元帅"，显然，这又与道教典籍中殷郊的神职基本一致，可见《搜神大全》中的太岁神殷郊就是依据传说、平话、道教典籍而创造出来的神祇。

《封神演义》的作者在此基础上又进行再创造，一改殷郊骁勇坚定的复仇者形象，因为他的复仇需要处理两重关系，一边是他的亲生父亲，一边是危难时搭救并培养他的救命恩师，他无论作何选择都要负载对伦理、道德、情感、诚信的背叛，因此他的复仇行为在武力和征伐中更加充斥着矛盾、纠结、怨愤、悲疚和遗憾，如此复杂的情感将他扭曲成不折不扣的凶神恶煞。最终，殷郊因出尔反尔，反戈伐周而惨遭犁锄之厄，死后封为"执年岁君太岁之神"，统领当年星宿。经过小说的改造，殷郊这个形象不仅性格复杂，人物丰满，而且还与天上、地下的太岁属性联系在一起，是塑造得比较成功的形象之一。

扫帚星马氏

实际上，很多神祇都是小说作者自创或加以改造而成的。除了之前提到的神祇之外，还有扫帚星，小说中姜子牙妻子马氏因嫌弃姜子牙事业无成而强迫姜子牙休了自己，离开马氏之后的姜子牙反而功成名就、富贵显荣，马氏悔恨交加，自缢身亡，死后被封神"扫帚星"，自此民间将时运不济的晦气女性称为"扫帚星"或"扫把星"。

在此之前并没有"扫帚星"之说，扫帚更没有贬损诅咒女性的含义，那么，为什么作者能将扫帚跟女性联系起来呢？在古代如果生女满月，就会"斋扫帚、粪箕各一枚"，因为扫帚和簸箕一般是妇女操持料理家务时常用的器物，所以斋这两件劳动工具，旨在祈愿女孩子将来嫁为人妇操持家务"宜室宜家"，因此扫帚和女性之间就产生了必然的联系，但是这种联系并无贬义。"彗星"因其光芒长若奔流之状，俗称"流星"，道教占星认为彗星乃灾星、妖星，主凶事，唐代占星引进印度佛教占星，彗星则又称为"计都星""阎罗星"等，民间因见其光芒似扫帚，故俗称"扫帚星"。《封神演义》出现"扫帚星"且封与马氏，将彗星的招灾晦气与扫帚指代女性两相结合，"扫帚星"指代不祥女性的含义就流传至今，成了专门针对女性的贬义词。

五穷星

"封神榜"斗部群星中有"五穷星"，也是根据趋利避害的造神心理，民间自创星神。所谓"五穷"之说，最早见于唐代韩愈所作《送穷文》，韩愈仿汉代扬雄《逐贫赋》将穷鬼衍变为致人困厄不达的"五穷"之鬼，文中所称智穷、学穷、文穷、命穷、交穷并非贬义，恰恰是韩愈自诉在才智、学问、文章、命运、交际五个方面追求高格，却官运不达，命运多蹇，故而正月三十日这天，诗人准备车船，装上干粮资送五穷之鬼。根据传说，"送穷"的岁时风俗源自颛顼、高辛时，唐代诗人姚合写有诗《晦日送穷三首》，其中有"年年到此日，沥酒拜街中。万户千门看，无人不送穷"，可见"送穷"民俗早已有之。但是世俗民众所送的穷鬼肯定非韩愈所说的"五穷"，韩愈是针对自身坎坷，借此民俗形式发泄，感慨杜撰"五穷"之说。此说与历代文人发生共鸣，所以后世文人圈常以"五穷"比喻厄运，而民间借此发挥衍生出"贫、病、不遇、短命、无子"之"五穷"，此"五穷"与世俗民众日常生活息息相关，在人们看来滞碍窘迫的境况全因"五穷"作祟，因此送穷风俗在民间相当普遍。《封神演义》中的"五穷星"说明明代仍然保留送穷风俗祀——"五穷星"信仰。实际上，时至今日，有些地方除夕辞旧、初一迎新，纳福庆余之后，到正月初五仍保留有"破五"送穷习俗。

神名与佛教神

除了这些道教、民俗的神祇信仰，《封神演义》中也涉及佛教诸偶像。不过作者将他们都归属于洞天福地的神祇，诸如燃灯、准提、接引、慈航、文殊、普贤、惧留孙、哪吒等，小说刻意提及他们功成身退后才入释成佛祖、菩萨，而哪吒肉身成圣更是暗合道教成仙的最高境界。除此之外，还将战死的殷商之臣郑伦和陈奇封为佛教护法哼哈二将，战死的魔家四将敕封为佛教四大天王之职，听命道教指令去辅弼西方教典，这种描写显然带有唯道独尊的道佛争衡的色彩。

透过《封神演义》诸多神名，可见民间对神仙信仰的需求、依赖和想象，造神是为了祀神，但凡生活中无能为力之事都可通过祀神获取精神和心理慰藉，因此所封之神都是"能御大灾则祀之，能捍大患则祀之"，这种功利性的信仰心理不仅令神名以及神职不断地递迁变化，甚至还构建了庞大有序的神谱体系以满足世俗各种各样的需求。固然神仙信仰在当今科学技术高度发达的社会已然沦为落后愚昧的文化现象，但是这种文化心理从侧面折射出普罗大众对理想生活的向往和追求。

其实从《封神演义》造神文化的角度思考，不仅可以使我们清楚地了解宗教神谱开放性、融摄性、任意性、功利性的特征，也能让我们对世人将趋利避害的愿望寄托于神祇的行为和心理有更深层的认知和理解。《封神演义》对民间信仰的影响非常深远，书中很多神祇不绝其祀，时至今日仍然香火绵延，这香火中何尝不寄托着普罗大众对生活最质朴的祈愿？

赵毓龙 辽宁大学文学院

主要研究方向为明清小说与戏曲。致力于"西游"故事的跨媒介、跨文本、跨地域、多民族演化、传播研究。著作有《西游故事跨文本研究》《明清小说伦理叙事研究》等。

《西游记》：现实与幻想

《西游记》的人物塑造是『热』与『冷』适配调和的产物,达到了人类体温的标准温度——36.5℃。

引 言
熟悉的陌生人

在所谓明清章回小说"六大部"(即《三国演义》《水浒传》《西游记》《金瓶梅》《红楼梦》《儒林外史》)中,《西游记》的"国民度"似乎是最高的,在国际文化市场上的影响力也是最大的。

《西游记》的阅读"门槛"

在人们的刻板印象里,其余几部书总有不同程度的"门槛",要求读者具备足够的学养与阅历,在特定的文化语境里,个别作品甚至被设置了"门禁",比如在旧时,《水浒传》经常被视作"诲盗"文学的代表作,而《金瓶梅》则是"诲淫"文学的典型——即便在今天,许多人也是谈"金"色变的,更怯于将这部现实主义力作推荐给青年读者。

至于《西游记》,对读者大众表现得却很"友好"——看上去几乎是"零门槛"的。含晶子《西游记评注序》言:"《西游记》一书……孩童喜其平易,多为谈助,予少时亦以为谈天炙辀之流耳。"[1]含晶子说的这番话，是带着批评与反省意味的，他认为大众只将《西游记》视作一部"游戏之书"，不注意挖掘其中奥义，而自己也曾是其中一员。含晶子的《西游记评注》是清代"证道"类批评系统的代表作，他以这种口气说话，是自然而然的。但这话也反向说明一个事实：对青少年读者而言，《西游记》是最"易观易入"的作品。

即便在今天，"三打白骨精""真假美猴王""三调芭蕉扇"等精彩故事，也经常是在孩提时代就进入国人知识结构的。对外国读者而言，《西游记》也是他们最为喜爱与熟悉的中国古典文学名著之一。尤其孙悟空的形象，国际知名度颇高，国外以之为原型改编、戏仿、衍生出的戏剧、影视、动画、游戏产品，不胜枚举，从国际文化交流的"能量"来看，其他几部作品的主人公是难以望其项背的。

《西游记》与"西游记"

吊诡的是：尽管许多人声称自己熟悉《西游记》，对书中的形象、名物、情节，简直"如数家珍"，但他们大多没有阅读原著的经验。其关于《西游记》的知识，经常是通过戏曲、说唱、图像、影视等媒介的"二次传播"获得的。他们是《西游记》的传播者，而非其读者。换句话说，他们所熟悉的其实不是《西游记》，而是"西游记"。前者特指百回本小说（以"世德堂本"为主），后者则指通过各种媒介塑就的关于《西游记》

---

[1] 蔡铁鹰：《西游记资料汇编》，北京：中华书局，2010年。

的公共形象。

　　这个公共形象经常是与百回本小说有出入的。比如，一提到猪八戒的喜剧桥段，人们很容易想到"猪八戒背媳妇"，但原著压根儿没有该情节。多数人对"背媳妇"印象深刻，其实是受到了当代影视剧的影响，而影视剧又是受地方戏舞台经验的启发。再比如，说到猴王出世，人们脑海中冒出的短语，几乎都是"从石头里蹦出来的"（十有八九，还要伴随着1986版电视剧片头曲《云宫迅音》的前奏），但原著第一回交代得很清楚，说花果山山顶那块汲取天地精华的仙石"一日迸裂，产一石卵，似圆球样大。因见风，化作一个石猴"[1]。可以看到，这是"两步走"的流程：石头迸裂，现出一枚石卵；再由石卵风化成石猴。在大众的一般印象里，这个流程被压缩、简化了。

　　当然，指出这些与原著之间的出入，不是为了批评当代国人"读书少"，其实这种现象是《西游记》传播与接受的常态，自古已然。明清时期，大众就很喜欢称引《西游记》中的角色、名物、桥段作为"谈助"，也常说"《西游记》上"如何如何，但细察就会发现，大都不是通过阅读原著得来的。如《醒世姻缘传》第八回，青梅言："这个真如孙行者压在太行山底下一般，那里再得观音菩萨走来替我揭了封皮，放我出去？"[2]我们知道，原著中悟空是被压在五行山下，也不是观音菩萨来揭法帖。再如《负曝闲谈》第二十九回，尹仁等人吃"相公饭"，端上来一盆活虾，虾子还在盆里乱蹦乱跳，大家夹起虾子，蘸了麻油、酱油，就往嘴里送。尹仁打趣说："你们别粗鲁！仔细吃到肚子

---

[1] 本篇《西游记》文本皆出自［明］吴承恩：《西游记》，北京：中华书局，2014年。
[2] ［清］西周生辑著，夏海晏注：《醒世姻缘传：注释本》，武汉：崇文书局，2017年。

里去,它在里面翻筋斗,竖蜻蜓,像《西游记》上孙行者钻到大鹏金翅鸟肚子里去一样,那可不是玩儿的!"[1]这是个"酒桌笑话",尹仁善于"抓哏",现场效果也很好。但原著"狮驼岭"一段,悟空是钻进狮子精的肚子里,而非大鹏精的肚子里。在场者没有指出这个"常识性错误",或许悟空钻进大鹏精肚里,才是他们掌握的"常识"。

这些与原著矛盾的"常识",可能是通过当时传播更广、市场占有率更高的戏曲、说唱等艺术样式获得的。比如悟空钻大鹏精肚子,可能就是从地方戏《收大鹏》一类场上搬演"看"来的。与当代国人通过电视剧"看"来"猪八戒背媳妇"的桥段,是一个道理。

明清至今的原著阅读

明清时期的大众较少接触原著,是有客观原因的:首先是识字率的问题。要阅读小说,即便是通俗小说,也要达到一定的识字量。而据马宗学统计,直到光绪三十年(1904),中国社会的识字率大概也就百分之一,这还是基础教育相对普及的晚清,推至清中叶以前,百分比还要下降不少。当时能阅读小说的只有极小一部分人——起码,绝大部分的乡民被淘汰掉了。在此基础上,还要考虑经济问题,即购买、租赁大部头小说的成本,这又会淘汰一部分市民。这两道"铁门槛",不是专属于

---

1 [清]蘧园:《负曝闲谈》,上海:中华书局上海编辑所,1959年。

《西游记》的，而是当时大部头小说的读者都必须面对的。[1] 具体到《西游记》一书，日本学者矶部彰撰有《关于明末〈西游记〉的主体接受层的研究——明代古典白话叙述的读者层问题》一文，作者基于对相关笔记的考察，指出当时《西游记》的读者主体"以官僚读书人、富商等为中心"。[2] 即便考虑到持续的文化下移，我们可以将一部分接受过基础教育的市民算进读者队伍，那也不会超过上文说的百分之一。

同时，还要考虑主观因素：尽管清代的道教徒们鼓吹《西游记》中的"金丹妙诀"，但在大众心目中，这部小说就是一部"游戏之书"。如杨春和《西游原旨序》言："其事怪诞而不经，其言游戏而无纪，读者孰不视为传奇小说乎？"[3] 又如云野主人《增评证道奇书序》中，设置了一个"长老"形象，人家问长老《西游记》有何奥义，他回答："此游戏耳，孺子不足深究也。"[4] 与上文提到的含晶子一样，这些"证道"系统的声音，说到底是要表达一个中心思想：大众把《西游记》想简单了！书中有"金丹大道"，讨论的是"性命圭旨"层面的东西！可饶是你说破喉咙，大众是不太买账的。《西游记》之所以受欢迎，主要在于其热闹好看，在于其奇幻性与谐谑性。而只要是热闹好看的，只要具有足够奇幻性与戏谑性的内容，即便与原著有些出入，大众也是容易接受的。

---

1 潘建国：《明清时期通俗小说的读者与传播方式》，《复旦学报（社会科学版）》2001年第1期。
2 ［日］大木康，吴悦摘译：《关于明末白话小说的作者和读者》，《明清小说研究》1988年第2期。
3 蔡铁鹰：《西游记资料汇编》，北京：中华书局，2010年。
4 蔡铁鹰：《西游记资料汇编》，北京：中华书局，2010年。

不过，今天的教育普及度已相当高，连高等教育的覆盖面也颇为可观，通俗文学作品的消费成本又大大降低，再拿旧时的两道"铁门槛"说事，已经说不通了。而仅仅将《西游记》视作"游戏之书"，也确实将该书的形象简单化、刻板化了。毕竟，还从来没有哪一部作品是单凭"热闹好看"，就可以被奉入文学史的"神龛"，成为经典序列之一员的——它必然在思想性方面，有可供后人深入发掘的地方；在艺术性方面，又有无穷的阐释空间。而无论是思想性，还是艺术性，都是对文本深度聚焦后才能发现的"风景"，如果不阅读原著，就会错失这些"风景"。其他媒介所提供的故事固然也是热闹好看的、富于想象的、诙谐幽默的，毕竟还只是"下八洞"仙境，流连于此，以致"踟蹰而雁行"，大概是没见识过"上八洞"仙境的缘故。

一

故事演变：历史成分的沉积

"世代累积"的《西游记》

明清"六大部"中，前三部都是典型的"世代累积"作品。

所谓"世代累积"，指在集大成文本写定之前，故事已经历漫长的演化、传播过程，在不同时代、地域、媒介等因素的作用下，在不同讲述者、传播者的口中或笔下，形成了阶段性的形态，又不断聚合累积，在集大成文本问世以前，故事群落已经相对定型了。许多反映在文本中的结构与内容，不是写定者的个人创造，而是集体智慧的产物。《三国演义》与《水浒传》的成书，都经历了这样一个过程，《西游记》也不例外。

在世代累积的过程中，不断有时代性、地域性、集团化、风格化的成分羼入故事，其中富于艺术创造力，或具有较强文化干预力，又能为大众普遍接受与理解的成分，会沉淀下来，成为故事系统中相对稳定的有机组织。这既包括结构层面的组织，也包括内容层面的组织。也就是说，百回本《西游记》写定者所面对的，不是零星断片的故事，而是一个相对稳定的故事组织。这个故事组织已有一定的结构形态，也形成了一定的文化品格。在这种既定的形态与品格的基础之上，写定者进一步发挥文学想象，实现具有更高审美品位的艺术创造，并将时代背景与个体精神滴定于其中。

《西游记》的沉积过程

《西游记》沉积的过程大致可以分为两个阶段，以明嘉靖朝为界。按胡适所说：嘉靖以前，"取经故事还在自由变化的状态"，"到嘉靖以后，取经故事有了统一的结构"。[1]这一界分，是被学界普遍接受的。

当故事还处在"自由变化的状态"时，它们是很活跃的，形态还不稳定（一个故事可能裂变成多个，又可能与其他故事聚合成一个），顺序也比较灵活。

---

1 胡适：《胡适古典文学研究论集》，上海：上海古籍出版社，2013年。

将元明时期的小说、戏曲与图像中的取经故事比较一下会发现：不同文本中，西天路上各处魔障的顺序是有较大差异的。如朝鲜汉语教材《朴通事谚解》引述《西游记平话》说："今按法师往西天时，初到师陀国界，遇猛虎毒蛇之害。"[1]之后是黑熊精、黄风怪，这与队戏《迎神赛社礼节传簿四十曲宫调》（这是20世纪80年代于山西发现的一部明抄本赛社"节目单"）中《唐僧西天取经》的顺序是一致的。[2]不过，平话接下来是地涌夫人、蜘蛛精等，队戏则是先到宝象国，再遇蜘蛛精，然后才是遇地涌夫人。至于《销释真空宝卷》（郑振铎认为这是一部元代宝卷，胡适则断定其时代应在晚明，今天学界多认为这是明中期的宝卷）中，取经"小分队"成立后，先来到火焰山，所谓"正遇着，火焰山，黑松林过"[3]。这些都与百回本《西游记》的情节序列有很大差别（百回本中蜘蛛精、地涌夫人都是后半程的"节目"），彼此间又有不同程度的差异。但这些故事业已在组织中沉淀下来，并在民间产生广泛影响，百回本写定者必须尊重这种"既成事实"，他不能把这些故事"摘"出去，反而要充分利用它们，进一步想象，进行艺术提炼与升华。

在文本逐渐的解构与重构中，故事也逐步形成了特殊的文化品格。

一方面是"游戏"意味。如《朴通事谚解》中的一段对话：

"我两个部前买文书去来。""买什么文书去？""买《赵

---

[1] 蔡铁鹰：《西游记资料汇编》，北京：中华书局，2010年。
[2] 蔡铁鹰：《西游记资料汇编》，北京：中华书局，2010年。
[3] 蔡铁鹰：《西游记资料汇编》，北京：中华书局，2010年。

太祖飞龙记》《唐三藏西游记》去。""买时买四书、六经也好。既读孔圣之书,必达周公之理。要怎么那一等平话?""《西游记》热闹,闷时节好看……"[1]

按《朴通事谚解》是一部汉语教科书,而所有的语言"教材"都是以会话为主体的。通过会话,人们不仅可以学习词汇、语法,也可以了解相关国家与地区的文化。会话中的问答正可反映当时市民大众对于《西游记平话》的消费与接受情况。在其看来,《西游记平话》是通俗文学,是典型的"小道",就文化品格而言,与"四书""六经"等官方教科书有云泥之别,而这恰恰是市民喜爱它的原因。书中的故事荒诞不经,却精彩热闹;谈不上什么"微言大义",对"修齐治平"的道德养成与素质训练更没有任何帮助,却是消闲解闷的好材料,又可以在日常交际中成为一种有趣的"知识",作为谈资。

直到今天,这种"闷时节好看"的消费心理仍旧存在。相信不少人有类似经历(甚至说是一种习惯):手握遥控器,漫无目的地搜索电视节目,但凡遇到1986版电视剧《西游记》,总会"逗留"一会儿——我们是要从电视剧里学什么"大道理"或"新知识"吗?无非打发时间而已。

另一方面是宗教"话术"的羼入。百回本《西游记》中充斥丹道术语,而这不是写定者"填"进去的,它同样也是"既成事实"。

今天,学界普遍承认一个事实——《西游记》的成书经历

---

[1] 蔡铁鹰:《西游记资料汇编》,北京:中华书局,2010年。

了一个"全真化"环节；也倾向于认为，百回本之前，可能存在一个"全真本"。以之为前提，陈洪指出写定者做的三个方面的工作：一是删除全真道的说教文字；二是顺应当时的社会宗教形态，改变原书的宗教态度；三是增加滑稽意味，提升文学品位。[1]这在逻辑上是说得通的，也可以找到文献资料来佐证。

不过，《西游记》中的丹道思想未必直接来自全真道经典，可能经过了明代中晚期大行其道的民间宗教的"二道贩"过滤。

全真道的"辉煌期"其实很短。尽管创教于金朝，但直到元初丘处机受成吉思汗召见后，全真道才成为官方承认的教派，而元中叶以后，这支道派就失势了，开始向民间下沉。[2]全真道主张三教合一，鼓吹炼养，这为后起的民间宗教提供了参考，一些教条、概念甚至帮助后者形成"话术"。比如"心猿意马"的譬喻就在民间宗教宝卷中俯拾即是。"世德堂本"卷首陈元之的序言提到一篇"旧序"，言："孙，狲也，以为心之神。马，马也，以为意之驰。"[3]说明这对核心譬喻，很早就被评点者、阐释者捕捉到了。但它是不是从全真道经典中来的？还要打一个问号。

而书中的宗教譬喻，其实还是比较简单的，没有太高深的思想，也没有多少理论化、系统化的东西（这就很符合民间宗教的品格），所谓"有深意存焉"，其实是清代道教徒"强制阐释"的结果。写定者只是尊重了世代累积过程中的"既成事实"，进一步突出《西游记》的文化品格：一方面将丹道内容组织起来，进一步提炼，使之与主题、人物、情节等叙述内容，

---

[1] 陈洪：《〈西游记〉与全真教之缘新证》，《文学遗产》2015年第5期。
[2] 马西沙、韩秉方：《中国民间宗教史》，上海：上海人民出版社，1992年。
[3] 蔡铁鹰：《西游记资料汇编》，北京：中华书局，2010年。

以及回目等副文本结构更密切地结合起来，成为该书区别于此前"讲史"类（历史演义与英雄传奇从广义上说皆可归为"讲史"类）作品的一个显性标识；另一方面则继承并发扬了故事的游戏意味，使之更加滑稽、戏谑，尤其加入对于晚明社会现实的揭露、嘲讽，在"热闹"的内容中熔铸了文人精神。

二
文本写定：时代因子的滴定

百回本《西游记》中的现实与幻象，既是历史性的，也是时代性的。任何一部文学作品的写定者，尽管可以抱着"历史的观念"，但必然首先是从其所处的当下环境出发，来进行思考与表达的。

这里所说的"环境"，是从创作论的角度来谈的。它既包括大环境，也包括小环境。前者指写定者所处的社会时代（经济、政治、文化背景），后者指写定者的具体生活经历与写作情境。两种环境综合作用，赋予作品以具体品格。古典文学批评强调"知人论世"，其核心任务就是讨论这个"环境"。而"世"是要作用于"人"的。也就是说，作品的品格是"环境"对于真实作者的影响（知识结构、文化教养、精神气质等），继而进入文本——时代因子的"滴定"是以写定者为"滴管"的。

《西游记》的写定者

百回本《西游记》的写定者是谁呢？

丘著说

作为一个文学常识，清人多认为是丘处机。这其实是一个"大乌龙"，始作俑者是清初的残梦道人——汪象旭。汪氏在炮制《西游证道书》（全名《新镌出像古本西游证道书》，属清代删本系统）时，假托"大略堂古本"，加上一篇托名虞集的序言，称："此国初丘长春所纂《西游记》也。"[1]后来"道书"系统的本子都受此影响，相沿成习，蔓延至大众层面，几成定论。如蒲松龄《聊斋志异·齐天大圣》中，作者借人物之口说："孙悟空乃丘翁之寓言。"[2]可见这种说法很早就被大众接受了，而晚清谴责小说《新党升官发财记》第一回，叙述者说："从前有个编《西游记》的邱真人。"[3]又可见这种说法流传之久远。

这种情形，究其原因，主要在两方面：一是如前所说，《西游记》在其成书过程中，确实经历了一个"全真化"环节，而丘处机是全真道的代表人物（也是大众最熟悉的全真道人物），评点者要"拉大旗作虎皮"，要强化小说的"道书"形象，抬高其"身价"，长春真人确实是"上上之选"。二是历史上确实有一部《西游记》与丘处机有关，即其弟子李志常的《长春真人

---

[1] 蔡铁鹰：《西游记资料汇编》，北京：中华书局，2010年。
[2] ［清］蒲松龄撰，张友鹤辑校：《聊斋志异会校会注会评本》，上海：上海古籍出版社，2011年。
[3] ［清］佚名：《官场维新记》，上海：古典文学出版社，1956年。

西游记》。这部书记述了丘处机率弟子西行觐见成吉思汗的事迹，涉及沿途的山川地理、土物风情，属于游记，肯定不是今天看到的百回本小说。不过，此书原本收在《道藏》中，见到的人很少。

其实，清代已有人对此提出质疑。钱大昕为《长春真人西游记》写跋语时就说："村俗小说有《唐三藏西游演义》，乃明人所作。"[1]纪昀指出书中锦衣卫、司礼监、东城兵马司等皆同明制，进而断定其"为明人依托"。[2]但他们仅仅否定了"丘著说"，同时指出小说的成书时代，并未给出新的著作权选项。

吴著说

乾隆年间，吴玉搢编撰《山阳志遗》，在天启《淮安府志·淮贤文目》中发现：吴承恩名下著录了一部《西游记》。由此，吴承恩这位"千里之外，芥豆之微"的地方小文人进入学界视野。后来的阮葵生、焦循、丁晏、陆以湉等人都支持"吴著说"，但这在当时还只是学术圈的"新发现"，在大众层面的影响极小。直到鲁迅、胡适等人详加考证，才坐实吴氏著作权，又经教育、出版、传媒等文化机构助势，"吴著说"才成为现代以来的一个文学常识。

不过，"吴著说"也是有漏洞的——署名吴承恩的《西游记》，我们今天还没有看到。而黄虞稷《千顷堂书目》是将吴氏《西游记》著录在史部地理类的（当时以"西游"为名的游

---

1 蔡铁鹰：《西游记资料汇编》，北京：中华书局，2010年。
2 蔡铁鹰：《西游记资料汇编》，北京：中华书局，2010年。

记,其实是不乏其见的;毕竟,但凡"向西的旅行"皆可称作"西游"。可以看到,无论"丘著说",还是"吴著说",逻辑是一致的,即在没有看到原书的情况下,发现一部名为《西游记》的文本,找到与该书相关的人物,建立起关系——而这就等同于解决了百回本《西游记》的著作权问题。只不过,《长春真人西游记》我们今天可以看到,知其非丘处机所著,也不是一部小说,"丘著说"便可证伪;至于吴承恩所著《西游记》,是不是一部小说?即便是小说,是否即百回本《西游记》?还不能证伪——但不能证伪,不意味着它就一定是真相。

然而,话又说回来,吴承恩确实是目前看来最贴合百回本《西游记》写定者形象的一个人选。前文已述,"西游故事"在明嘉靖以后"有了统一的结构",形成了百回本小说所依据的基本规模,而吴承恩的生命周期正与该区间相合。

封建末世的小文人

一般认为,吴承恩一生经历了弘治、嘉靖、隆庆、万历四朝。

这正是明王朝加速衰落的时代,国事日非。清人修《明史·熹宗纪》时已经指出:"世宗而后,纲纪日以陵夷。"到了穆宗朝,"柄臣相轧,门户渐开"(《明史·穆宗纪》),至于神宗朝晚期,简直到了"废坏极矣"(《明史·熹宗纪》)的地步。正因为"废坏极矣",清人多认为明朝的灭亡是自万历朝开始的,所谓"论者谓明之亡,实亡于神宗"(《明史·神宗纪》)。赵翼在《廿二史札记》中也有同样的表述:"论者谓明之亡,不亡于崇祯，而亡于万历云。"两种史料皆是转述"论者"的话，可知这种看法是比较普遍的。

此时的明王朝，正拖着沉重的身躯，面对内忧外患，步履维艰。一方面是朝堂暗昧污浊，嘉靖、隆庆、万历三位皇帝荒政昏聩，权臣钩心斗角，官僚集团风气不正，流行阿谀奉承，如海瑞《告养病疏》所说："今举朝之士皆妇人也。"[1]这话说得不免有些偏激，但也道破了当时朝堂上缺乏刚直之气的事实。更有贪婪酷虐的"虎官狼吏"，在统治者纵容下，他们与地方上的土豪、恶霸、劣绅、奸商相勾结，大肆搜刮、盘剥百姓，如海瑞《治安疏》所说："嘉靖者，言家家皆净而无财用也。"[2]这无疑会进一步加剧社会矛盾。另一方面是边关频频告急，既有北方铁骑的骚扰，又有东南沿海的倭乱。经历这样的内外撕扯，此时的明王朝倒是真应了《红楼梦》第二回那句话："如今外面的架子虽未甚倒，内囊却也尽上来了。"[3]即便后来者有心振作，也无法挽回颓势，万历以后，更是应了《儒林外史》第五十五回那句话，眼见"那一轮红日，沉沉的傍着山头下去了"[4]。

生活于这样的时代，对于平民（尤其底层民众）而言，无疑是不幸的，但对于文学家而言，未尝不是另一种"幸运"。

在创作论方面，韩愈曾明确指出文学生产的一个重要机制——不平则鸣。此语出自《送孟东野序》。今天看来，"不平则鸣"的意涵是丰富的，但结合韩序的评价对象——孟郊的穷

---

[1] ［明］海瑞：《海瑞集》，北京：中华书局，1962年。
[2] ［明］海瑞：《海瑞集》，北京：中华书局，1962年。
[3] ［清］曹雪芹著，［清］无名氏续：《红楼梦》，北京：人民文学出版社，2008年。
[4] ［清］吴敬梓：《儒林外史》，北京：中华书局，2013年。

愁经历及其啼饥号寒的诗作——这里的"不平则鸣",主要还是一种哀痛之鸣。[1] 延展开来说,所谓"不平",其实是现实的压力,而文学家是格外敏感的,平均值的压力作用于这些"含羞草"一般的心灵,往往产生较常人更剧的"体感压力",文学家便经常表现得更"不平"。也就是说,相同的压力,相同的单位面积,文学家感受到的"压强"往往更大——这是一种"文学物理学"。尤其在封建末世,统治者荒淫无道,士大夫集团精神颓废,更有贪官污吏、土豪劣绅等结成的庞大权力网络,对民众进行持续性的掠夺与迫害……凡此种种,会进一步加剧个体感受到的压力。这压力若加诸常人,大抵不过粗鄙露骨的嘲骂、诅咒,而文学家在"情动于中而形于言"方面更具禀赋与创造力,压力加诸其身,容易形成更富于艺术性与感染力的"感激怨怼奇怪之辞"[2]。

当然,情感抒泄出来的形态是不同的,其中不乏嘲谑戏弄之辞,韩愈自己的文章就有不少"戏豫、放浪而无实者"[3],它们说到底也是一种"不平则鸣"。百回本《西游记》的写定者也是这类"不平则鸣"的选手,书中借金光寺僧人之口说:"文也不贤,武也不良,国君也不是有道。"(第六十二回)显然是在影射明代中晚期的朝堂,而书中"上穷碧落下黄泉"的神魔境界中,也随处可见现实社会的影子,只不过它们是经过艺术夸张、变形、重组的,给人以戏谑、放浪之感。

---

1 王运熙、顾易生:《中国文学批评通史·隋唐五代卷》,上海:上海古籍出版社,1996年。
2 [唐]韩愈撰,[宋]魏仲举集注:《五百家注韩昌黎集》,北京:中华书局,2019年。
3 吴文治:《韩愈资料汇编》,北京:中华书局,1983年。

三
叙述：庶民视角与玩世态度

考察百回本《西游记》里的现实与幻象，还要注意两重"滤镜"：一个是庶民视角，一个是玩世态度。前者是关于真实作者的，后者是关于隐含作者的。

真实作者就是写定作品的那个历史上真实存在的人，隐含作者则可以从两个方面去理解：一是真实作者在具体的写作情境中分离出来的另一个"人格"，即布斯在《小说修辞学》中所说的"作者的'第二自我'"，"这个自我通常比真实的人更文雅，更明智，更聪慧，更富有情感"。[1] 二是从接受的角度来看的，即读者"从叙述中归纳出来、推断出来的一个人格"[2]。比较而言，前者不太容易把握——毕竟文学创作是一种"情与境会"奇妙反应，连真实作者自己也描述不清楚，后者则比较容易把握，"他"不是一个行为主体，而是接受者以文本为依据总结出来的一套价值理念。

庶民视角与"下沉世界"

从真实作者的角度说，百回本《西游记》的第一重"滤镜"是庶民视角，这是作者观察、认知现实的位置与形式。王昕在《〈聊斋志异〉文化史研究》中指出：蒲松龄认知与理解社会现

---

[1]［美］布斯著，华明等译：《小说修辞学》，北京：北京大学出版社，1987年。
[2] 赵毅衡：《当说者被说的时候：比较叙述学导论》，北京：中国人民大学出版社，1998年。

实的观察点，本质上是一种庶民视角。[1]从视线方向看，它是"仰视"型的，是自下而上的；从对焦来看，它是近实远虚的，与观察点同一高度的画面总是相对清晰的，越往上，画面则越"糊"。这暴露了观察者理解社会（尤其政治伦理）的缺陷——他很难站在足够高度（哲学的、历史学的、伦理学的、政治学的高度）去"俯瞰"社会系统、去"审视"集体现实，尤其是理解政治这种"集体行动的模式"，而更倾向停留于低点位，放大个体现实，构造出一个主观性、扁平化的"世界"。

这种庶民视角同样适用于对百回本《西游记》的理解，吴承恩对社会现实的认知与理解就是"仰视"型的。

以往，我们习惯说吴承恩出身于没落的书香之家。这种说法，其实还可以再商榷。吴氏祖上是清寒的读书人，曾祖吴铭做过余姚县（今为余姚市）训导，祖父吴贞做过仁和县教谕，都是"不入流"的芝麻官，薪资微薄，没有实权，瓜分社会资源的能力很弱。《金瓶梅》中，西门庆做上山东提刑所理刑副千户，还被潘金莲奚落，说他是个"破纱帽债壳子穷官"。[2]其实，一个理刑副千户，在地方上瓜分社会资源的能力还是很强的，教谕、训导一类小学官，才是实打实的"穷官"，只不过是在"教育口"，看上去还算体面。

至其父亲吴锐这一辈，家道已经十分艰难。吴锐四岁丧父，跟随母亲梁氏回到山阳（今江苏淮安）老家过活。孤儿寡母，生活不易，吴锐少时便没能受到足够正规的教育。成年后，吴锐娶徐氏妇为妻。徐家是小经济人，以贩卖花绢彩线之类的小商品为业。为了糊口，吴锐也继承了岳丈家的营生。徐氏无子，

---

[1] 王昕：《〈聊斋志异〉文化史研究》，北京：商务印书馆，2021年。
[2] [明]兰陵笑笑生：《金瓶梅词话》，台北：里仁书局，2009年。

只生养一女。吴锐便纳张氏妇为妾,吴承恩即张氏所出。所以严格地讲,吴承恩实际上出生于一个小经济人之家。

小经济人的生活固然拮据(尤其吴锐不善经营,生意惨淡),但起码可以支持吴承恩的学业。看起来,吴承恩比他的父亲幸运,有机会戴方巾,穿直裰,接续读书之家的"香火",甚至可能借科举荣身,光耀门楣。然而,正是这种可能性,造成了吴承恩的不幸。

如果吴承恩天资愚钝,于举业无望,如《儒林外史》中所说的,"侥幸进了一个学",从此甘心做个穷秀才,倒也算不上不幸。可他少负才名,被师友们寄予厚望。吴国荣《射阳先生存稿跋》称其"髫龄,即以文鸣于淮,投刺造庐,乞言问字者恒相属"。[1]这里可能有夸张成分,但吴氏少年时代头角峥嵘的形象,是可以得到足够材料支持的。而"造化小儿"似乎总喜欢拿这类人物开玩笑——少负才名的吴承恩偏偏久踬科场,屡试不第,直到四十四岁才挨次入贡,六十一岁才捞着一个佐官职务——湖州长兴县丞,仅一年时间,就因"不谐于长官"而离职,后来似乎还做过"荆府纪善"[2],也是芝麻绿豆大的官品,晚年则一直穷居于淮安老家。如果百回本《西游记》是由其写定的,应成书于这段时间。

可以看到,吴承恩是出自"下沉世界"的,虽然跻身衣冠,但一生偃蹇,未能真正实现跃层。这决定了其观察与理解社会现实的角度与形式:他很难理解明代中晚期的衰落是历史的必然,也很难认识到造成社会矛盾的结构性原因,而更直接地体

---

[1] 蔡铁鹰:《西游记资料汇编》,北京:中华书局,2010年。
[2] 蔡铁鹰:《西游记资料汇编》,北京:中华书局,2010年。

验到一种"自上而下"的垂直压力，并在"压强"与上层统治者的具体作为之间，构建起刻板的、稳定的意联关系——上层越是积极作为，下层感受到的压强越小；反之，压强越大。这正是庶民视角的常规逻辑。

玩世不恭与释放压力

文学家所感受到的压力，当然可以转化为讽刺力、批判力，但不同的隐含作者有各自的"画风"。《西游记》的隐含作者，采取了一种玩世不恭的态度。如鲁迅所说："然作者虽儒生，此书则实出于游戏。"[1] 胡适则说得更明确："《西游记》至多不过是一部很有趣味的滑稽小说，神话小说；他并没有什么微妙的意思，他至多不过有一点爱骂人的玩世主义。这点玩世主义也是很明白的；他并不隐藏，我们也不用深求。"[2] 坚信《西游记》一书"有深意存焉"的批评者，对这段话是十分抵触的——它从根本上解构了"强制阐释"的可能；文学史家对这段话的态度也是偏于保守的——如果其"至多不过是一部很有趣味的滑稽小说"，又怎样实现经典化？

其实，我们可以将这段话理解为对隐含作者的发现与总结。起码，读者通过文本所感知到的是一个性诙谐、爱嘲谑的"作者"。他的态度并不严肃，在其笔下，没有什么是不可以拿来揶揄、讽刺的。灵山上的佛祖，凌霄殿里的玉皇，至于各路神祇，更不用说西天路上的妖魔精怪，以及人间国度的君臣百姓，任

---

[1] 鲁迅：《中国小说史略》，北京：商务印书馆，2017年。
[2] 胡适著，李小龙编：《中国旧小说考证》，北京：商务印书馆，2014年。

谁都躲不过作者的"五彩水笔"。

即便第一主人公——孙悟空——也并非"高大全"形象,作者生动呈现了他的英雄气质与战斗精神,却也不回避其性格缺陷(比如飞扬急躁,好勇斗狠,虚荣心强),甚至刻画其"糗态"。

这与庶民视角是相贴合的。作为垂直压力的承受者,除非获得"以武犯禁"的暴力资本,庶民更习惯通过其构造的主观性、扁平化的"世界"释放压力(通俗文艺是最好的释放路径,所以其中的"虚构世界",绝大多数是主观性、扁平化的),不止于想象出一种代表自己的"力量",去挑战、对抗代表压力来源的"力量",而是可以本着真正的"游戏"精神,消解各种"力量"的权威。

大可不必将其上升至"狂欢"(carnival)的高度,这主要还是一种带有原始色彩(或者说维持童稚本真)的游戏意识——当我们将"霹雳人"安在小汽车模型上,把它们一股脑推向代表着"黑暗力量"的积木城堡,城堡"忽喇喇似大厦倾"的刹那,小汽车可能会翻,"霹雳人"英雄也会摔得很惨,但这不代表崇高的牺牲,只能给我们带来简单的快乐。毕竟,游戏本身就是对压力的释放。

四
虚构:本事与故事

百回本《西游记》中的现实与幻象,是在从本事到故事演化的过程中得以实现的。这个本事,一般指唐初高僧玄奘西行求法的经历。小说中也明确交代，取经项目的"负责人"是玄奘。这是无可争议的。

不过，从彼玄奘到此"玄奘"，中间经历了漫长的嬗变过程，历史真实中那位"松风水月，未足比其清华，仙露明珠，讵能方其朗润"[1]的高僧大德，如何蜕变成小说里那个总让人气得跳脚的"脓包形"？是一个比较复杂的问题。

西行本事的"卖点"

历史本事要蜕变成文学（尤其通俗文学）故事，有一个前提：主人公本身得足够"有料"。"街谈巷语，道听途说"的小说家言是想象，是虚构，但想象总要有所附丽，虚构也要利用现实的素材。而玄奘西行求法的本事，是既有料，又没料的。

说有料，在于这一事件本身。一位被誉为"释门千里之驹"的青年高僧，偷渡出境，消失于大众视野，十七年后突然回到京城，同时带回大量佛经造像，又受到皇帝高规格礼遇；他是如何克服西天路上的"铁门巇崄""热海波涛"的？在西域诸国有什么奇妙经历？这都不免引起士庶遐想。

玄奘奉唐太宗敕命撰写的《大唐西域记》（玄奘口述，辩机整理）算是对这些遐想的第一次回应。此书问世后蜚声士林，但它是一部"地理书"，以空间为序，记述西域诸国的山川地理、关防交通、土物风俗，虽然为知识阶层"征异话奇"的活动提供了丰富材料，甚至启发了唐传奇创作（如牛僧孺的《杜

---

[1] 高永旺译注：《大慈恩寺三藏法师传》，北京：中华书局，2018年。

子春》明显受到《西域记》中"烈士池"传说的影响），但本身不是以玄奘为主人公的一个连贯故事。

玄奘弟子慧立、彦悰编撰的《大慈恩寺三藏法师传》倒是一篇以时间为线索的叙事文本，里面也羼入了不少佛教徒的幻想，但它在士庶层面影响不大。更重要的是，作者的幻想主要用来构造事件的神奇，而非人物的神奇——玄奘没有被塑造成一个具有降魔除怪能力的异僧，更非神僧。

"神僧"唐三藏形象产生

晚唐时期的《独异志》，记载了玄奘的一些神奇事迹，如入维摩诘方丈室、摩顶松、受《心经》等内容，玄奘依旧没有降魔法力，显得很"无趣"。

这成为妨害故事通俗化、神魔化的关键问题。神魔故事的主体或焦点是斗法较量，要求主人公具备相应的能力，否则无法落实 A 降服 B 的叙述语法。

解决这个问题，有三个路径：

一是突出"法宝"功能。主人公不具备能力，可以获得某种"法宝"。早期故事中的《心经》就承担了该功能。《大慈恩寺三藏法师传》记述玄奘过莫贺延碛（即"流沙河"原型）时，"逢诸恶鬼，奇状异类，绕人前后"，就靠诵《心经》而脱难。[1]后来故事以之为"抓手"，进一步想象。如《独异志》中，《心经》就成为百试百灵的"超级咒语"，可以使"山川平易，道路

---

[1] 高永旺译注：《大慈恩寺三藏法师传》，北京：中华书局，2018 年。

开辟，虎豹藏形，魔鬼潜迹"。[1]不过，单纯突出"法宝"功能，会使故事变得机械、呆板——无论遇到什么困难，都是凭一个咒语解决问题，谁要看这样的故事呢？

二是吸纳其他人物事迹。玄奘是圣僧，而非神僧，但当时堪称大众明星的神僧，不乏其人；玄奘号称"三藏"，但唐代的"三藏"法师不止玄奘一人，如密宗大师不空、善无畏等皆称"三藏"。而密宗讲究伏魔斗法，所谓"唐三藏"，其实糅进了这些形象。又不止于这些"明星"人物，历史上通过陆路、海路往来交流的"留学僧"，大有人在。其事迹进入传说系统，经过附会、想象，形成诸多神僧降妖伏魔的故事，再向"明星"人物聚合，形成"箭垛式的人物"，取经故事里的"唐三藏"，就是这样一个集体取材、集体加工的结果。

三是组成联合主人公。作为历史形象的玄奘是无趣味的、无神力的，可以与有趣味、有神力的文学形象结合，形成联合主人公。这样一来，故事就有了更多变化的可能。从某种意义上说，与"唐三藏"联合的人物，首先覆盖、置换了原来的"法宝"功能——逢山开路、遇水架桥可由其来完成。但他也是人物，可以补充叙述动力：原来，故事以"唐三藏"的愿望——达成取经使命——为叙述动力，现在则加入了另一人物的愿望——帮助达成取经使命——作为辅助动力。后者由可以出现愿望的转化：由帮助达成前者的使命，转向实现自我价值，或完成自我救赎，等等。联合主人公的重心，也就可以向后者偏移。

当然，这三个路径是可以结合起来发挥作用的。在晚唐五

---

[1]〔宋〕李昉等编：《太平广记》，北京：中华书局，1961年。

代俗讲底本《大唐三藏取经诗话》中，我们已可以看到综合作用的结果。首先，虽然依托求法取经的本事，但故事里的"唐三藏"应当不是玄奘，更可能是不空。[1] 其次，关键人物——猴行者——出现，他的愿望是帮助"唐三藏"达成使命，所谓"我今来助和尚取经"[2]，是孙悟空的主要原型。最后，法宝依旧占据重要位置——猴行者的法力有限，途中遇诸魔怪险障，主要靠大梵天王赐予的金镮锡杖。原来的《心经》则蜕变为取经目的——所谓取经，主要是取《心经》。

玄奘西行故事的定型

到了元明时期，故事进一步演化："唐三藏"逐渐明确为玄奘，不再有任何神力；猴行者蜕变为以"通天大圣"或"齐天大圣"为名号的猴王；猴王的神力得到进一步强化，金镮锡杖则变为棍棒（如《二郎神锁齐天大圣》与《西游记平话》中的"铁棒"、《西游记》杂剧中的"生金棍"，《新编目连救母劝善戏文》中的"乌龙钢椽"，这些都更接近百回本小说里的"金箍棒"），更蜕化为猴王形象系统中的一个符号（其暴力资本）。《心经》的地位则进一步下移，甚至被解构了神圣性，如《西游记》杂剧第二十二出"参佛取经"，孙行者核对经文，在《金刚经》《心经》《莲花经》《楞伽经》后，突然冒出一个"馒头粉汤经"，授经仪式的严肃性、神圣性也就顿然消解了。

---

[1] 杜治伟：《试论〈大唐三藏取经诗话〉本事为不空取经》，《中国古代小说戏剧研究》2019年第14辑。
[2] 李时人、蔡镜浩校注：《大唐三藏取经诗话校注》，北京：中华书局，1997年。

到了百回本小说里，孙悟空成为第一主人公。其形象符号系统中，金箍棒固然是最突出的一个，但人物形象塑造主要还是气质方面的：抗争精神、乐观精神与大无畏精神。为了突出其英雄气质，唐三藏变成可怜的"脓包形"，不仅是移动中的"活靶子"，还有各种缺陷（不止能力的，更有性格的），给主人公达成愿望制造障碍。至于《心经》，则既不是取经之目的，也不承担"法宝"功能——尽管第十九回乌巢禅师授《心经》时，声称"若遇魔障之处，但念此经，自无伤害"，但转到第二十回就被"打脸"。虎先锋设计掳走唐僧时，作者特地写到一个细节："路口上那师父正念《多心经》，被他一把拿住，驾长风摄将去了"。连一个三流的"野怪"尚且无法抵御，念诵《心经》也只是图个心理安慰罢了。

当然，从本事到故事的变化是复杂的、系统性的，涉及诸多人物、名物、事件，这里只是以玄奘形象嬗变为核心，串联相关人物、名物，以便更加集中而清晰地说明问题。

五
形象：神魔多是混血儿

《西游记》里的神魔多是混血儿，这里的"混血儿"，包含两个大的块面：一是指书中人物形象多以"三教混融"为底色，并不是纯粹的佛、道（或其他宗教）形象，二是指书中不少人物的原型来源复杂，涉及中外文化、多民族文化的交流会通。

三教混融

先来看"三教混融"。

从题材类型看,百回本《西游记》属于神魔小说。

何谓神魔小说,按鲁迅的定义:"历来三教之争,都无解决,大抵是互相调和,互相容受,终于名为'同源'而后已……当时的思想,是极模糊的,在小说中所写的邪正,并非儒和佛,或道和佛,或儒道释和白莲教,单不过是含胡的彼此之争,我就总括起来给他们一个名目,叫做神魔小说。"[1]这指明了该类小说的两个特征:一是以"神/魔"对立为意态结构,二是神魔形象杂糅儒、释、道思想,以及民间宗教与原始信仰的成分,并非释典、《道藏》中俨然的神道形象。

最典型的人物是须菩提祖师。

按照佛教的经典,须菩提(又译作须浮帝、苏部底、须扶提等)是释迦牟尼十大弟子之一。既用此名,则他应是佛教人物,但小说称其为"祖师",又带有道教意味;他在灵台方寸山斜月三星洞设道场,"灵台"与"方寸"都指"心",这明显是贴合佛教禅宗"明心见性"的说法,但他又填了一首《满庭芳》,教樵夫吟唱,其中有"静坐讲《黄庭》"一句,这又提到道家的教材;书中描写其形象,说他"大觉金仙没垢姿,西方妙相祖菩提",就是亦道亦佛的;而其教授的内容更杂——不仅有佛教的禅法,还有道教的炼养,更有诸子之学,如其"流"字门中,就是"儒家、释家、道家、阴阳家、墨家、医家,或

---

[1] 鲁迅:《国学杂谈》,北京:北京理工大学出版社,2020年。

看经，或念佛，并朝真降圣之类"，这就是将诸子略与术数略、方技略的内容"杂烩"在一起了。无怪乎孙悟空什么犄角旮旯的知识都懂一点，因为他导师的肚里就是个"杂货铺儿"。

之所以出现这类文学构造，固然与《西游记》成书过程中的"全真化"环节有关，但主要还是一种集体性的"含糊理解"。当时人们对于佛、道以及民间宗教的态度是很功利的：无论哪一家，关键是"好用"；只要能够趋吉避凶，无论佛家的神，还是道家的神，抑或民间杂神，都可以虔诚供奉。落实为传说故事里的形象，就更"含糊"了，成道、显圣、度人、伏魔……不管哪一家，叙述的语法结构其实是一致的；大众的知识结构是有限的，接受与传播故事的兴趣却很强烈，种种含糊杂糅的形象，便充斥于公共传播渠道。

文化的交流会通

再来看中外文化、多民族文化的交流会通。

以往，我们更关注中外文化的交流——毕竟，玄奘西行求法事迹本身就是中外文化交流史上的大事件，但多民族文化的会通也是不可忽视的，且两者是密切关联的。

吴刚曾指出中华多民族文学局部交融的三个层次：一是以中原汉文学为中心的内层交融点；二是以边疆少数民族为中心的中层交融点；三是边疆少数民族文学与跨境民族文学为中心的外层交融点。[1]而"西游故事"的演化、传播就很好地印证了这

---

[1] 吴刚：《中华多民族文学的交融范畴》，《贵州民族大学学报（哲学社会科学版）》2015年第1期。

三个层次。

最典型的是孙悟空形象的生成。

孙悟空的"国籍"问题一度是学界争论的焦点。围绕其原型来源,形成两种主流见解——外来说与本土说。前者主张孙悟空的原型是印度神猴哈奴曼,后者则认为中国神话传说中固有猿猴形象(如无支祁、白猿精等),不必从国外"舶来"神猴。比较而言,前者的影响力与接受度都胜过后者。

客观来说,孙悟空形象中确实有哈奴曼的影子,这是无可回避的。求法故事本来就与印度有密切关系,而自唐五代以迄宋元,《罗摩衍那》通过古代丝绸之路传入中国,也是历史实际。不过,说孙悟空是"舶来品"又是片面的。故事的生产与传播者毕竟是中国人,本土知识是构造故事的基本材料,而孙悟空形象中也确实有本土神话传说人物的影子(不止神猴,还有铜头铁额的蚩尤、与帝争权的刑天等)。比如,元明时期的孙悟空还不是"超我"式的英雄,带有很强的"妖"性,尤其《西游记》杂剧中的孙行者,满口秽语,贪淫谑浪,简直像个市井流氓。这部分基因当然不是来自哈奴曼的,而是来自白猿精等妖猴。

所以,对于孙悟空"国籍"问题,我们今天一般采取折中态度,这不是"和稀泥",而是尊重历史实际。

然而,光解决"国籍"问题是不够的,我们还要进一步讨论外来猴与本土猴是如何结合的,这就要注意边疆地区(尤其多民族地区)的作用。

按印度神猴的故事传入中国,主要通过三条路径:一是北方丝绸之路，二是南方丝绸之路（即川滇缅印通道），三是海上丝绸之路。陆路来的大圣，无论走西北，还是由西南，都要经过当地"猴祖记忆"的过滤。

藏缅语民族的祖源记忆中普遍存在着以猴为始祖或图腾的神话传说与历史遗迹，它"几乎覆盖了藏缅语所包括的各个语支的民族"[1]。王小盾将相关神话传说分为四类：猴祖创造人类，婚配育人，物种进化，灵猴。总体来看，这些神猴带有"英雄"色彩，是"善相"的。从陆路传来的哈奴曼，要进入中原地区，必须经过这重"猴祖记忆"的过滤；外国的"英雄猴"要与中国本土多民族的"英雄猴"相结合，最终形成自觉帮助取经人达成愿望的"猴行者"形象。

海陆传来的哈奴曼略晚（在宋元时期），在福建地区登陆。这里也流行猴王崇拜。与西北、西南的猴祖不同，福建一带的猴王多表现出"恶相"，令民众畏惧。这些猴王能作祟，善祸福人，当地百姓需要虔诚供奉他们。《夷坚志》甲志卷六就记载福州永福县能仁寺有猴王作祟，波及"福泉南剑兴化四郡界"，"祠者益众，祭血未尝一日干也"[2]。

这些猴王被当地人尊称作"通天大圣"或"齐天大圣"。这与瑜伽教有密切关系。瑜伽教源于佛教密宗，北宋时已在福建流行，南宋以后，该教派的法师以云游形式活跃于乡土社会，作为提供禳灾、超度等仪式服务的专家。瑜伽教中有不少"大圣"，如猪头大圣、象山大圣等。猴形的通天大圣、齐天大圣，

---

1 石硕：《藏彝走廊：文明起源与民族源流》，成都：四川人民出版社，2009年。
2 ［宋］洪迈：《夷坚志》，北京：中华书局，2006年。

应该也是瑜伽教信仰与当地原始信仰相结合的产物。

在元明杂剧（如《二郎神锁齐天大圣》）中，经常可以看到这类形象，他们身上带着妖性，有凶顽的气质，当然也有反抗的精神。

海上来的哈奴曼需要与这些"大圣"相结合，形成带有"叛逆"色彩的猴王形象。这是很重要的："善相"的猴王是虔诚的、恭顺的，如果没有"恶相"的猴王作为补充，也就没有"大闹天宫"的精彩单元，后来小说中的孙悟空也就不能具备弥足珍贵的反抗精神。

更重要的是，"善/恶"两面便于更好地塑造人物，尤其是表现人物气质、性格的蜕变。读者们会发现，以"真假美猴王"为分界，孙悟空的气质、性格发生了很大变化，六耳猕猴被佛祖打回原形后，悟空表现得更虔诚、笃定、恭顺。对此，网上一度流传一种"阴谋论"解读，认为被诛灭的是真猴王，留下的是假猴王。其实，六耳猕猴就是悟空，是其"恶"的一面；六耳猕猴之死，代表悟空的妖性被涤净，凶顽、叛逆的劣根被剪除，更近一步说，是实现了"求放心"的宗旨。

这当然是与小说主题相关的，但也是一种高级的人物塑造。我们常说，中国古典小说中的人物大都是"静止"的，即气质、性格不随情节发展而变化。这固然是事实，但许多经典文学形象的气质、性格是变化的，孙悟空就是一例。这倒多亏了他的"混血"来历。

六
时空：环境与秩序

刘勇强曾指出："在任何小说中，情节设置、人物描写，都是在一定的时空环境中展开的。对小说家来说，时空的设置是比其他环境要素更基本、也更重要的问题。"[1]的确，所有的故事都必须在特定的时空环境与秩序中展开，只不过不同的故事里，时间与空间的形象与地位不同：有的故事里，时间形象更清晰，调度叙述的能力更强，有的故事则更突出空间。

百回本《西游记》属于后者。

时间相对模糊

需要明确的是，不是说《西游记》不强调时间。正相反，所有的叙述都必须强调时间，如胡亚敏所说："叙事文属于时间艺术，它须臾离不开时间。取消了时间就意味着取消了叙事文。"[2]

《西游记》中的事件也必然要在时间轴上依次排列开来。从大的结构上说，要先有"大闹天宫"序列，再有"魏徵斩龙—唐王游冥—刘全进瓜"序列，才能引出"西天取经"序列；从小的结构上说，西天路上的各处魔障，大都遵循"冲突发生—冲突维持—冲突解决"的模式，这也是一个时间秩序。

---

[1] 刘勇强：《古代小说的时空设置及关联性叙事》，《北京大学学报（哲学社会科学版）》2014年第3期。
[2] 胡亚敏：《叙事学》，武汉：华中师范大学出版社，2004年。

但书中的时间形象并不突出，也不准确。

基于玄奘求法的本事，"西天取经"发生于唐初贞观年间，但为了配合民间传说，"起点"被后移了。如傅修延所说："故事的动力始发于一个几乎是微不足道的东西——泾河龙王向算命先生挑战的愿望及行动。"[1]该序列有一个明确的时间标识——贞观十三年（639）。这是为给"私改生死簿"的情节提供方便，却导致了故事与本事的"错时"。玄奘是贞观二年离京的，贞观十九年返回。按杨廷福《玄奘年谱》：贞观五年，玄奘已抵达目的地——摩揭陀国那烂陀寺，贞观十三年又完成了在钵伐多国的研习，返回那烂陀寺，再过两年就要启程回国了。[2]小说里的时间明显滞后——等到小说里的"唐三藏"正式启程前往天竺，历史中的玄奘差不多要抵达故乡了。

至于"大闹天宫"序列，则由此倒推五百年即可。或有好事者，将其时间与历史时间相贴合，指出孙悟空出世于东汉末年，说他是乱世英雄，却忽略"勾销生死簿"之前孙悟空还有三百四十二年的寿算，这还没有算上他在天庭"混日子"的光阴，以及石卵风化以前漫长的岁月。

其实，这段时间本质上属于神话时间。就像《红楼梦》里的"木石前盟"部分，它是幻想的、架空的。只不过，《红楼梦》的作者明确强调故事"无朝代年纪可考"，既然"携入红尘"的时间环境都无法坐实，之前的时间环境就更没有必要较真儿，而《西游记》有个本事，好事者便要做简单的算术题，却忘记这是小说，前提就是不可靠的。况且，这种算术题对理

---

[1] 傅修延：《讲故事的奥秘：文学叙述论》，南昌：二十一世纪出版社，2020年。
[2] 杨廷福：《玄奘年谱》，上海：上海古籍出版社，2011年。

解文本也没有多大帮助。

在事件的串联、调度上,《西游记》中时间发挥的作用也不是很大。

我们习惯形容该书的情节结构是"穿糖葫芦"式的。穿糖葫芦,当然得在时间顺序上一个接一个地穿,但时间意义不大(无论做什么事,都得一件接一件地做),它主要是依据空间顺序,而且是比较灵活的——哪颗山楂放在前,哪颗放在后,不是板上钉钉的。

书中只有少数单元故事强调时间次序,比如得先有"火云洞故事",再有"火焰山故事",又如得先有"盘丝洞故事",再有"黄花观故事",否则后者的矛盾都无法落实,其余大多数故事其实是无所谓时间先后的。像黑水河、稀柿衕、隐雾山、凤仙郡等单元,放在哪里都可以。

作者也不大强调时间标记,比如季节、时令、昼夜等,大都根据实际需要出现。比如第五十九回开篇道:"说不尽光阴似箭,日月如梭。历过了夏月炎天,却又值三秋霜景。"点明火焰山单元发生在秋天,由此倒推:真假美猴王在夏天,过女儿国在春天,降青牛精在冬天,降鲤鱼精在秋天。这些单元的季节也是明确交代的。看上去,作者呈现了四时流转的顺序,但该顺序在调度叙事上的作用是有限的。

不能说一点作用没有:通天河在秋季下雪结冰,这是怪异的,而唐僧赶路心切,不加细察,以致陷入圈套;在河水"方涣涣兮"的春季进入女儿国,也正合春情荡漾的情形;而冬季天寒,青牛精点化的锦绣棉衣,引得八戒、沙僧动了贪心,才惊动了魔王……但也就是这点作用,为了配合情节而标识季节,而不是由特定季节衍生特定情节。

空间形象突出

比较之下，空间环境的形象要更突出一些。

当然，《西游记》里的空间也是幻想的，很难与现实贴合。

在整体空间架构上，作者借用了佛教"四大部洲"的概念。四大部洲（又称四部洲、四天下）是古印度教的宇宙观，后来被佛教吸收。它认为世界的中心是须弥山，周围是咸海，海中有四块大陆，分居四方，即南赡部洲、西牛贺洲、北俱芦洲、东胜神洲。书中孙悟空访道求仙，就是以顺时针为序，通过海陆，由东胜神洲到南赡部洲，再到西牛贺洲。

四大部洲不止是一种空间秩序，也被作者赋予了伦理意义。按第八回如来佛祖所说："东胜神洲者，敬天礼地，心爽气平；北俱芦洲者，虽好杀生，只因糊口，性拙情疏，无多作践；我西牛贺洲者，不贪不杀，养气潜灵，虽无上真，人人固寿；但那南赡部洲者，贪淫乐祸，多杀多争，正所谓口舌凶场，是非恶海。"由此才引出取经的大"项目"。

不过，作者的态度是玩世不恭的，这个伦理秩序又被他解构了。书中大部分降妖伏魔故事，都是在西牛贺洲发生的，佛祖口中"不贪不杀"的净土，其实也是"多杀多争"的所在，这是具有讽刺意味的。

在调度叙事方面，空间形象发挥了更大作用：取经行动就是向目的地——灵山——不断趋近。

首先，作者明确标识了起点，即流沙河。按流沙河的原型是莫贺延碛（即今噶顺戈壁），古时又称"八百里流沙"。这里被视作中原与西域的分界（传说老子化胡，就是与伊尹"俱之流沙之西"）。过了"八百流沙界"，就正式进入西域境地了。从历史本事看，玄奘过莫贺延碛后，抵达伊吾（即今哈密），随后应麹文泰邀请，来到高昌国。麹文泰将玄奘认作"御弟"，为他配备了往返二十年所需的人员与物资，又写信给西域诸国，请各国国君照拂玄奘。可以说，玄奘正式开始西行，是以高昌为起点的（不少文献记载玄奘启程时间为"贞观三年"，今天学界一般认为这是指从高昌启程的时间）。而小说中也以"流沙"为起点：流沙河收伏悟净后，取经小队正式成立，师徒首先来到莫家庄，这里已经是西牛贺洲地界了。

其次，作者明确标识了中点，即通天河。第九十九回，八金刚按观音旨意，将唐僧师徒在半路放下，落地就在通天河。为了配合空间中点，时间上也进行了标识。第四十八回，唐僧慨叹抵达通天河时，已过了七八个年头。而书中设计的取经往返时间是十四年。

可以看到，两道"大水狂澜"，成为西天取经途中的两个带状分界，将故事空间分为两大块，从而推动取经行动。

而在抵达目的地时，其实还有一条河。虽不及流沙河、通天河一望无边，也足有"八九里宽阔"，就是凌云渡。唐僧师徒乘坐接引佛祖——宝幢光王佛——撑来的无底船，过了凌云渡，从此脱胎换骨，修成正果，标志着愿望达成。

可以看到，《西游记》中的空间是区块性的、进程性的，推动叙述的作用比时间更强。当然，这也是一个神话空间、架空空间，与历史真实中玄奘求法的路线有很大差别。今天不少人尝试绘制《西游记》地图，希望能将历史空间与文学空间（即现实空间与幻想空间）严丝合缝地"对"起来，这其实是"不可能完成的任务"。

七
物色：匮乏与丰富

叙事文学既是"人"的行动，也是"物"的景观。"物"在叙事文本中发挥着重要作用，空间呈现（尤其环境描写）需要对"物"的聚焦，人物塑造也需要关键的"物"来配合，特定的"物"更可以起到调度情节的作用。

物系统

"物"与空间环境

我们是如何感知、把握、理解空间的？主要靠"发现"边界与参照物，这都依赖对"物"的聚焦。聚焦物被组织成一定的秩序，呈现聚焦者的视点轨迹，一个空间环境就可以被"看"到。比如《红楼梦》第六回刘姥姥初见王熙凤，以刘姥姥为观察点，从门钩、门帘到南窗下的炕，再到炕上的毡垫、靠背、引枕、坐褥，以至炕边的雕漆痰盒，最后落在环境中心的人——王熙凤，看到其服饰与装束，继而聚焦到关键物象——手炉。视点轨迹很清晰，凤姐小院的西屋就第一次在读者面前被"发现"了。

百回本《西游记》里也有这样清晰的视点轨迹，如第二十三回，悟空先进入黎山老母等人点化的庄院，看到向南三间大厅的环境布置，从屏门横批，到两边金漆柱上的对联，再到正厅里的香几，几上的古铜兽炉，两边的交椅，以至东西山墙上的四条屏。"四圣试禅心"第一场戏的"舞台"就被我们"发现"了。

乍一看，这段描写比较简单，但它起到了塑造人物的作用，尤其与后文八戒对黎山老母幻化的"半老不老"妇人的观察对比，可以看出：八戒着眼财富与美色，而悟空只是单纯地观察陌生环境，不为财色所动，正贴合其表白——"我从小儿不晓得干那般事"。这就是聚焦者与聚焦物的对应关系。

"物"与人物塑造

对"物"的聚焦可以帮助塑造人物，但更多情况下，我们是通过稳定的、关键的"物"去理解人物。

小说中的"人"，其实是一个符号系统，尤其对其进行静态"曝光"时，就是呈现一个相对稳定的物象集合。在这个集合中，关键物象会得到强调，并反复曝光，帮助将人物形象"拓印"在我们的脑海中。

比如孙悟空的形象，我们一方面会记住其古怪的生理特征：身不满四尺，皮包骨头，毛脸儿雷公嘴，但也要配合关键物象——金箍儿、如意棒、虎皮裙——这才是我们心目中稳定的孙悟空形象。

当这些关键的"物"被摘去，人物的稳定形象就会解体，令读者发现另一种可能。如第四十九回，作者描写了观音的另一种法相——鱼篮观音，特别说道"未曾戴璎珞""不挂素蓝袍"，也就是护法诸天所说的"未曾妆束"，这与大众习见的华妙庄严的观音法相不同，又服务于人物塑造与情节构造——毕竟，鲤鱼精是从观音的莲花池逃出的，悟空又放出"寻着他的祖居，拿了他的家属，捉了他的四邻"的狠话。观音自知理亏，也担心悟空放刁，清晨不及妆束，就入紫竹林编花篮，襄助悟空，也算是摆出必要的姿态。而这种"变相"之所以能够形成很好的艺术效果，正在于由特定物象组成的常规形象的稳定性。

当然，这种稳定性是有不同层次的。比如第五十一回，悟空的如意棒被兕大王用金刚琢套去，关键的"物"被摘掉，悟空上天庭搬救兵时，其表现就与平时大相径庭。葛仙翁打趣道："猴子是何前倨后恭？"悟空也老实，坦白道："老孙于今是没棒弄了。"可见，悟空"横行"天地，很倚赖金箍棒这一暴力资本。但这段故事里的悟空依旧表现出百折不回的战斗气质，以及乐观主义的斗争精神，使我们进一步发现：该形象的稳定性在于"英雄"品格，而非其凭借的暴力资本。

"物"与情节组织

在一些故事里，情节是围绕特定"物"的状态变化（比如隐显、存佚、转移等）展开的，它们经常明确出现在篇目、回目中，如《蒋兴哥重会珍珠衫》《杜十娘怒沉百宝箱》，又如"俏平儿情掩虾须镯，勇晴雯病补雀金裘"等，我们习惯上称其为"主题物"。

百回本《西游记》中也有这类主题物。如第十六回"观音院僧谋宝贝，黑风山怪窃袈裟"，引发、串联两个情节序列的主题物就是锦襕袈裟。围绕着袈裟的隐与显、失与得，作者进一步暴露悟空性格的一个侧面——逞强好胜，也揭示出人性中普遍存在的贪念，更令读者看到降魔伏怪的曲折性，进而发现其相对稳定的语法——冲突发生、冲突维持、冲突解决——而解决者多是第三方力量。没有袈裟，这些复杂的叙述结构便很难落实。

这些不同形态、成色、功能的物象，构成了《西游记》的"物系统"。

现实"物系统"的匮乏

与《金瓶梅》《红楼梦》等作品相比，《西游记》之"物系统"的密度不高，对现实还原度也很有限。更重要的是，它暴露出作者物质经验的匮乏。

按"物系统"的密度与还原度，取决于写定者的物质经验。《金瓶梅》的写定者尚不可确知，或以为"嘉靖间大名士"，或以为某千户家的"绍兴老儒"，又或"金吾戚里"之门客，但无论是何人，必然对"土豪"的物质生活有直接或间接经验，否则很难还原出以西门大宅为中心的家庭生活的物质环境——服饰、饮食、器用。至于《红楼梦》中的"物系统"，不仅庞大密集，而且刻画得逼真细致，连一个鼻烟盒盖上的珐琅画像也会被"捕捉"到，实在因为曹雪芹本人就有过"钟鸣鼎食之家"的物质经验。

相比之下，《西游记》的作者真是"小门小户"出身（这倒贴合吴承恩的出身），物质经验匮乏得可以。如第六十九回，朱紫国王设宴款待唐僧师徒，摆下"吃一看十"的席面。作者先引古语，所谓"珍羞百味，美禄千钟。琼膏酥酪，锦缕肥红"，这是文学修辞的套路，最终要看落实的聚焦物，而作者呈现出的是：

> 斗糖龙缠列狮仙，饼锭拖炉摆凤侣。荤有猪羊鸡鹅鱼鸭般般肉，素有蔬肴笋芽木耳并蘑菰。几样香汤饼，数次透糖酥。滑软黄粱饭，清新菰米糊。色色粉汤香又辣，般般添换美还甜。

这就是作者经验中的"大席面"了，菜肴精致与丰富的"天花板"，放在市井人家，也确实有些"不当家花花的"，但这是"国宴"，看上去就很可笑。

总体来看，《西游记》中关乎家庭日常生活的"物系统"基本停留在小门户的水平线，作者对"中人"以上家庭的物质经验，是很匮乏的，多停留于小农经济的想象。套用《红楼梦》中贾母的话，"如今眼下真的，拿我们这中等人家说起，也没有这样的事"，所谓"大排筵宴"，也不过追求"色色粉汤香又辣"，这可真是"诌掉了下巴的话"。

奇幻"物系统"之丰富

现实的"物系统"暴露出作者物质经验之匮乏，奇幻的"物系统"则体现出其艺术想象力之丰富，以及文学构造力之强。

尤其书中的兵器、法宝，可谓层出不穷，琳琅满目。

就兵器而言，书中所呈现者，多以现实的冷兵器为原型，刀枪剑戟，斧钺钩叉，皆涵盖其中。同时与神魔形象相结合，以突出奇幻性；而这种奇幻性，又经常与形象的"物"性相贴合。如鲤鱼精所用铜锤是用菡萏炼就的，蝎子精所用三股叉是其螯钳，玉兔精所用短棍儿是其捣药的玉杵，黄眉怪所用狼牙棒是其做司磬童子时的磬槌儿。这些兵器成为相关形象之符号系统中最稳定的"物"，它们暗示人物的来历，揭示想象世界里的"转化"规律，既奇幻又合理，同时又富有谐趣。

就法宝而言，百回本《西游记》更是为后世同类、近类作品的想象提供了积极示范，是民间知识与文人意趣有机结合的典范。

书中许多人物的法宝，如观音的净瓶，李天王的宝塔，哪吒的混天绫、乾坤圈等，大都来自民间知识，是对应形象在公共传播渠道里最稳定的符号，甚至说是其刻板形象的一部分。同时又经过文人意趣的过滤，进行了艺术上的提炼与升华，与形象、情节，以及小说所构建的整个奇幻"物系统"紧密联系。

一方面，万物皆可炼成法宝，释徒、羽流所用法器自然可作为法宝，日常物件也可以炼制成宝，如太上老君的袍带、镇元大仙的袍袖、紫阳真人的褰衣、毗蓝婆的绣花针等。另一方面，法宝可以互相克制，又有很强的针对性。如佛祖赐给灵吉菩萨的飞龙杖与定风丹就是"专款专用"，一个用来制伏黄风怪，一个用来抵御铁扇公主的芭蕉扇。再如兕大王从太上老君处盗来的金刚琢，堪称书中最厉害的法宝，各路神祇的兵器、法宝皆被其套去，连佛祖的金丹砂，在其面前也黯然失色。但面对老君的芭蕉扇，金刚琢就失效了。而这芭蕉扇，其实没有多大威力，不过是老君用来扇炉火的扇子，真可谓"一物降一物"了。

更重要的是，书中的兵器、法宝是"物系统"的一部分，与环境、人物和情节有密切关联。《封神演义》中的法宝其实也不少，但相关文学构造很简单，大抵是交战过程中"祭"出某件法宝，对家法宝便应声而落，类似"比大小"的游戏，"奇"而不"幻"，"异"而无"趣"，就很难给人留下深刻印象。

八
伦理：规则与挑战

从文学伦理学的角度看，几乎所有的文学文本都是对人类社会中道德经验的记述。文学的根本目的是教诲，审美只是其教诲功能实现的方法与途径。而文学的教诲就是为人类提供从伦理角度认识社会与生活的范例，为人类的自我完善提供道德经验。[1]

文本的伦理阐释

对文学文本的阐释，最终总是要导向伦理批评的，因为阐释者必须发现或赋予文本意义。叙事文本的经典化也是通过伦

---

[1] 聂珍钊：《文学伦理学批评导论》，北京：北京大学出版社，2014年。

理批评实现的,"发现人"固然要分析文本的形式与技巧,但归根到底是要发现或赋予其意义。这个意义总是关乎伦理的(对人与人 / 人与社会 / 人与自然的秩序与规则的理解或反思),只有被发现或赋予了意义的文本,才能进入文学史中的"经典"序列。

百回本《西游记》就是由此成为经典的。它固然有深厚的"群众基础",大众喜爱其"游戏"品格,热衷于转述书中的故事(当然,不一定来自原著),但在传统的文学批评框架里,"经典"的生成过程不是"自下而上"的,而是"自上而下"的。需要"发现人"对作品进行导读,再由教育、出版、传媒等文化机构将其"意见"推向大众,使后者重新认识作品的品格。

胡适曾以批评的口吻说:"《西游记》被这三四百年来的无数道士、和尚、秀才弄坏了。道士说,这部书是一部金丹妙诀。和尚说,这部书是禅门心法。秀才说,这部书是一部正心诚意的理学书。这些解说都是《西游记》的大仇敌。"[1]然而,恰恰是这些偏离文学轨道的"大仇敌"抬高了《西游记》的身价,为后人将此书奉入文学史"神龛"提供了前提。他们是最早的"发现人",尽管信仰、立场、知识不同,其解释路径却是一致的——伦理批评。

今天看来,这些批评带有"强制阐释"色彩,尤其偏离文学轨道,是在用小说"图解"自家的一套理论。尽管从特定时代、语境、立场来看,颇有能够"自圆其说"者,但说到底不是文学"行里的事"。

---

1 胡适著,李小龙编:《中国旧小说考证》,北京:商务印书馆,2014年。

反规则，反秩序

现在回归文学，回归叙述，《西游记》当然也是具有伦理意义的，但它不是在宣扬某一家（儒、释、道）的道德经验，而是在自觉或不自觉地讨论更为本质或更具普遍意义的问题：对规则的挑战。

伦理本质上是一种关系秩序，是一个被理解和认可的规则系统，我们固然习惯将狭义的"道德"内容灌注其中，但抽掉狭义"道德"，伦理本身的意义仍旧是成立的。

作为一部有本事的神魔小说，百回本《西游记》以主人公的愿望为叙述的直接动力，以神魔势力的对立冲突为叙述的根本动力。故事得以"汩汩流出"，就在于两个动力的综合作用。而神魔势力的对立冲突，本质上说是对规则的维护与挑战。神佛集团尽力维护一种造化使然的、稳定（甚至僵化）的规则，一种宇宙万物的等级秩序，魔怪集团则对其发起挑战。

其实，即便摘掉"神/魔"标签，规则的维护与挑战依旧是成立的。规则是集体性的、折中性的、约束性的，必然造成对个体的压力，限制（甚至妨害）其意志实现（个体价值，时空自由，等级跃层，对资源的占有与利用，等等），尤其规则经常服务于既得利益集团，成为维护或强化"权威"的工具，个体（特别是居于等级下位者）会感受到更大压力，挑战的冲动也更强。

大闹天宫的实质

可以说，"大闹天宫"就是作为下位个体的主人公向规则发起的挑战。

由于习惯将该故事看作封建时代此起彼伏的农民起义的文学映像，阐释者经常将悟空描述为"反抗者"，这当然是一种合理的阐释路径。但本质上看，《西游记》不是《水浒传》，讨论的不是"压迫/反抗"的矛盾，而是"规则/挑战"的矛盾，与刑天一样，孙悟空也是"挑战者"，而非"反抗者"，他们在挑战由具象化"权威"所维护的抽象"规则"。

在具体行动上，与"乱自上作"而引发的"以武犯禁"不同，挑战者对规则的压力更敏感，其行动带有更强的自觉性。

小说第一回，叙述者基于"三教混融"的思想和知识，构造出一个"神话宇宙"，这不仅为故事的展开，设置了一个外围时空框架，也揭示了该"宇宙"的运作规则——造化的周期与秩序。

悟空本身就是造化的产物，尽管是"灵根育孕"而成，但在天地万物的秩序中，尤其是自上而下的垂直等级秩序中，实在是不起眼儿的，即便"目运金光，射冲斗府"，在"权威"看来，也不过是"下方之物"，是"不足为异"的。

所以，悟空最初的挑战，并非来自"权威"的压迫，而是来自"规则"的限制——尽管"不伏麒麟辖，不伏凤凰管，又不伏人间王位所拘束"，却躲不过轮回，跳不出生命的周期。悟空的"道心开发"，正在于对规则的敏感，其苦寻的"长生"之术，本质上就是在挑战造化规则，所以才要学习"七十二般变化"，这一"进阶课程"便是为躲避"三灾"（雷灾、火灾、风灾），而"三灾"就是造化规则对挑战者的阶段性惩罚。

在获得挑战规则的能力，尤其是金箍棒这一暴力资本后，悟空开始了通天彻地的"大闹"，而"大闹"只是挑战行动的进阶，伴随着状态变化，主人公不仅没有感受到"超出三界外，不在五行中"的挑战福利，反而受到更具体、更清晰、更直接的规则挤压——天地的造化规则转化为天庭的制度规则——挑战也就有了更强的应激性和针对性，不再是挑战抽象的规则，而是针对具体的权威。

过去，我们习惯拿悟空引述的俗语——皇帝轮流做，明年到我家——来说事儿，分析悟空的反抗精神。这当然是合理的，但忽略了故事情境。这句话说到底与《水浒传》中李逵常挂在嘴边的"杀去东京，夺了鸟位"不同，不是"以武犯禁"的习惯思维，而是针对如来所"道破"的制度规则——玉帝得享尊位，在于其"苦历过一千七百五十劫。每劫该十二万九千六百年"（第七回）。说白了，是凭资历晋级的。比较起来，悟空实在是"小儿科"——其寿算也就如五庄观清风、明月两位道童的水平，是"绝小的"——所以强调"轮流"，即改变规则。

从这个意义上讲，"大闹天宫"是后来西天路上众妖魔行动的一场预演。我们常说，《红楼梦》中甄士隐家的遭际是后来以贾府为中心的封建家族遭际的一场预演，是"大荣枯"之前的"小荣枯"。同样地，悟空的行动也是各路妖魔的一个生动范本。只不过，它呈倒置结构，是"小挑战"之前的"大挑战"。

然而，它们的叙述模式是一致的：个体感受到来自规则的压力，尝试挑战规则。挑战失败者受到惩罚；挑战成功者享受短暂的自由，继而受到惩罚。个别受罚者，通过适应规则以获得新的自由。

妖魔的挑战

与悟空一样，各路妖魔其实都可被视作阶段性挑战的胜利者，他们得以回归原始"自由"，享受"饮食男女"的狂欢，以简单粗暴的方式满足"本我"的欲望；所谓"魔"，其实就是对"神"的规则的挑战，以及挑战成功后所释放的强大欲望。这些欲望本质上是"人"的——说到底是"食色性也"——只不过借"超人"式的能力而得到放大，显得夸张、扭曲；"魔"本质上不在于对魔界妖域的描写，不是尸山血海的视觉效果，也非腥臊恶臭的嗅觉效果，抑或虎啸狼嚎的听觉效果——这些只是"魔"性的修辞。而他们的挑战皆以失败告终，他们不得不重新接受集体性规约，回归造化秩序。

这也正是百回本《西游记》伦理叙述的目的。"热闹好看"的挑战内容令大众兴奋，诙谐幽默的语言更令读者感到快活，但隐藏在文本背后的稳定的叙述语法，一再将读者导向对集体性规约的理解与接受。这可能是作者的自觉，也可能是一种无奈。毕竟，"自在不成人，成人不自在"。这句由孟子"生于忧患"的经典表述衍化出来的通俗阐述，在大众层面又经常有一种"望文生义"的理解，即自由与规则之间的冲突。悟空要"成人"，就需要接受不"自在"。或者说，"成人"的一个重要标志，就是对"自在"的重新阐述，接受集体规约，享受框架内的个体自由。由此再看早期各家阐释，倒是可以在此层面上统摄起来，无论"禅门心法"，还是"金丹妙诀"，抑或"明心见性"，都是在描述"成人"路径，只不过是以不同信仰、立场、知识来说明重新认识并获得"自在"的方法。

九
世风：信仰的在场与缺席

小说本质上是虚构的，但"虚构的世界"经常是现实的映像，它可以是"高保真还原"的镜像，也可以是时静时动的水面倒影，更可以是经过多棱镜折射之后亦幻亦真的光影。

"亦幻亦真"的世界

百回本《西游记》所构造的"虚构的世界"就属于这种光影，它是亦幻亦真的，更是极幻极真的，而"幻"与"真"本身是对立统一的，如袁于令《西游记题词》所说："天下极幻之事，乃极真之事；极幻之理，乃极真之理。"[1]对这句话的理解，当然应该是多维度的，但其中的一个重要块面就是：光怪陆离的神魔世界是现实社会的折射。

这种折射又是批判性的，反映着作者对中晚明社会现实的反思：传统的精英道德失能，统治集团不仅不能提供积极的行为示范，反而屡屡做出坏榜样，社会集体价值观下沉，追名逐利，执着于财富积累与声色享受。凡此种种，在《金瓶梅》等"世情书"中有更为全面、生动、逼真的反映——毕竟，它们提供的是现实的镜像——但在《西游记》的文学幻想中也有体现。

《西游记》作者的批判是整体性的、无差别的。乍看来，南赡部洲是当时社会的映像，如来称此间人"贪淫乐祸，多杀多

---

[1] 蔡铁鹰：《西游记资料汇编》，北京：中华书局，2010年。

争",这里是一片"口舌凶场,是非恶海"。这不是单纯的佛教立场的批判,"道心开发"后的悟空曾在南赡部洲蹉跎十年,在其眼中,此中人都是"为名为利之徒",所谓"争名夺利几时休?早起迟眠不自由!骑着驴骡思骏马,官居宰相望王侯"。但问题关键,不在于是从佛教的眼光,还是从道教的眼光来看,这说到底展现了社会集体价值观下沉,"拔高儿"说是集体信仰缺失——这里所谓"信仰",不是宗教信仰,而是传统社会自上而下贯彻的,由社会集体维护并实践的公共理念与价值,它应当是来自"儒教"的。

佛道观念的"在场"与精英道德的"缺席"

由于该书题材,尤其是文本中俯拾即是的佛、道内容,接受者经常陷入对于以上两家的权衡与选择,却忽略问题实质:无论佛,还是道,它们都是书中被批判的"在场"者,而基于真实作者的文化教养、知识结构、生平经历,这里还要考虑到一个被批判的"不在场"者,就是失能的由儒家意识形态背书的精英道德。

我们固然可以说,书中的人间国主大都崇道(如乌鸡国王、车迟国王、比丘国王),这是对当时以嘉靖帝为代表的佞道之君的讽刺与批判,这是事实,毋庸置疑。但"恶道士"被佛教人物降伏,极端"灭佛"的国主最终笃信佛法,不代表就是佛教思想的胜利。这些本来应当"作则垂宪"的人间国主,之所以只能在佛、道两家间选择,最终由一方倒向另一方,归根到底是以其为代表的统治集团丧失了精英道德;被掏空了"精神瓢子"的躯壳，只能由被传统的文人士大夫集团视作"异端"的内容（尤其庸俗化内容）来填补。书中人物对宗教信仰的极度"狂热"，折射的正是精英道德在当时所遭受的"冷遇"。

庸俗化的佛、道内容只能"麻痹"心智，它们填补了精英道德的缺口，却不能如后者一般提供持续的能动性，以及强大的约束力。所以，这些人间国主一面焚绿表、唱佛号，一面仍如饕餮一般追求本能欲望的满足，甚至比妖魔表现出更强的"魔"性，远比后者残忍。

之前说过，所谓"魔"，不过是"人"之本能欲望的放大。比如赛太岁——一个对唐僧肉不感兴趣的"笃实"魔怪——其终极追求也不脱"食色性也"的本质。由于无法亲近金圣宫娘娘，为了满足淫欲，他隔三岔五便来朱紫国索要两个宫娥，供其淫乐，这当然是贪婪的、残忍的、魔性的、非人道的，但比丘国王为了配制不老药的药引子，竟然不惜戕害子民，要取一千一百一十一个小儿心肝，到底谁更贪婪、更残忍？谁才是泯灭人性者？谁才是魔？

更重要的是，这些人间国度皆在西牛贺洲，在佛祖口中"不贪不杀，养气潜灵"的境界，可见在这个"虚构的世界"里，没有真正的净土。连灵山上也可以公然索贿，取经仪式蜕变为赤裸裸的交易（《西游记》杂剧中，剧作者用"馒头粉汤经"解构取经仪式的庄重性、严肃性，这与《笑林广记·黉门》中那则"通何经"的笑话是一个属性的构造，无非滑稽谑浪，百回本小说的作者则描画出阿傩、迦叶索取"人事"时的嘴脸，不仅解构了取经仪式的神圣、庄严，更具有强烈的讽刺性），事情败露后，佛祖竟然偏私、包庇，又拿众僧人在舍卫国赵长者家传经的事情来举例，所谓"只讨得他三斗三升麦粒黄金回来。我还说他们忒卖贱了"，说明经不轻传，更不空传，传法授经本质上就是交易，可见在这个"虚构的世界"里，"逐利"才是真正的"信仰"。

市民社会与契约精神

从生产关系的角度看，传统的精英道德失能，是历史必然，其背后动因是小农经济受到商品经济的冲击。

近古时期，都市发展，市民阶层进一步壮大，商业社会逐渐形成。贸易是市民的主要经济来源，这不仅指大贾豪民从事的大宗贸易，也指市民广泛参与的小额交易。格非曾指出《金瓶梅》中的临清地区，几乎是"人人皆商"的，[1] 这是西门庆"经济型人格"养成的环境。其实，不止《金瓶梅》，遍览明晚期的世情小说，"经济型人格"是不乏其见的，更不用说对贸易情节的书写，无论什么人家，不管什么身份，书中的人物总会与贸易有直接或间接的关系。

商业社会有自己的信仰与道德。当然，当时的商业社会还处于孕育阶段，新的价值观正在形成，也未从根本上改变农耕社会的道德观与价值体系，但它对精英道德形成巨大冲击，更导致其在市民社会失能，较之空泛的封建纲常，沉浸于贸易生活的市民，更倾向于相信"契约"。

可以看到，百回本《西游记》中的基本关系，不是靠道德

---

[1] 格非：《雪隐鹭鸶：〈金瓶梅〉的声色与虚无》，南京：译林出版社，2014年。

来约束的，而是靠契约来约束的。第八回"观音奉旨上长安"，菩萨一路上踏看路线，同时也与悟空等人达成口头约定，后者以保护唐僧西行赎罪，功行圆满后重获自由，更可以实现身份晋级。所以说，取经"五圣"本质上是靠与"神"缔结契约而形成的。

第二十七回"圣僧恨逐美猴王"，悟空求饶，一面用师徒情来打动唐僧，一面则用与菩萨缔结的契约来说服唐僧，比较之下，后者倒更有效一些。第五十六回"道昧放心猿"，悟空干脆跑去南海找观音，就是要与之解除契约。

而当时"契约"社会尚不成熟，"契约"关系本身很脆弱。说到底，"契约精神"的形成，总是需要道德与法律两重框架保护的。而明晚期的社会事实是：一方面道德沦丧，价值观混乱，另一方面司法体系败坏，执法者贪腐、草率，反映在小说的"虚构的世界"里，就是从天庭到灵山，以至人间，人人"逐利"，又没有统一的、严格的司法秩序，处置无据、判罚失当的情形，不乏其见。在这样的世界里，又哪里会有真正的"契约精神"呢？

所以，需要强大的外力来约束。真正约束悟空的不是与菩萨的口头契约，而是紧箍咒；菩萨画的"大饼"更是对小农意识根深蒂固的八戒缺乏足够诱惑力，以致其常将"散伙""分行李""回高老庄"挂在嘴边，但这些"絮絮念"从来没有落实，因为"哥哥棒重"就是约束力。如来当初赐给观音三个箍儿，原意是给悟空、八戒、沙僧各用一个，说明佛祖很清楚：这个神魔世界里是缺乏真正的契约精神的。而观音在具体执行时，只给悟空用了一个箍儿，另外两个都用在她自己的门人——黑熊精、红孩儿——身上，说明菩萨也知道：约束取经小队的成员，有悟空这一个"打手"就够了，"资源"终归要向自己倾斜——所谓"逐利"，说到底所逐不是"公利"，而是"私利"。这就是《西游记》构造的"虚构的世界"里的逻辑，也是其折射的中晚明社会的现实逻辑。

而无论庸俗化的佛、道信仰，还是"契约"这一商品社会的新信仰，这些书中始终"在场的信仰"，总让人联想到那个"缺席的信仰"，即传统社会的精英道德；后者的"缺席"不是受到前者排挤，根本原因在于其业已失能。这是《西游记》的写定者——一个下层社会文人——可以敏锐感知到的。

十
人情：关系社会的热与冷

传统社会，说到底是关系社会。《红楼梦》中那句"世事洞明皆学问，人情练达即文章"，是关系社会逻辑的最好"注脚"。

世情小说摹写世态，寄意时俗，无非要揭示"人情冷暖"的事实，暴露关系社会的本质。说散本《金瓶梅》第一回回目——"西门庆热结十兄弟，武二郎冷遇亲哥嫂"——就生动地揭示出其实质，暴露出其本质。

百回本《西游记》是神魔小说，以神魔斗法较量为焦点，却也很注意在人情方面生发点染，其构造的"虚构的世界"，正如鲁迅所说:"神魔皆有人情,精魅亦通世故"[1]。

关系社会中的"热"

这个"虚构的世界"里有人情"热"的一面。无论神佛还是魔怪,都喜欢拉帮结伙,讲交情,攀关系。

孙悟空的"朋友圈"

书中"热结"的关系很多。悟空将花果山场"做大做强"后,就"热结"了七兄弟——都是各路山场的"大哥大"。这就在下界、在地方上打开了局面,而在"大闹天宫"的过程中,悟空也建立了与天上的神佛集团的交情。"鸽派"的太白金星是悟空的引荐人,不仅力主将悟空"提拔"至天庭,更为他落实了太乙金仙的"行政级别",挣下一个"齐天大圣"的称号。在往西天路上,太白金星也积极襄助唐僧、悟空。所以,悟空是很领受李长庚人情的,而李长庚也特别喜欢卖弄人情。如第八十三回,李天王盛怒之下,用缚妖索捆了悟空,悟空得理不饶人,闹个没完。李天王就托太白金星讲情,言道:"你把那奏招安授官衔的事说说,他也罢了。"如此一来,悟空有了台阶,天王解了尴尬,金星又卖了一次人情,挣了脸面,皆大欢喜。

而负责剿灭悟空的神祇,最后也多与悟空结下交情,如李天王、二郎神,都算是"不打不相识"的朋友,最后也都成为悟空的"帮助者"。

---

[1] 鲁迅:《中国小说史略》,北京:商务印书馆,2017年。

更不用说悟空在天庭"有官无禄"的阶段:

闲时节会友游宫,交朋结义。见三清,称个"老"字;逢四帝,道个"陛下"。与那九曜星、五方将、二十八宿、四大天王、十二元辰、五方五老、普天星相、河汉群神,俱只以弟兄相待,彼此称呼。(第五回)

这算是将各级衙门口子的"人脉"打通了。

皈依佛门后,悟空又成为佛、道两界通吃的"人脉王",无论佛教神祇还是道教神祇,总要卖给他几分面子。"结识新朋友,不忘老朋友",可以说悟空一路降妖伏魔的过程,就是不停地选择"打开朋友圈"方式的过程。

牛魔王家族的"人脉网"

何止悟空,西天路上的各处妖魔也总是要扩容"朋友圈"的。

结亲、结拜、结盟,各种"打开"方式。

以牛魔王家族为例。牛魔王与铁扇公主是"合法夫妻",育有红孩儿。两代人霸占两处山场——翠云山、六百里钻头号山——又遥控火焰山,不仅有火焰山区百姓定期以"四猪四羊,花红表里,异香时果,鸡鹅美酒"来供奉,红孩儿更是役使神鬼,将号山的山神、土地摧磨得"一个个衣不充身,食不充口"。其家业不可谓不大,势力不可谓不强。红孩儿的叔叔如意真仙则盘踞解阳山破儿洞,强占落胎泉,可见通过对稀有资源的垄断以牟利,是该家族的惯用伎俩。而牛魔王又纳玉面公主为妾,歆享万岁狐王遗下的"百万家私"(在玉面公主一方看，则是"招赘为夫"，倒更像明人常说的"两头大"），实现原始资本的再积累。他又喜欢"热结"兄弟，早年与悟空等人歃血为盟，近来又与乱石山碧波潭的万圣龙王、九头驸马十分亲厚，时时往来宴饮。可以说，牛魔王就是《西游记》里的西门大官人。

由此看来，《西游记》中的关系社会，无论天上地下，不管中土西域，都表现出传统宗法社会的"脉脉温情"。然而，细察会发现，在"热"的表象之下是关系的疏离、情感的淡漠，这个关系社会的实质是"冷"。

关系社会中的"冷"

结亲、结拜、结盟的本质是笼络、巩固关系，其目的是实现利益最大化，所以关系的联结点是"利"，而非"情"。一旦关系联结点消失，无"利"可谈，也就不必再讲什么"情"，父子、夫妻、兄弟"作鸟兽散"也成为常有之事。在精英道德尚未失能的时代，纲常伦理还能发挥约束力，宗法社会"脉脉温情"的外衣没有揭去，人们总要尽力维持"热"的一面，并对暴露出的"冷"进行谴责（甚至批判），但在精英道德业已失能的时代，"作鸟兽散"是现实的、务实的、功利的选择，并不会遭到舆论谴责。

这里又有一种"情"的假象，就是"挟私报复"，即因亲戚朋友受害而与悟空结仇。从叙述的要求看，这是冲突升级的"套路"，是情节推进的需要。而从关系社会的角度看，这种"情"其实主要还是一种"意气用事"。

江湖人士好鼓吹"义气",但从其行动看,主要还是"意气",是荷尔蒙飙升时的原始冲动,导致冲突升级的往往不是某一方对"义"的执着维护,而只是其近乎歇斯底里的发泄。况且,既然"西游世界"里的神魔多以"利"结交,又哪里来的"义"呢?

"烟火气"的神魔

当然,我们这里谈的"热"与"冷",又有另一个维度的理解。

可以将其视作一组符号——与"阴/阳""正/负""明/暗"等相同——代表人物塑造的两极,而《西游记》的人物塑造是"热"与"冷"适配调和的产物,达到了人类体温的标准温度——36.5℃。书中的人物,无论神佛,还是魔怪,都表现出极强的"人"的一面;不管"神"性,还是"魔"性,终究统摄于"人"性。

这是本书最大的艺术成就之一。《封神演义》等小说就叙述模式而言,也是标准的神魔小说,但其中形象很难给人留下深刻印象,因为他们多是呆板的、机械的,仿佛一个又一个被操纵着动作的"傀儡",缺乏"人"的温度,而《西游记》中的形象,其行动多是基于"人"的动机,言语、情态多表现出"人"的属性。他们不是庙宇里的泥塑木偶,不是骇人传说里的面具皮囊,而是走下神坛或散去魔光的现实中人,也就很容易给读者留下深刻印象。

比如书中的观音形象,与释典或大众信仰中的形象有很大不同,不是俨然的神,而是带着"烟火气"的人。作为"人"的观音,爱揽差事,顾面子,好打小算盘,又易生嗔心。佛祖派人赴东土寻取经人,观音自告奋勇;佛祖赐下三只箍儿,观音起初一个未用，只凭着"舌灿莲花"，说动悟空等人入彀，直到悟空"叛逃"，才勉强用了一只，另外两只都用在自己门人身上；悟空推倒人参果树，三岛求方无果，才到南海拜观音，菩萨却撇出一句"你怎么不早来见我，却往岛上去寻找"，嗔怪悟空不以其为"第一优先项"（第二十六回）；红孩儿假变观音模样，菩萨得知后，"恨了一声"，一把将宝珠净瓶掼到南海里，这是动了真气。及至鼋员将净瓶托出，菩萨要悟空去取，悟空拿不起，菩萨道："你那里有架海的斤量？"又借机卖一卖本事，杀一杀悟空的威风。收伏红孩儿时，又搞出好大排场，一面向李天王借斩妖刀，一面要山神、土地"清场"，"把这团围打扫干净，要三百里远近地方，不许一个生灵在地"，再把"一海水"灌下去，尽显"大牌"气势，最后又要红孩儿一步一拜去南海，才算解了气。（第四十二回、四十三回）

除此一段外，观音还有两处襄助悟空时尤其卖力，一是收黑熊精，一是收鲤鱼精。而这两处，都与菩萨本人脱不开关系。按黑熊精盗宝，祸起于金池长老住持的观音禅院，这里是菩萨的"留云下院"（即驻人间办事处），为免落人口实，菩萨只得答应悟空提出的"孩子气"的要求；而鲤鱼精是从南海莲花池逃出的，是更大的把柄，菩萨也就表现得更积极、主动，甚至不及妆束，以此留下个"鱼篮观音"的法相。

的确，观音是书中"曝光度"最高的一位神祇。金圣叹说："《西游记》每到弄不来时，便是南海观音救了。"[1] 这是借"踩西游"来"捧水浒"，批评前者叙述的模式化。其实，《西游记》

---

[1] 丁锡根：《中国历代小说序跋集》，北京：人民文学出版社，1996年。

中观音形象是灵动的、活泼的，其人物塑造是摇曳多姿的，反映着"人"的不同侧面。

这些描写固然是带有讽刺意味的。毕竟，真实作者的庶民视角和隐含作者的玩世态度在起作用，但这些带着"烟火气"的神魔形象，说到底是可亲的、可爱的，因为我们在其身上"发现"了冷热交替的关于社会的现实，也"发现"了冷热调配的关于自己的现实。

图书在版编目（CIP）数据

观世相：古典小说里的浮生与世情：上、下册 /
苗怀明主编 . -- 贵阳：贵州人民出版社，2024.12.
ISBN 978-7-221-18555-6

Ⅰ . I207.41

中国国家版本馆 CIP 数据核字第 2024PD8892 号

本书中文简体版权归属于银杏树下（北京）图书有限责任公司

GUAN SHI XIANG:GUDIAN XIAOSHUO LI DE FUSHENG YU SHIQING
观世相：古典小说里的浮生与世情

苗怀明　主编

出　版　人：	朱文迅
选题策划：	后浪出版公司
出版统筹：	吴兴元
编辑统筹：	张　鹏
选题统筹：	马佩林
责任编辑：	赵帅红　王潇潇
特约编辑：	王晓晓
装帧设计：	墨白空间·陈威伸
责任印制：	常会杰
出版发行：	贵州出版集团 贵州人民出版社
地　　址：	贵阳市观山湖区会展东路 SOHO 办公区 A 座
印　　刷：	嘉业印刷（天津）有限公司
经　　销：	全国新华书店
版　　次：	2024 年 12 月第 1 版
印　　次：	2024 年 12 月第 1 次印刷
开　　本：	880 毫米 ×1194 毫米 1/32
印　　张：	19.25
字　　数：	410 千字
书　　号：	ISBN 978-7-221-18555-6
定　　价：	88.00 元

后浪出版咨询（北京）有限责任公司　版权所有，侵权必究
投诉信箱：editor@hinabook.com　　fawu@hinabook.com
未经许可，不得以任何方式复制或者抄袭本书部分或全部内容
本书若有印、装质量问题，请与本公司联系调换，电话010-64072833